Marie Louise Fischer

Glück ist keine Insel

www.marielouisefischer.de

Lizenzausgabe vermittelt durch AVA international GmbH, München

www.ava-international.de

Covergestaltung: F. Rüttgers unter Verwendung eines Fotos von Masson/Shutterstock Inc.

Die Originalausgabe ist 1984 im Heyne Verlag erschienen.

Marie Louise Fischer

Glück ist keine Insel

PROLOG

Wir waren zusammen auf dem Münchner Oktoberfest gewesen, eine kleine Gruppe von Leuten aus dem Verlags- und Zeitschriftenwesen, hatten Schweinshaxen gegessen, Bier getrunken und uns einen vergnügten Abend gemacht. Zum guten Schluß war der harte Kern in Charly Holländers behaglicher Maisonette im *Kurfürstenhof* gelandet. Charly ist Chefredakteur eines erfolgreichen Magazins und eingefleischter Junggeselle. Nach einigen Gläsern Whisky fanden wir es dann aber doch an der Zeit, aufzubrechen. Mitternacht war längst vorbei.

Während Charly die Wendeltreppe nach unten in sein Schlafzimmer ging, um unsere Mäntel zu holen, inspizierte ich seine Bücherwand. Als ich mich umdrehte, fiel mein Blick auf ein großes, in Silber gerahmtes Schwarzweißfoto, das mitten auf seinem Schreibtisch stand. Es zeigte Charly Holländer, in seinen Armen eine schöne junge Frau, die mit einem schwer zu deutenden Ausdruck zu ihm aufsah.

»Aber das ist doch«, rief ich unwillkürlich, »Sara König!«

Charly Holländer war inzwischen wieder heraufgekommen, warf die Mäntel achtlos über einen Sessel und trat hinter mich.

»Was erstaunt dich so daran?«

»Ich wußte gar nicht, daß du sie kennst?«

»Ich habe sie gekannt. Zu der Zeit, als ich noch Reporter war.«

»Du hast uns nie davon erzählt.«

»Es war nicht wichtig.«

»Scheint mir aber doch so, sonst hättest du diesem Foto doch keinen Ehrenplatz eingeräumt.«

»Leg deiner Phantasie Zügel an, Marie Louise!« Man merkte, wie es in seinem Köpfchen tuckerte. »Schon bist du dabei, einen neuen Roman zu entwerfen. Aber damit wird nichts.«

»Du hast also nicht ihretwegen auf eine Ehe verzichtet?«

Er lachte. »Typisch für dich! Tut mir leid, dich zu enttäuschen. Eine Romanze hat es nie gegeben.«

»Schade!«

»Nicht zwischen Sara und mir, aber davon abgesehen hat sich damals allerhand um das schöne Kind getan.«

»Wirst du es mir einmal erzählen?«

»Ich habe es sogar aufgeschrieben. Wenn du noch einen Augenblick Zeit hast...« Er begann die Schubladen seines großen Schreibtisches aufzureißen.

Die anderen holten ihre Mäntel, und auch ich zog meine Jacke an.

»Das ist es!« Charly hatte einen hellblauen Schnellhefter in der Hand. »Du kannst es lesen.«

»Darf ich es auch verwenden?«

»Weil du es bist.«

»Danke, Charly.« Ich nahm das Manuskript an mich und gab ihm einen raschen Kuß auf die Wange, der zugleich mein Abschiedskuß war.

Noch in der gleichen Nacht begann ich Charly Holländers Erinnerungen an seine Begegnung mit Sara König zu lesen, und ich fand sie faszinierend genug, um sie ins reine zu schreiben.

Als ich am großen palastartigen Premierenkino vorbeifuhr, nahm ich unwillkürlich Gas weg. Aber es war natürlich längst alles vorbei. Die Menschenmassen hatten sich verstreut, und die Polizisten, die die Absperrung gebildet hatten, waren zurückgezogen worden. Die teils beklommenen, teils siegessicher strahlenden Stars und Starlets hatten den Schauplatz verlassen. Kein Wunder, die letzte Vorstellung mußte um zehn oder elf Uhr zu Ende gewesen sein, die Uhr am Armaturenbrett meines Wagens zeigte zwanzig Minuten vor eins.

Aber noch immer warfen die Neonröhren ihr eiskaltes Licht auf das riesige, grob gemalte Plakat Sara Königs in einem neckischen zuckerrosa Trachtendirndl, bei dessen Anblick ich erschauerte. Der Titel des Films: *Mit siebzehn fängt die Liebe an.* Ehrlich gestanden bedauerte ich bei diesem Anblick nicht mehr, zu spät gekommen zu sein, wenn ich auch heute mittag jenes Flittchen, das mich mit stundenlangem Geschwätz in Frankfurt aufhielt, aufrichtig verflucht hatte. Diese kleine Mistbiene hatte einen Brief an die Redaktion geschickt, in dem sie sich damit wichtig gemacht hatte, etwas ganz Neues, Unerhörtes über den Fall Nitribitt zu wissen. Natürlich war ich der Spur nachgegangen, und natürlich war es ein Reinfall gewesen. Das war der Grund, warum ich drei Stunden zu spät nach Hamburg gekommen war, aber als ich das schaurigschöne Plakat sah, wußte ich, daß mir einiges dadurch erspart geblieben war.

Ich hatte einen schweren Tag hinter mir und war hundemüde, aber Neugier und Pflichtbewußtsein – die Kardinaltugenden eines guten Journalisten – hielten mich aufrecht.

Im erholsamen Fünfzigkilometertempo schlängelte ich mich durch die Stadt und stand zehn Minuten später vor der Aufgabe, in nächster Nähe des Künstlerklubs *Die Insel* eine Parklücke zu finden. Das war gar nicht so einfach, denn die Straßenkreuzer reihten sich dicht an dicht. Drinnen schien heute was fällig zu sein, und ich stellte beruhigt fest, daß ich zur Premierenfeier nicht zu spät kam.

Etwas abseits, nahe dem Alsterufer, fand ich ein Plätzchen für meinen Gottfried – ich nannte ihn so, weil er mich, weiß, schlank, zäh und sportlich, wie er ist, immer an jenen berühmten Tennisspieler in seinen besten Jahren erinnerte – und zündete mir zuerst einmal eine Zigarette an.

Ich kann nicht mehr mit Sicherheit sagen, ob es ein Geräusch war oder eine Bewegung, die meine Aufmerksamkeit erregte – jedenfalls spürte ich, daß sich zwischen den Büschen am Alsterufer jemand herumtrieb. Ich stellte den Handscheinwerfer ein. Der kurzgeschorene, englische Rasen leuchtete smaragdgrün auf. Dann plötzlich sah ich sie – ein zartes Ding, dessen schmale Taille durch das enganliegende, leuchtendblaue Mieder und den weit abstehenden starren weißen Rock, an dem es wie Silber- und Perlenstickerei glänzte, noch betont wurde. Sie stand mit dem Gesicht zur Alster, ich sah nur ihren Rücken. Die bloßen Schultern waren weiß und schmal, das Haar, das sich weich und zerzaust um den Kopf schmiegte, zeigte ein rötlich überhauchtes Blond. Sie stand einen Augenblick, ohne sich zu rühren, in dem Licht meines Scheinwerferkegels, starr wie ein hypnotisiertes Kaninchen. Dann plötzlich huschte sie, ohne sich auch nur einmal nach mir umzublicken, in den Schutz der rund beschnittenen Büsche.

Ich überlegte einen Augenblick, ob ich ihr nachlaufen sollte. Die Begegnung mit der reizvollen Unbekannten hatte mich seltsam berührt. Was trieb sie so allein zum nächtlichen Alsterufer? Warum hatte sie so unnatürlich reagiert? Jeder normale Mensch hätte in meine Richtung geblickt, aber dieses seltsame Wesen war einfach davongelaufen, ohne mir auch nur für eine Sekunde ihr Gesicht zu zeigen. Ich spürte, daß eine gute Story in dieser Begegnung steckte, aber dann verzichtete ich doch darauf, die Sache näher zu untersuchen. Ich kannte meinen Chef nur zu gut. Die besten Storys um ein unbekanntes Mädchen fand er nur halb so interessant wie die schlechten für Farah, Gracia Patricia oder Königin Silvia. Außerdem, ich hatte einen Auftrag und einen gewaltigen Durst. *Die Insel* erschien mir jetzt, da die scheue Unbekannte verschwunden war, entschieden attraktiver.

Den dicken Portier veranlaßte mein Anblick, sich wie der Engel mit dem Flammenschwert aufzuführen. Er vertrat mir energisch den Weg ins Paradies. »He, Sie! Sie können doch nicht...«, rief er und musterte mißbilligend meinen Aufzug. Ich hatte keine Zeit mehr gehabt, mich umzuziehen, und mein dunkelgraues Wollhemd erschien ihm für diese heiligen Hallen äußerst unpassend. Dann erst erkannte er mich. »Ach, Sie sind es, Herr Holländer!« sagte er, und in seiner Stimme schwang die behagliche Erinnerung an einige beachtliche Trinkgelder mit. »Fein, daß Sie auch mal wieder in Hamburg sind!«

»Was macht das Rheuma, alter Seebär?« fragte ich.

»Danke der Nachfrage, Herr Holländer.« Der Portier riß beflissen die Tür auf. »Im Sommer geht es immer ein bißchen besser!«

»Tagen die Orion-Leute noch?«

»Und ob! Sie haben sich das große Extrazimmer reservieren lassen. Wenn Sie mich fragen, gehen die vor morgen früh nicht nach Hause.«

Ich enttäuschte seine Hoffnungen nicht und ließ ein hartes Geldstück in seine Hand gleiten, bevor ich die teppichbelegten Stufen hinaufstieg.

Schon von weitem hörte ich die Melodie des Hauptschlagers aus Sara Königs neuem Film, der seit Monaten von sämtlichen Rundfunkstationen in das Bewußtsein und Unterbewußtsein der Normalverbraucher gehämmert worden war und dessen Refrain den sinnigen Text hatte: *Ja, erst beim dritten Kuß, da merkt man, ob es Liebe ist oder Spiel!*

In einer Ecke der geschlossenen Tür stand ein Pärchen, von einer gelblichgrünen Zimmerpalme geschmackvoll dekoriert, und küßte sich mit beneidenswerter Hingabe. Beim ersten Blick auf die mohnrote Mähne der jungen Dame glaubte ich Tamara Tess zu erkennen, aber beim zweiten Blick stellte ich fest, daß es sich nur um eine sehr gelungene Imitation des Sexstars handelte. Die beiden ließen sich durch mich nicht stören, wahrscheinlich hatten sie mich nicht einmal bemerkt.

Niemand wurde auf mich aufmerksam, als ich eintrat. Es waren etwas fünfzig Personen im Raum, und alle schienen ohne Punkt und Komma mit übertriebener Lautstärke aufeinander einzureden. Gelächter dröhnte, perlte, quiekte und schrillte. Gläser klirrten. Die kleine Band marterte ihre Instrumente, um der disharmonischen Geräuschkulisse einen melodischen Hintergrund zu geben. Weiße und bräunliche Frauenschultern schimmerten im Kerzenlicht, das feurigen und kalten Augen gleichermaßen Glanz verlieh, hochkarätige Steine funkelten mit dekorativem Talmi um die Wette. Es herrschte jene hektisch-heitere Stimmung, die gewisse Filmleute für den Gipfelpunkt wahrer Fröhlichkeit zu halten pflegen.

Ich eilte haarscharf dem nächsten freien Barhocker zu und schwang mich hinauf. Beim Anblick der buntetikettierten

Flaschen an der Spiegelwand hinter der Bar spürte ich, daß mir die Zunge am Gaumen klebte.

Jerry, der Mixer, erkannte mich sofort. »Was gibt's Neues in Monaco, Herr Holländer?« fragte er grinsend.

Ich wußte, daß diese Frage rein rhetorisch gemeint war. »Lesen Sie das *Allerneueste,* und Sie sind im Bilde, Jerry!« gab ich zurück. »Im übrigen war ich im letzten Monat in Paris!«

Jerry schnalzte neidvoll und anerkennend mit der Zunge. »Ja, ja – von der Presse müßte man sein!« Er goß mir einen tüchtigen Schuß Whisky in ein Glas, hob mit gekonntem Schwung die Wermutflasche von der Spiegelwand. »Einen Manhattan, wie immer?« fragte er.

»Wie immer«, bestätigte ich, »halb und halb.«

In Windeseile servierte er mir das Getränk, in das er einen Tropfen Angostura gespritzt und einen Eiswürfel geworfen hatte. Mit derselben Geschwindigkeit leerte ich das Glas und schob es ihm wieder hin. Jetzt fühlte ich mich besser. »Wie war die Premiere?« fragte ich.

»Der größte Erfolg des Jahrhunderts, was denn sonst?« Er zwinkerte unverschämt mit den Augen.

»Waren Sie dabei?«

»Nein, danke, keinen Appetit auf Sahnebaisers!«

»Schade«, sagte ich, »ich hätte gern gewußt...« Ich sprach den Satz nicht zu Ende, denn in diesem Augenblick sah ich im Spiegel, wie die Tür hinter meinem Rücken zaghaft geöffnet wurde. Ich erkannte sie sofort – die scheue Unbekannte vom Alsterufer war Sara König. Ihr zarte Haut war fleckig vom Weinen, ihre schönen Augen waren gerötet.

Man behauptet von mir, daß ich ziemlich abgebrüht wäre, aber als sich das Idol unzähliger Fans mit der zerknirschten Miene eines Schulmädchens, das ein schlechtes Zeugnis mit nach Hause bringt, zur Tür hereinschob, erfaßten mich menschliche Gefühle. Das berühmte strahlende Sara-Lächeln, das sie aufsetzte, als die Band zu einem Tusch ansetzte, war so verzweifelt, daß es mir mitten ins Herz schnitt.

Jerry stand da, den Mixbecher in den Händen, den er zu schütteln vergessen hatte. »So etwas sollte man sie mal spielen lassen, was?« sagte er, genauso beeindruckt wie ich.

Ich gab ihm keine Antwort, sondern rutschte vom Hocker und lavierte geradewegs auf Sara König zu. Ich hatte mich entschlossen, die Überrumpelungstaktik anzuwenden.

»Hallo«, sagte ich nonchalant, »kommen Sie, trinken Sie

einen Manhattan mit mir! Es gibt nichts Besseres für Leib und Seele.«

Sie zuckte vor mir zurück, als ob ich nicht, wie man mir von verschiedenen Seiten immer wieder versicherte, ein recht anziehender Mann Anfang Dreißig wäre, sondern ein Ungeheuer aus einem Gruselfilm. In ihren Augen stand für eine Sekunde hilfloses Entsetzen.

Ich fuhr mir mit der Hand über die Wange und stellte fest, daß meine Bartstoppeln ganz schön gewachsen waren. Wahrscheinlich sah ich aus wie ein Räuber aus dem Spessart. »Entschuldigen Sie«, bat ich zerknirscht, »aber ich schwöre Ihnen, ich habe mich heute morgen rasiert.«

Sie hatte sich schon wieder gefaßt. »Dann müssen Sie aber sehr früh aufgestanden sein«, sagte sie mit jener rührend kindlichen Stimme, die sie so berühmt gemacht hatte.

»Sie gefallen mir, Sara«, sagte ich ehrlich, »Donnerwetter – wer hätte das gedacht!« Ich bugsierte sie sanft zur Bar hin, und sie hatte anscheinend gar nichts dagegen einzuwenden.

»Einen Manhattan für die Dame, Jerry!«

Die Art, wie sie sich auf den Barhocker schwang, war ungeschickt, aber nicht ohne Anmut. Ich glaubte, diesen Schmetterling schon eingefangen zu haben, und setzte mein vertrauenerweckendstes Grinsen auf. Aber ich kam gar nicht dazu, loszulegen, denn bevor ich noch den Mund auftun konnte, kam Friedl König wie eine aufgeregte Henne herangeflattert, und auf lautlosen Sohlen folgte ihr der unvermeidliche Manager Geza von Vasary, schmal und superelegant mit seinem schwarzen Bärtchen auf der Oberlippe und purpurroter Weste zum Smoking. Der Hauch eines exquisiten Herrenparfüms umwehte ihn.

Friedl König stürzte sich mit einem Aufschrei auf ihre Tochter und begann sofort loszugackern: »Kind, wo hast du nur gesteckt? Wie konntest du mich so erschrecken! Wie siehst du überhaupt aus? Wo bist du gewesen? Du willst doch nicht etwa Alkohol trinken? Du weißt doch genau, daß du das nicht darfst! Wer ist dieser Mann überhaupt? Warum hast du mir nicht Bescheid gesagt, wenn du Luft schnappen wolltest?« Sie brachte es fertig, alle diese Fragen ohne einen Atemzug auf Sara niederprasseln zu lassen, und sie hätte wahrscheinlich auch jetzt noch nicht Schluß gemacht, wenn Geza von Vasary es nicht für angebracht gehalten hätte, sie zu unterbrechen.

»Charly Holländer von der *Allerneuesten!*« stellte er mich vor.

Sie hatte die Frage, die er ihr beantwortet hatte, anscheinend schon vergessen, denn sie rief konsterniert: »Wieso? Was? Wer?« Dann endlich verstand sie und setzte sofort ihr allerschönstes Käsekuchenlächeln auf. »Ach, Sie sind Charly Holländer!« sagte sie überschwenglich. »Wie reizend, daß Sie zu Saras Premiere gekommen sind! Wie haben Sie sie gefunden? Besser denn je, nicht wahr? Sie war einfach hinreißend. Ich sage immer: Unser Kind ist das reinste Wunder! War sie nicht zauberhaft? Sie müssen doch sagen ...«

»Ich habe den Film nicht gesehen«, unterbrach ich sie nach Vasarys Muster.

»Sie haben nicht ...?« Verblüfft runzelte sie die Stirn. »Aber dieses Erlebnis hätten Sie sich wirklich nicht entgehen lassen sollen, mein Lieber, wirklich nicht. Da haben Sie etwas versäumt. Natürlich, Sie können sich den Film auch noch morgen und übermorgen ansehen ... Was sage ich, monatelang wird er sich in den deutschen Erstaufführungskinos halten! Aber es ist doch nicht dasselbe wie eine Premiere, nicht wahr? Mein Gott, es war überwältigend! Diese Begeisterung des Publikums! Fast hätten sie mein armes Kind zerrissen, wenn nicht die Polizei ...«

»Danke, gnädige Frau«, sagte ich, »es ist sehr liebenswürdig von Ihnen, aber Sie machen sich wirklich zuviel Mühe. Ich denke, das werde ich sicherlich morgen in irgendeiner Zeitung nachlesen können.«

»Ach so, ja, natürlich. Sie haben recht.« Zum erstenmal begegnete ich dem Blick ihrer flinken Augen und stellte fest, daß er keineswegs so töricht war, wie sie sich gab. »Darf ich wissen, warum Sie überhaupt gekommen sind?« fragte sie mit veränderter, kalter Stimme.

»Herr Holländer wollte mich zu einem Manhattan einladen«, erklärte Sara, »er wußte ja nicht, daß ich ein Milchkind bin.« Ihre Stimme zitterte, und ich hätte gern ihre Hand gestreichelt, aber vor den Augen ihrer Mutter brachte ich nicht den Mut dazu auf.

»Armes Kind«, sagte Friedl König sarkastisch, »du glaubst doch wohl nicht im Ernst, daß Herr Holländer deswegen extra von München nach Hamburg gekommen ist?«

»Ihr Fräulein Tochter hat vollkommen recht!« erklärte ich mit Nachdruck. »Ich hatte nichts weiter im Sinn, als mich freundschaftlich ein wenig mit ihr zu unterhalten.«

»Sie wollen das Kind aushorchen! Das hätte ich mir gleich denken können!«

Ich zündete mir eine Zigarette an. »Ich nahm an, daß Sie Wert auf eine gute Presse legen«, bemerkte ich, »falls Sie allerdings der Meinung sind, daß Sara das nicht mehr nötig hat...«

»Keineswegs. Ich hätte es nur für richtiger gefunden, wenn Sie mich, die Mutter, um die Erlaubnis zu einem Interview gebeten hätten. Aber, bitte, unterstellen wir, daß es kein schlechter Wille von Ihnen war. Also, was möchten Sie wissen? Ich bin gern bereit, Ihre Fragen zu beantworten.«

»Ich wollte Sara interviewen, nicht Sie, gnädige Frau. Obwohl ich überzeugt bin, daß auch Sie mir viele interessante Dinge zu erzählen hätten.«

»Sara ist noch ein Kind.«

»Ein Kind, das imstande ist, Millionen zu verdienen.«

»Ohne mich hätte sie das nie fertiggebracht.«

Da ich gute Manieren damals nur dann an den Tag legte, wenn es mir zweckmäßig erschien, drehte ich mich auf dem Barhocker um und wandte Friedl König den Rücken zu. »Na schön, Sie wollen nicht, schon ausgestanden.«

Sie zeigte sich nicht im geringsten beleidigt, und jetzt erst begriff ich, wie gefährlich sie sein konnte. »Aber wer behauptet denn das?« rief sie unbefangen. »Natürlich wollen wir, nicht wahr, Kind? Fragen Sie nur, was Sie wissen möchten.«

»Die Wahrheit.«

»Leider fürchte ich, daß Sie eine etwas, nun ja, unrichtige Vorstellung von der Wahrheit haben, Herr Holländer«, sagte sie sanft wie Schmierseife. »Im Leben meiner Tochter gibt es keine Skandale. Sie ist ein unschuldiges Kind, unschuldig und völlig unberührt. Ich fürchte wirklich, ich kann Ihnen beim besten Willen nicht das erzählen, was Sie hören möchten.«

Sara war über und über rot geworden. »Mutter, wie kannst du!« rief sie verzweifelt. »Herr Holländer hat doch gar nicht gemeint, daß ich...«

Friedl König tat so, als ob sie erst jetzt wieder an die Gegenwart ihrer Tochter erinnert worden wäre. »Kind, du bist noch auf!« rief sie. »Es ist ja gleich zwei Uhr! Du gehörst längst ins Bett!« Sie zerrte die widerstrebende Sara fast mit Gewalt vom Barhocker, schenkte mir ein betörendes Lächeln und zwitscherte: »Sie müssen uns jetzt entschuldigen, Herr Holländer, das arme Kind hat morgen wieder einen anstrengenden Tag vor sich. Vielleicht sehen wir uns einmal in München, ja?«

Friedl König bewies, daß sie eine Meisterin der Organisation war, denn in wenigen Sekunden hatte sie die Szene aufgelöst und war, Sara vor sich herschiebend, Geza von Vasary im Gefolge, aus dem Raum entschwunden.

»Die hat Haare auf den Zähnen, was?« meinte Jerry mitfühlend und mixte mir einen neuen Manhattan.

»Kann man wohl sagen«, murmelte ich, aber tatsächlich hatte mich der erste Mißerfolg keineswegs entmutigt. Ganz im Gegenteil, die Sache schien wesentlich interessanter zu werden, als ich vermutet hatte. Möglicherweise war Friedl König hysterisch und hatte von ihrer langjährigen Tätigkeit als Operettensoubrette einen Hang zu dramatischen Effekten zurückbehalten. Aber sie war keineswegs dumm, und wenn ihr soviel daran lag, zu verhindern, daß Sara unter vier Augen mit mir sprach, mußte sie einen Grund dazu haben.

Ich hatte mir von Jerry schon die Rechnung geben lassen, als Geza von Vasary sich schmal und elegant neben mir auf den freien Barhocker schwang. »Ein Glas Orangensaft, bitte«, bestellte er mit leiser, höflicher Stimme, ohne mich anzusehen. Mir war klar, daß er etwas von mir wollte. Ich war zu neugierig, einfach fortzugehen, andererseits wollte ich ihm die Sache auch nicht zu leicht machen. So blieb ich sitzen und wartete ab.

Vasary räusperte sich, bevor er in seinem gepflegten, etwas gedrechselten Deutsch mit dem starken ungarischen Akzent zu sprechen begann. »Ich hoffe, Sie sind nicht verärgert, Holländer.«

»Durchaus nicht. Warum auch?«

»Ich gebe zu, Frau König ist etwas, nun, sagen wir, schwierig. Ich, als Manager ihrer Tochter, kann ein Lied davon singen, glauben Sie mir. Aber ich weiß, daß nur die Liebe zu Sara...«

»Wollten Sie mir das sagen?«

»Tatsache ist, Sara hat ihrer Mutter viel, wenn nicht alles zu verdanken. Ohne ihre unermüdliche Fürsorge und Energie...«

»Lieber Vasary, sparen Sie sich Ihren Atem. Das alles kann ich auswendig. Ich habe es oft genug in den Waschzetteln des Verleihs gelesen.«

»Dann werden Sie auch verstehen...«

»Wofür entschuldigen Sie sich? Ich habe Ihnen keinen Vorwurf gemacht.«

»Wenn ich Ihnen irgendwie helfen kann...«

»Sie könnten es sicher. Die Frage ist nur, ob Sie es wollen.«

Der sanfte Blick seiner tiefschwarzen Augen unter gebogenen Wimpern hätte jede einsame Frau über Vierzig wahrscheinlich zu Tränen gerührt. Aber ich war keine Frau und alles andere als sentimental. So war ich herzlos genug, zu grinsen.

Vasary wechselte die Taktik. »Weshalb interessieren Sie sich so plötzlich für Sara König?« fragte er.

»Weil mein Brötchengeber mir den Auftrag gegeben hat, die Sara-König-Story zu schreiben. Das ist alles. Persönlich habe ich mich noch nie für sie interessiert.«

»Wenn Herr Steinkampf Ihnen also einen anderen Auftrag geben würde...«, begann er hoffnungsvoll.

»Keine Chancen«, unterbrach ich ihn, »das tut er bestimmt nicht.«

»Nun, vielleicht, wenn ich ein paar Worte mit ihm reden würde...«

»Lieber Vasary, nun machen Sie aber mal 'nen Punkt. Sie sind doch nicht von gestern. Sie wissen ganz genau, daß Steinkampf dann erst recht Blut lecken und mich noch tiefer in die Sache hineinhetzen würde. Machen Sie mir nichts vor, Sie haben etwas zu verbergen. Nein, natürlich nicht Sie persönlich, sondern Friedl König. Ich habe keine Ahnung, was hier gespielt wird, aber ich werde es herausbringen, auch ohne Ihre Hilfe. Wenn ich Ihnen einen guten Rat geben darf, sagen Sie mir klipp und klar, was los ist. Vielleicht ist es für mich sowieso nicht interessant, und dann verspreche ich Ihnen, nichts darüber zu schreiben.« Ich zündete mir eine Zigarette an und schob Vasary mein Päckchen hin.

»O nein, danke!« sagte er mit einer Bewegung des Abscheus. »Ich rauche nicht.« Er holte eine flache Medikamentenschachtel aus seiner Westentasche, schüttelte zwei Pillen in die offene Hand, ließ sie in den Mund rollen und spülte sie mit einem Schluck Orangensaft hinunter. »Sie sind ein begabter Journalist, ohne Zweifel«, sagte er, »Ihr Fehler ist nur, Sie haben zuviel Phantasie.«

»Mehr als Ihnen lieb ist, das glaube ich Ihnen gern.«

»Das Geheimnis, nach dem Sie suchen, gibt es nicht.«

»Wer spricht denn hier von einem Geheimnis? Ich glaube, ich habe Sie verkannt, Vasary. Sie wollen mich neugierig machen, was? Aber das ist gar nicht nötig. Ich werde die Sara-König-Story schreiben, und sie wird ein Knüller werden, verlassen Sie sich drauf.«

»Sie sind ein schrecklicher Mensch, Holländer!« Vasary seufzte tief. »Ich sehe schon, ich bin Ihnen nicht gewachsen. Ich bin diesem ganzen nervenzerreißenden Filmbetrieb nicht mehr gewachsen. Wissen Sie, was es heißt, Manager zu sein? Nein, Sie wissen es nicht, Sie können es nicht wissen.« Er legte seine schmale Hand mit den sorgfältig manikürten Fingernägeln auf die Stirn. »Mir ist nicht wohl. Mir ist schon seit Tagen nicht mehr wohl. Ich spüre, daß ich Fieber habe. Bitte, entschuldigen Sie mich jetzt. Wann fahren Sie nach München zurück?«

»Spätestens übermorgen.«

»Bitte, besuchen Sie mich in meinem Büro. Wir müssen über diese ganze Sache ausführlich sprechen, wenn ich bei Kräften bin. Ich... Es tut mir wirklich leid, Holländer. Gute Nacht!« Er schob Jerry ein Geldstück über die Bar hinweg zu und verzog sich, ohne seinen Orangensaft auch nur halb ausgetrunken zu haben.

Als ich ging, war die Stimmung im Klub auf den Höhepunkt gestiegen. Die mohnrote Imitation des Sexstars Tamara Tess war auf einen der kleinen Tische geklettert und begann zwischen Gläsern und Sektflaschen einen Cha-Cha-Cha zu tanzen. Ich war so müde, daß selbst dieser Anblick mich nicht reizen konnte, noch fünf Minuten länger zu bleiben.

Am nächsten Tag sah alles anders aus. Ich hatte mich nicht wecken lassen und erwachte erst gegen zehn Uhr, munter und ausgeschlafen. Von Kater keine Spur. Ich ließ mich mit dem Etagenkellner verbinden und bestellte mir ein Kännchen Mokka und sämtliche Tageszeitungen auf mein Zimmer. Dann zündete ich mir eine Zigarette an und überprüfte erst mal meine Eindrücke vom gestrigen Abend. Dabei kam ich zu dem erschütternden Ergebnis, daß ich ein ausgewachsener Hornochse gewesen war. Warum hatte ich mir eingebildet, einer interessanten Story auf der Spur zu sein? Sara König hatte Kummer gehabt – aber was besagte das bei einer Siebzehnjährigen? Offensichtlich bestand zwischen ihr und ihrer Mutter eine gewisse Spannung – so was kommt doch in den besten Familien vor. Daß Friedl König sie nicht einem gewieften Journalisten ausliefern wollte, war doch nur zu verständlich. Es war bestimmt nicht schwer, diesem Kind irgend etwas in den Mund zu legen, was es gar nicht hätte sagen wollen und seiner Publicity schaden konnte. Wie war ich Vollidiot dazu gekommen, ein Geheimnis zu wittern?

Es klopfte an meiner Tür, ich stand auf, schlüpfte in den Morgenmantel und ließ den Kellner mit dem Frühstück herein.

Der Mokka war heiß und stark und tat mir gut. Die Kritiken über Sara Königs letzten Film waren lau wie abgestandene Limonade. Es gab keinen einzigen wirklichen Verriß darunter, aber der wohlwollende, nachsichtige Ton, den die Federfüchse anschlugen, war vernichtend. Ich wußte, daß die Kritiker Sara niemals als Schauspielerin betrachtet hatten. Ihnen war ihr rasanter Aufstieg, ihr strahlender Ruhm von jeher unheimlich gewesen, ein Phänomen, das sie so wenig begreifen konnten wie ich selbst. Man spürte deutlich die Genugtuung, mit der sie jetzt zwischen den Zeilen durchblicken ließen, daß Sara Königs Stern im Absinken war.

Für mich gab es bei der ganzen Sache nur noch ein Rätsel – wieso war mein Boß gerade jetzt so scharf hinter einer Sara-König-Story her? Ich hatte keine Ahnung, wie er auf diesen falschen Dampfer gekommen war. Ich für meinen Teil war wild entschlossen, mir die Sache so rasch wie möglich vom Hals zu schaffen.

Als ich das hämische Grinsen sah, mit dem die lieben Kollegen mich am nächsten Tag in der Münchner Redaktion empfingen, änderte sich blitzartig mein Entschluß. Wenn ich jetzt den Auftrag zurückgab, würden sich alle in dem erhebenden Gedanken sonnen, daß ich es einfach nicht geschafft hätte. Diese Freude wollte ich den Brüdern keinesfalls gönnen.

Baumann, der Chef der Reportage- und Tatsachenabteilung, griff nach mir, als ich mich gerade bis zu meinem Kämmerchen durchgeschlängelt hatte. »Hallo, Charly«, sagte er launig. »Haben Sie sich schon Ihren Geburtstagstisch angesehen?«

Erst als ich meinen Schreibtisch ansah, begriff ich, was er meinte. In schwankenden Stößen war dort alles aufgestapelt, was jemals über Sara König veröffentlicht worden war, mit inbegriffen ein Haufen Fotografien von ihr, die irgendeinmal angekauft und später doch nicht gebracht worden waren.

»Ich hoffe, das hilft Ihnen ein Stückchen weiter«, sagte Baumann und weidete sich an meinem Entsetzen.

Paulchen Baumann war ein feiner Kerl, und er verstand etwas von seinem Fach, aber mir war er nicht ganz grün, weil er sich nicht von der kindlichen Einbildung losreißen konnte, daß meine Arbeit mehr oder weniger darin bestand, große Spesen zu machen und mir mit feinen und weniger feinen Leuten die Nächte um die Ohren zu schlagen. Meine freundschaftlichen

Gefühle für ihn waren durch die Tatsache getrübt, daß er es nie unterlassen konnte, in meinen Artikeln herumzustreichen, um das beste in den Papierkorb fallen zu lassen.

Aber ich beherrschte mich. »Danke schön, Paulchen«, sagte ich heiter, »eure Fürsorge rührt mich zu Tränen. Ich werde den Mist sichten, sobald ich Zeit habe.«

»Wann können wir mit der ersten Folge rechnen?«

Ich zog es vor, diese Frage nicht zu beantworten, und bestellte über das Haustelefon in der Kantine zwei »Halbstarke«. »Sie trinken doch eine Tasse Kaffee mir mir, wie?« fragte ich, als ich den Hörer aufgelegt hatte.

Baumann hatte sich schon in dem Sessel gegenüber dem Schreibtisch niedergelassen und streckte seine kurzen Beine behaglich aus. Die Hände über dem rundlichen Bauch gefaltet, saß er da und strahlte mich an wie ein gesättigter Säugling. »Nichts erreicht, was?« krähte er. »Mich können Sie nicht für dumm verkaufen.«

»Wie man's nimmt!« Ich klopfte mir eine Zigarette aus meinem Päckchen und steckte sie in den Mund. »Immerhin habe ich eine Idee!« Ich ließ mein Feuerzeug bewußt umständlich aufklicken, um Zeit zu gewinnen.

»Wirklich? Ich höre immer ›Idee‹. Wollen Sie die Mutter mit einem Holzhammer narkotisieren, damit Sie das Töchterchen in aller Ruhe ausquetschen können?«

»Auch nicht schlecht«, sagte ich und ließ mein Feuerzeug wieder in der Hosentasche verschwinden, »aber die Mutter scheint mir nicht so interessant. Ich würde vorschlagen, wir sollten uns einmal ein bißchen um den Vater kümmern.«

Das hatte gesessen. Paulchen Baumanns Lächeln war wie weggeblasen, er starrte mich mit offenem Mund an. »Um – wen?«

»Ich sagte es schon. Um den Vater. Sara König muß ja schließlich auch einen Vater haben – oder wenigstens gehabt haben.«

»Sollte man annehmen. Aber der ist doch, wie es heißt, längst tot.«

»Was weiß man schon?« Ich wühlte in dem Stapel der Verleihmitteilungen und hatte in wenigen Sekunden gefunden, was ich suchte. »Schon in frühester Jugend verlor Sara König ihren Vater...«, las ich, und auf einem anderen Blatt stand: »Kaum vier Jahre als, wurde die kleine Sara Waise. Sie verlor den über alles geliebten Vater...« Ich legte das Blatt zurück. »Und so weiter und so fort«, sagte ich, »Sie wissen schon, was ich meine.«

»Stimmt«, sagte Paulchen neidisch. »Charly, Sie sind ein Genie! Ich habe Sie immer verkannt.«

»Kann natürlich auch eine Fehlzündung sein«, lenkte ich bescheiden, wie ich manchmal bin, ein, »aber immerhin glaube ich, es wird sich lohnen, die Sache zu untersuchen. Wer war der Vater? Wann starb er? Wie hieß er?«

»König schon mal nicht, da bin ich ganz sicher. König ist der Mädchenname ihrer Mutter.«

»Vielleicht waren ihre Eltern gar nicht verheiratet?« schlug ich vor.

»Sie meinen, unehelich? Das wäre die Masche. Aber ich fürchte, das können wir nicht bringen. Da schlagen uns unsere Leser die Redaktion ein.«

»Wer spricht denn hier von bringen? Bloß – wenn man's wüßte, könnte man...«

Baumann verstand, was ich sagen wollte, ohne daß ich es aussprach. »Dann hätten wir die Alte in der Tasche«, folgerte er. »Junge, das wäre ein Sieg!«

»Noch sind wir nicht soweit, Paulchen«, dämpfte ich seine Begeisterung. »Denken Sie immer daran – der Vogel, der morgens zu früh singt, den holt am Abend die Katze. Aber immerhin, setzen Sie jemanden dran. Es müßte festgestellt werden, wo Friedl König in den Nachkriegsjahren gesteckt hat, wahrscheinlich war sie an irgendeinem Theater als Soubrette engagiert. Wenn das klar ist, müssen unsere Leute dran, ich denke, man wird dann schon einiges bei den Einwohnermeldeämtern recherchieren können.«

»Wem erzählen Sie das?« fragte Paulchen aufgebracht. »Habe ich Ihnen schon einmal erklärt, wie man eine Reportage schreiben muß?«

»O doch, Paulchen«, sagte ich grinsend, »das tun Sie jedesmal. Sie können von Glück reden, daß ich mich nie nach Ihren Ratschlägen richte.«

Paulchen warf mir aus seinen kugelrunden Augen einen Blick zu, der wohl vernichtend wirken sollte, stemmte seine kurzen Beine auf den Boden und stand auf.

»Wollen Sie schon gehen?« rief ich.

»Ich wüßte nicht, was wir beide noch miteinander zu besprechen hätten«, sagte er mit der Miene einer tiefgekränkten Primadonna, »ich kann es mir nicht erlauben, meine Zeit mit Geschwätz zu vergeuden.«

»Was wird mit Ihrem ›Halbstarken‹?«

»Trinken Sie ihn für mich mit, oder laden Sie eine Ihrer Anbeterinnen dazu ein.« Er stolzierte zur Tür, drehte sich überraschend um und zeigte wieder sein vertrautes Grinsen. »Machen Sie's gut, Charly!« sagte er. »Sobald wir den Fisch gefangen haben, kriegen Sie ihn serviert. Auf einem silbernen Tablett, versteht sich, wir wissen, was wir Ihnen schuldig sind!« Er prallte in der Tür mit dem Jungen zusammen, der den Kaffee heraufgebracht hatte.

»Wollen Sie nicht doch...«, fragte ich, aber da war er schon verschwunden.

Auch ich sollte heute mittag nicht mehr in den Genuß meines »Halbstarken« kommen. Noch ehe der Junge die Tassen abgesetzt hatte, schrillte das Telefon. Ich nahm den Hörer ab und war in wenigen Sekunden mit Helmut Steinkampf, dem Chef persönlich, verbunden. Wie gewöhnlich schmetterte er seine Sätze wie Fanfarenstöße ins Telefon und ließ mich gar nicht erst zu Wort kommen. »Passen Sie auf, Charly!« dröhnte er. »Fahren Sie sofort raus nach Geiselgasteig! Ich habe schon mit Putzi Hoffmann Ihretwegen gesprochen. Sie dürfen herumschnüffeln, soviel Sie wollen. Eine interessante Situation. Gessler hat sich in den Kopf gesetzt, Sara vollkommen umzumodeln. Für Putzi Hoffmann hängt alles davon ab, wie es klappt. Der Verleihvertrag ist noch nicht erneuert. Also reißen Sie die Augen auf. Es liegt an Ihnen, was Sie da herausholen. Fahren Sie sofort los. Ende!«

Es knackte in der Leitung, Steinkampf hatte aufgelegt. Genau zweiunddreißig Sekunden später saß ich in meinem Gottfried und brauste los.

Der Film hieß *Frühling in Berlin.* Warum er ausgerechnet in München gedreht wurde, konnte ich nur ahnen. Das Stückchen Kurfürstendamm, im Hintergrund Gedächtniskirche, das sie in Halle vier aufgebaut hatten, war jedenfalls überwältigend. Bestimmt war der Architekt der Überzeugung, daß es in Wirklichkeit gar nicht so echt sein konnte. Schade, daß man die Berliner Luft nicht in der Retorte hatte herstellen können. Denn seit dem frühen Morgen herrschte Föhn in München, und die Stimmung im Geiselgasteiger Filmatelier war dementsprechend. Vielleicht hatte die allgemeine Nervosität auch noch andere Gründe.

Der Produzent Otto Hoffmann, genannt Putzi, saß in einem der leinenbespannten Klappsessel. Seine Miene war grimmig. Putzi Hoffmann war ein alter Filmhase. Er hatte zeit seines Lebens Filme gemacht, und wenn er früher mal etwas anderes betrieben haben sollte, so konnte er sich höchstwahrscheinlich selbst nicht mehr daran erinnern. Er kannte das Filmgeschäft wie seine Hosentasche. Ein paarmal war er bankrott gewesen, aber er war immer wieder auf die Beine gekommen.

Warum er so trübe blickte, wurde mir klar, als ich drei Schritte von ihm entfernt Egon Pauly vom Orion-Verleih entdeckte. Er saß nicht, sondern er stand, und zwar auf eine unübersehbar ostentative Weise. Ich wußte wie jeder andere, daß er sich vom Buchhalter eines Bezirksverleihs zum allmächtigen Verleihchef hinaufgearbeitet hatte. Wer es nicht wußte, hätte es leicht erraten können, denn Egon Pauly sah noch immer aus wie ein Buchhalter in seinem engen, altmodischen, hochgeschlossenen Rock, dem kalten, humorlosen Gesicht und dem Zwicker vor den kurzsichtigen Augen. Pauly kannte keinen künstlerischen Gesichtspunkt und noch weniger Sentimentalitäten. Das einzige, worauf es ihm ankam, war der Kassenbericht. Wenn der nicht stimmte, wurde er sauer. Die Kasse der letzten beiden Sara-König-Filme hatte nicht ganz gestimmt.

Im Augenblick wurde nicht gedreht. Das Scriptgirl, platinblond, der Regisseur, der Aufnahmeleiter und einige andere Figuren, deren Funktion ich nicht kannte, huschten, über Kabel stolpernd, hin und her, ohne daß ich den Sinn dieser eifrigen Betriebsamkeit hätte deuten können. Das tote Auge der Kamera starrte unablässig auf die noch leere Dekoration vor dem Blumenladen, die schon vollkommen ausgeleuchtet war. Der Hauptdarsteller Peter van Eyck hielt sich etwas abseits im Schatten, die Hände in den Hosentaschen, und wippte unaufhörlich auf den Zehen auf und ab. Ich konnte von meinem Posten aus sein Gesicht unter dem weißblond gefärbten Haar nicht erkennen, aber seine ganze Haltung drückte Unbehagen aus.

Auch Rolf Gessler, der junge Regisseur, war sichtlich nervös, obwohl er sich alle Mühe gab, es zu verbergen. Er konnte seine Hände keinen Augenblick ruhig halten, strich sich immer wieder über das dunkle, leicht gesträubte Haar, gab flüsternd Anweisungen hierhin und dahin, die nach meiner Ansicht völlig überflüssig waren. Alle warteten auf Sara König, die sich im Hintergrund des

Raumes noch einmal den flinken Händen ihrer Maskenbildnerin überlassen hatte.

Der Duft eines starken exotischen Parfüms verriet mir, daß sich Tamara Tess in meiner Nähe befand, noch bevor ich sie gesehen hatte. Ich drehte mich nicht um, bis sie so nahe bei mir stand, daß ihr mohnrotes Haar meine Wange kitzelte. »Armes Schäfchen«, flüsterte sie.

Ich sah ihr in die aufregend grünen Augen, die durch kohlschwarze Striche geschickt vergrößert waren. »Wo stimmt's nicht?« fragte ich.

»Du wirst schon sehen!« raunte sie, dann fügte sie in einem Ton hinzu, der unverkennbar ehrlich war: »Ich würde ihr so gern helfen.«

»Können wir?« rief Rolf Gessler in diesem Moment.

Sara König war ins Scheinwerferlicht getreten, auch Peter van Eyck löste sich aus dem Schatten.

»Wir können!« rief jemand von der Kamera her.

»Fein, dann versuchen wir's jetzt noch mal. Achtung, Aufnahme!«

»Kamera läuft!«

»Ton läuft!«

Ein Jüngling in einem gestreiften Baumwollpullover trat vor die Kamera, die Klappe fiel. »Einstellung zweihundertsiebzehn, das elfte Mal!«

Die weiche Hand der Sexbombe neben mir klammerte sich um meinen Arm. O weh, dachte ich, das elfte Mal, das ist ein dicker Otto!

Atemlose Stille herrschte im Atelier, als Peter Döring, einen Strauß roter Rosen im Arm, aus der Tür des Blumenladens kam. Sara, im eleganten französischen Kostüm, ein zauberhaftes Frühjahrshütchen auf dem Kopf, ganz auf junge Dame zurechtgemacht, trat ihm entgegen und rief mit glücklicher Stimme: »Für mich?«

Peter van Eycks Gesicht zeigte Verwirrung. Er verstand es mit einer winzigen Geste deutlich zu machen, daß diese Blumen eigentlich für eine andere Dame gedacht waren. Dann aber legte er sie ihr lächelnd in die Arme.

»Danke!« hauchte Sara, stellte sich auf die Zehenspitzen und bot ihm ihren Mund. Sie tat es auf eine natürliche Weise, wie ein Schulmädchen, das von einem guten alten Onkel einen netten kleinen Belobigungskuß erwartete. Und so küßte Peter van Eyck sie denn auch.

»Schluß! Schluß! Aus!« brüllte Rolf Gessler. »Zum Donnerwetter noch einmal! Seid ihr denn von allen guten Geistern verlassen? Dies ist kein Kleinmädchenfilm, dies ist... Verdammt noch mal, van Eyck, warum helfen Sie ihr denn nicht? So macht man das!« Er riß die bestürzte Sara in seine Arme und brannte ihr einen Kuß auf, der alle Sprachen sprach. Sie stand da wie zur Salzsäule erstarrt, als er sie losließ. Er beachtete sie gar nicht. »Und jetzt das Ganze noch mal!« befahl er. »Und du, Sara, vergiß nicht, daß du kein Milchkind mehr bist, fang endlich mal an, ein Mensch zu sein. Zeig, was in dir steckt. Hör auf mit der Jungfernmasche! Du bist doch ein Mädchen, eine Frau, ein...«

Er sprach den Satz nicht zu Ende, denn Sara tat etwas, was niemand, und am allerwenigsten wohl Gessler selbst, von ihr erwartet hätte. Sie riß sich das zauberhafte Frühjahrshütchen vom Kopf, warf es mit Schwung auf den Boden, trampelte mit beiden Füßen darauf herum und schrie: »Ich will nicht mehr!« Ehe noch irgend jemand eingreifen konnte, hatte sie sich auf dem Absatz umgedreht und war aus der Halle gerast.

Friedl König, die ich bisher noch gar nicht bemerkt hatte, obwohl ich es mir hätte denken können, daß sie ihr Kind auch vor der Kamera keinen Augenblick allein lassen würde, stürzte ihr wie eine Furie nach. Auch Rolf Gessler machte Anstalten, ihr nachzulaufen, aber Putzi Hoffmann winkte ab. »Lassen Sie, Gessler, es ist sinnlos.«

»Wieso denn?« protestierte Gessler, nicht sehr überzeugt. »Wir werden sie hinkriegen! Ich schwöre es Ihnen, daß ich sie hinkriege! Lassen Sie ihr Zeit!«

Putzi Hoffmann hörte ihm gar nicht zu, sondern warf einen fragenden Blick zu Egon Pauly hinüber, der sich mit angewiderter Miene abgewendet hatte und mit steifen Schritten den Schauplatz verließ.

»Ich glaube, sie ist mit den Nerven runter«, sagte Tamara Tess mit einem Lächeln, das einen Eisblock hätte schmelzen können, »das kann doch schließlich jedem passieren, nicht wahr?«

»Natürlich. Kann.« Putzi Hoffmann erhob sich ächzend aus seinem Sessel. »Aber nicht für mein Geld.«

»Sollen wir ohne Pony weitermachen?« fragte Gessler hilflos.

»Machen Sie, was Sie wollen!« Nach diesem orakelhaften Satz entfernte sich Putzi Hoffmann.

Ich hätte mich gern mal mit Gessler in aller Ruhe über Sara

König unterhalten. Der junge Regisseur, der sich mit vier Filmen bereits nach vorne gespielt hatte, war ein sensibler und begabter Bursche. Daß er den Mut aufbrachte, eine neue Sara zu formen, ließ tief blicken. Aber der Zeitpunkt erschien mir dennoch verfehlt.

»Brauchst du mich noch, Rolf?« fragte Tamara mit sanftem Augenaufschlag.

»Fahr zum Teufel!« sagte er grob.

Tamara Tess zeigte sich nicht im geringsten betroffen; sie küßte ihn mit flüchtiger Sinnlichkeit auf beide Wangen und sagte warm: »Es wird schon alles wieder werden, Rölfchen. Mach dir nichts draus!« Dann tänzelte sie hinaus. Ihr hautenges Seidenkleid umschloß aufregend prall ihren Körper.

Man wird es mir vielleicht nicht glauben, aber ich folgte ihr nicht deshalb, sondern weil sie, wie jeder wußte, Saras einzige wirkliche Freundin war. Ich hoffte, sie zum Sprechen bringen zu können und durch sie einige Sensationen zu erfahren. Aber ich konnte mich nicht in ihrem Kielwasser halten, denn Friedl König dampfte mir dazwischen, aber klein und mollig, wie sie war, reichte sie mir bloß bis zur Schulter und mußte den Kopf zurücklegen, um mir in die Augen zu sehen. »Ich warne Sie! Wenn Sie etwas über diesen Zwischenfall schreiben...«, zischte sie mich zornig an.

»Ja, was dann?« fragte ich.

Plötzlich veränderte sich ihr Gesichtsausdruck, in ihren Augen stand echte Angst. »Bitte, Herr Holländer, schreiben Sie nichts!« flehte sie.

»Wo ist Sara?«

»Ich weiß es nicht.«

»Finden Sie, daß ich so dumm aussehe?«

»Ich weiß es wirklich nicht!« behauptete sie, und die Tränen, die in ihre Augen traten, waren offensichtlich echt. »Sie ist verschwunden. Sie hat sich nicht einmal abgeschminkt. Ich mache mir solche Sorgen.«

Ich ließ sie stehen, bevor sie zu schluchzen anfing. Friedl König war die letzte, der ich es gegönnt hätte, mich weich zu sehen. In der Kantine genehmigte ich mir einen Manhattan, rauchte eine Zigarette, dann schlenderte ich zum Tor. Draußen traf ich auf Tamara Tess, die, wie immer von einer Schar männlicher Bewunderer umgeben, vor Aufregung förmlich sprühte. »Mein Wagen ist weg!« schrillte sie. »Sara ist mit meinem Wagen abgehauen!«

»Na, gönn ihr das Vergnügen, Kindchen!« sagte ich beruhigend. »Sie wollte bestimmt bloß ein bißchen frische Luft schnappen. Das hatte sie wohl auch verdammt nötig.«

»Wie komme ich jetzt in die Stadt zurück?«

»Mit mir!« sagte ich freundlich. »Komm, Süße!«

Neidvolle Blicke folgten mir, als ich sie, den Arm um ihre Taille, zu meinem Wagen führte. Sie verstaute ihr Köfferchen unter dem Sitz, zündete eine Zigarette an, steckte sie mir zwischen die Lippen und nahm sich selbst eine. Während ich den Wagen rückwärts aus der Parklücke lavierte, begann sie an meinem Radio herumzudrehen.

»Hier Isar eins!« sagte eine spröde männliche Stimme. »Isar eins ruft Zentrale!«

»Was ist denn das für ein komischer Sender?« fragte Tamara Tess verblüfft.

»Kurzwelle«, sagte ich, »Polizeifunk.«

»Habe ich noch nie gehört.« Sie war beeindruckt.

»Stell lieber Tanzmusik ein, Mädchen!«

Sie schüttelte ihre mohnrote Mähne und legte ihre Hand auf meinen Arm.

»Schweres Autounglück an der Unterführung Schragerndorfer Straße«, meldete sich die spröde Stimme wieder, »roter Sportwagen ist aus der Fahrbahn geschleudert worden und anscheinend mit hoher Geschwindigkeit gegen die Mauer geprallt. Auto total zertrümmert, Fahrerin schwer verletzt. Schickt sofort Krankenwagen.« Im Radio tönte ein Knacken, dann sagte eine andere Stimme: »Verstanden. Krankenwagen zur Unterführung Schragerndorfer Straße.«

»Das ist ja toll!« flüsterte Tamara atemlos.

Wieder meldete sich die erste Stimme: »Der Wagen hat das Kennzeichen M Strich L hundertachtundsiebzig...«

Tamaras Hand krallte sich schmerzhaft in meinen Arm. »Mein Gott!« stieß sie hervor. »Das ist mein Wagen!«

Die Sekunde, die ich sie ansah, genügte fast, um mein Auto aus der Richtung zu bringen.

»Sara!« flüsterte Tamara Tess. »Mein Gott, Sara!«

Als wir an der Unfallstelle eintrafen, hatten sie das, was ehemals ein prächtiger roter Sportwagen gewesen war, schon von der Mauer abgekratzt. Der Kühler war zusammengedrückt wie eine Ziehharmonika, und die Karosserie war nicht mehr als ein Haufen bizarr verbeulten und verbogenen Blechs. Drei massive Männer vom Abschleppdienst waren gerade dabei, das Wrack auf einen schweren Lastwagen zu hieven.

»Mein Gott!« stöhnte Tamara neben mir, »o mein Gott!«

»Sara König war ja nicht mehr drin!« sagte ich trostreich, nahm Gas weg und ließ mein Auto langsam auf den Funkstreifenwagen zurollen, der etwa zehn Meter von der Unfallstelle entfernt parkte. Dieses Manöver war gar nicht so einfach, denn obwohl eigentlich schon alles vorbei war, standen etwa zwei Dutzend Unentwegte, die offensichtlich nichts Besseres zu tun hatten, immer noch herum und ergötzten sich an dem schauerlichen Anblick und ihrer wahrscheinlich noch viel schauerlicheren Phantasie.

»Mein schönes Auto!« entfuhr es Tamara Tess.

Ich verstand sie erst gar nicht und sah sie von der Seite an.

»Hoffentlich wird die Versicherung, wo ich doch gar nicht am Steuer saß...«

»Sie wird, Mädchen, sie wird!« Ich stieg aus und knallte die Wagentür hinter mir zu. Ich kam gerade noch zurecht, die Polizisten klappten ihre Notizbücher zu, in die sie die Bremsspuren und anderes Wissenswerte aufgeschrieben hatten, und trabten zum Funkstreifenwagen.

»Hallo, Moment!« rief ich.

Sie beachteten mich gar nicht, sondern stiegen in aller Seelenruhe ein. Ich hielt dem Mann, der neben dem Fahrer auf dem Vordersitz saß, meinen Journalistenausweis vor die Augen. »Schweres Unglück? Wie ist es dazu gekommen?«

Der Polizist wurde, das sei zu seiner Ehre gesagt, sofort zugänglicher. »Hinterher schwer zu sagen«, erklärte er achselzuckend, »möglich, daß die Fahrerin betrunken war, oder sie konnte überhaupt nicht fahren, oder auch«, er beugte sich aus dem Wagenfenster zu mir heraus, »der rechte Vorderreifen war geplatzt. Das kann natürlich aber auch erst beim Aufprall gegen die Mauer geschehen sein.«

»Danke«, sagte ich, »und wo ist sie jetzt? Ich meine, die Fahrerin?«

»Der Sanitäter wollte es erst einmal bei der Privatklinik von Professor Werner versuchen. Die liegt ganz in der Nähe. Zweite Querstraße rechts. Sonst noch Fragen?«

»Haben Sie schon festgestellt, wem der Wagen gehört?«

»Nicht unsere Aufgabe. Das macht die Zentrale!«

Ich trat zurück, als der Fahrer Gas gab und der Funkstreifenwagen mit heulenden Sirenen und Blaulicht davonschoß.

Tamara Tess sah mir mit grünfunkelnden Augen entgegen. Mir fiel auf, daß sie sehr blaß war, das Mohnrot ihrer Mähne bildete einen schreienden Kontrast zu ihrer kalkweißen Haut. Es wirkte unnatürlicher denn je. »Ist sie – tot?« flüsterte sie.

Ich stieg ein und sagte, ohne sie anzusehen: »Keine Ahnung. Jedenfalls hat man sie nicht ins Leichenschauhaus, sondern in eine Privatklinik gebracht.«

»Das arme Kind! Hoffentlich ist sie bloß...« Sie mußte mir wohl an der Nasenspitze abgelesen haben, daß ich im Augenblick nicht zur Konversation aufgelegt war, denn sie verstummte unvermittelt und verhielt sich schweigend, bis wir durch das schwere Eisentor in den Park der Wernerschen Privatklinik fuhren. Dann konnte sie sich nicht länger zurückhalten. »Ein Freund von mir hat hier mal gelegen«, platzte sie heraus, »verflixt teurer Laden. Astronomische Preise. Aber die können sich's erlauben. Es ist auch danach.«

Es war auch wirklich danach. Kein Filmarchitekt hätte ein Privatsanatorium pompöser aufbauen können. Das schneeweiße moderne Gebäude mit den riesengroßen Fenstern, die in der Mittagssonne funkelten, wirkte eher wie ein hypermodernes Hotel als wie ein Krankenhaus. Der Park mit den mächtigen alten Bäumen, den blühenden Büschen und dem sehr gepflegten, kurz geschorenen Rasen war eine Weide für das Auge und auch für die Füße der Kranken, die hier allein oder in Gruppen herumflanierten. Es fiel mir auf, daß niemand Krankenhauskleidung trug. Die Rekonvaleszenten spazierten in ihren eigenen Pyjamas und Morgenröcken, manche sogar vollkommen angezogen in hellen Sommerkleidern oder Flanellanzügen, über den Rasen. Trotzdem war mir klar, daß unter all diesen bunten Vögeln Tamara doch der bunteste sein würde, und mir lag im Augenblick viel daran, jedes Aufsehen zu vermeiden.

»Hast du nicht eine Verabredung, Mädchen?« fragte ich deshalb so liebenswürdig, wie es mir möglich war.

Sie durchschaute mich sofort. »Du willst mich wohl abhängen?« konstatierte sie ungerührt. »Aber da hast du Pech gehabt, mein Süßer!« Sie stieg aus, ohne darauf zu warten, daß ich ihr die Wagentür öffnete.

Der Pförtner in seiner tadellosen dunkelblauen Uniform mit den silbernen Knöpfen hätte als Butler für einen Gesellschaftsfilm verwendet werden können. Da ich weiß, daß man in solchen Privatkliniken manchmal etwas oder viel gegen Presseleute hat, ließ ich durchblicken, daß ich von der Polizei wäre, und das machte ihn auch sofort weich. Mit wichtiger Miene überflog er die Eintragung im Aufnahmebuch und sagte dann: »Der Unglücksfall – Zimmer siebenundzwanzig, zweiter Stock.« Dann fiel sein wachsames Auge auf Tamara. »Und Sie?«

»Meine Braut«, sagte ich rasch.

Ehe der Pförtner noch den Mund auftun konnte, hatten wir uns schon aus seiner Reichweite verdrückt. Wahrscheinlich gab es in dieser Superklinik einen oder mehrere Lifte, aber ich wollte mich nicht mit Suchen aufhalten, und so stiegen wir zum zweiten Stock hinauf. Zimmer siebenundzwanzig war ganz am Ende des breiten, hellen Ganges, dessen Wände in einem zuckrigen Rosa gestrichen waren, die Decke dagegen blau. Aber der fröhliche Anblick trug nicht dazu bei, meine Stimmung zu heben. Ich machte mir, obwohl ich es mir selbst nicht eingestehen wollte, entsetzliche Sorgen um Sara.

Ganz leise pochte ich an die Tür, dann drückte ich auf die Klinke und trat ein. Zimmer siebenundzwanzig war leer. Ich drehte mich um und begegnete Tamaras grünen Augen, die vor Schreck fast schwarz geworden waren. Sie legte die Hand mit den überlangen Fingernägeln auf den rotgeschminkten Mund, um einen Entsetzensschrei zu unterdrücken.

In diesem Augenblick hatte uns eine Schwester entdeckt. »Sie wünschen?« fragte sie mit zurückhaltender Höflichkeit.

Ich schluckte trocken.

»Die Patientin, die Sie suchen, ist noch im Operationssaal«, sagte die Schwester, ohne meine Frage abzuwarten.

Ich hatte meine Stimme wiedergefunden. »Danke. Und wo ist der Operationssaal?«

»Dort dürfen Sie nicht hinein.«

»Ich weiß, natürlich. Aber könnte ich nicht wenigstens den Professor sprechen?«

»Den Chef? Der Herr Professor operiert selbst.«

»Vielleicht könnten wir dann vor dem Operationssaal auf ihn warten?«

Die Schwester zögerte eine Sekunde, aber mein inniger Blick war so vertrauenserweckend, daß sie nicht widerstehen konnte.

»Operationssaal A im ersten Stock«, sagte sie, wandte sich um und entschwebte. Erst jetzt sah ich, daß ihre Beine lang, schmal und wunderbar geformt waren, und mir fiel nachträglich auf, daß auch ihre Vorderansicht nicht von Pappe gewesen war.

Tamara Tess bestätigte mir diese Ansicht. »Arrogantes Biest!« sagte sie verächtlich.

Über der Tür des Operationssaales leuchtete das rote Licht. Wir hätten gar nicht so die Treppen hinunterzujagen brauchen, denn wir kamen immer noch viel zu früh. Drinnen lag Sara König, die kindhafte, liebenswerte kleine Sara König, das Idol Hunderttausender junger Menschen, und rang vielleicht mit dem Tod, während wir beide draußen standen und warten mußten. Wir konnten nichts für sie tun, beim besten Willen nicht, das versuchte ich mir immer wieder in mein Gehirn zu hämmern, aber die ganze Geschichte hatte mich verdammt mitgenommen. Ich nahm mir eine Zigarette und dachte natürlich erst zu spät daran, auch Tamara eine anzubieten, aber sie machte keine Bemerkung darüber. Sie war genauso nervös wie ich. Als ich ihr Feuer gab, merkte ich, daß ihre Hände zitterten.

»Du wirst es nicht glauben«, sagte sie und sah mir herausfordernd in die Augen, »aber Sara König ist meine einzige Freundin.« Nach einer kurzen Pause, in der sie einen tiefen Zug nahm, fügte sie hinzu: »Meine einzige wirkliche Freundin.«

Plötzlich kam mir eine Idee. »Dann müßtest du doch eigentlich auch ihren Vater kennen«, sagte ich langsam.

»Vater? Hat sie denn einen?«

Trotz meiner Niedergeschlagenheit mußte ich grinsen. »Tamara! Ich hätte nicht gedacht, daß ausgerechnet deine Kenntnisse...«

»Nein, so meine ich das natürlich nicht«, unterbrach sie mich ärgerlich. »Bloß, soviel ich weiß, ist Saras Vater schon lange tot. Wenn sie überhaupt, ich meine, wenn Friedl König überhaupt verheiratet war.«

Ich pfiff durch die Zähne. »Du glaubst also, daß sie...?«

»Bitte, dreh mir nicht das Wort im Mund herum!« sagte sie schrill, obwohl ich wirklich nur das aussprach, was sie angedeutet hatte. »Ich kratze dir die Augen aus, wenn du irgend etwas Schlechtes über Sara schreibst! Übrigens...« Sie stockte und fuhr sich durch ihre mohnrote Mähne, »jetzt fällt es mir ein, sie hat bestimmt einen Vater gehabt!«

»Auf einmal?« fragte ich ungläubig.

»Nein, von eh und je!« gab sie spitz zurück. »Ich kenne sogar seinen Namen. Wenn ich mich recht erinnere, muß er Rotenburg – nein, ich hab's, ich weiß es jetzt wieder ganz genau – er hat Rodenberg geheißen.«

»Was weißt du sonst noch über diesen mysteriösen Herrn?«

»Nichts.«

»Wenn Sara mit dir über ihn gesprochen hat...«

»Hat sie gar nicht. Paß mal auf, das war so. Wir waren doch vor drei Jahren bei Außenaufnahmen in irgendeinem Dorf in Oberbayern. Ja, in Neubeuern war es, und da stießen wir auf so eine Schachtel, die anscheinend da zur Sommerfrische war. ›Mensch, Tamara‹, sagte Sara, ›das ist doch meine alte Mamuschka! Wir haben sie immer so genannt, weißt du, sie war meine erste Lehrerin beim Ballett in Gießen!‹«

»Was das mit Saras Vater zu tun haben soll, weiß ich immer noch nicht.«

»Warte es ab! Sara ging also hin und begrüßte die alte Frau. Die war erst ganz verwirrt und konnte sich anscheinend an nichts erinnern, und dann sagte sie plötzlich, als ob ihr eine Erleuchtung vom Himmel gekommen wäre: ›Ach, Sie waren doch die kleine Rodenberg!‹ Begreifst du jetzt, Charly? Rodenberg. Friedl König hat immer Friedl König geheißen, das weiß ich ganz genau, also muß ein Herr Rodenberg Saras Vater gewesen sein.«

»Du liest wohl Kriminalromane, was?«

»Ich bin keine Schnüfflerin, wenn du das meinst. Ich habe mit keinem Menschen über diese Sache gesprochen, und sie wäre mir auch überhaupt nicht mehr eingefallen, wenn du mich nicht danach gefragt hättest.«

»Um so besser«, sagte ich freundlich, »dann schweig auch weiter darüber, wenn es dir möglich ist.«

»Ist deine Neugierde befriedigt?«

»Vielleicht. Jedenfalls war es nett, daß du mir das erzählt hast.« Ich nahm Tamara die Zigarette aus dem Mund und warf sie zusammen mit meinem eigenen Stummel in einen der langhalsigen chromblitzenden Aschenbecher, die alle paar Meter auf dem Flur verteilt waren.

Die Tür des Operationssaales hatte sich geöffnet, das rote Licht war erloschen. Eine fahrbare Tage wurde herausgeschoben. Zwei Krankenschwestern rollten sie langsam den Flur entlang. Wir hatten nichts weiter erkennen können als die Umrisse eines menschlichen Körpers. Sara König war von den Zehenspitzen bis zum Kopf von einem weißen Laken bedeckt. Der Anblick hatte etwas Unmenschliches an sich. Ich spürte, wie die temperamentvolle Tamara neben mir buchstäblich erstarrte. Ich selbst mußte die Zähne zusammenbeißen. Es war gräßlich, einen jungen, blühenden Menschen, dem noch vor wenigen Stunden die Welt zu Füßen gelegen hatte, so arm und ausgeliefert zu sehen. Oder – war sie vielleicht schon tot?

Jetzt trat Professor Dr. Werner mit seinem Gefolge aus dem Operationssaal. Er war ein schöner Mann mit einer hohen Stirn, einer kräftigen Nase und einem energischen Kinn, und noch ehe ich ein Wort mit ihm gesprochen hatte, wußte ich, daß er eitel und despotisch war.

Ich trat auf ihn zu. »Entschuldigen Sie, Herr Professor...« Er hob leicht die grauen Augenbrauen und starrte mich an wie ein lästiges Insekt. »Ist die Operation zu Ihrer Zufriedenheit verlaufen, Herr Professor?«

»Danke, ja«, sagte er um eine Nuance freundlicher.

»Besteht Lebensgefahr?«

»Wer sind Sie?«

Ich zückte wieder mal meinen Ausweis. »Charly Holländer, Presse.«

»Tut mir leid, Journalisten sind in meinem Haus unerwünscht.« Professor Dr. Werner wandte sich ab und wollte uns einfach stehen lassen. Ich vertrat ihm den Weg. »Herr Professor, wir sind gute Freunde der Verletzten.«

»Kennen Sie sie?«

»Ja.«

»Dann geben Sie bitte ihre Personalien der Oberschwester an, damit wir die Familie benachrichtigen können.«

»Das mache ich schon selbst, Herr Professor. Bitte, sagen Sie mir nur, sind die Verletzungen lebensgefährlich?«

Tamara Tess war noch schlauer, als ich erwartet hatte. »Wir sind ja so glücklich, Herr Professor«, flötete sie in einem Tonfall, der einen Stein hätte erweichen können, »daß unsere Freundin ausgerechnet in Ihre Hände gekommen ist. Ihre Bedeutung als Chirurg...« Sie sprach den Satz nicht zu Ende, sondern ließ nur vielsagend ihre überlangen Wimpern flattern.

»Nun ja«, Professor Dr. Werner rieb sich wohlgefällig die Hände und konnte ein geschmeicheltes Lächeln nicht verbergen, »man kann wohl sagen, daß unsere Hilfe im rechten Augenblick kam. Im übrigen hat die junge Dame wirklich Glück gehabt in Anbetracht der Umstände. Eine schwere Gehirnerschütterung, Prellungen, Hautabschürfungen und Schnittwunden.«

»Im Gesicht?« fragte Tamara entsetzt.

»Kaum«, antwortete Professor Dr. Werner ausweichend. »Aller Wahrscheinlichkeit nach wird sie in drei bis vier Wochen wieder ganz gesund sein. Innere Verletzungen lassen sich jedenfalls im Augenblick noch nicht feststellen.«

»Danke, Herr Professor«, sagte Tamara Tess und legte so viel Sinnlichkeit in ihre Stimme, daß es dem Professor wahrscheinlich siedendheiß den Rücken herunterlief.

Er nickte uns gnädig zu und schritt, von seinem Assistenzarzt und einigen Schwestern gefolgt, von dannen. Ich war unendlich erleichtert. »Na, der alte Knacker hat dir wohl mächtig imponiert?« fragte ich Tamara, um meine Rührung zu überspielen.

»Nein, der nicht! Aber der Junge hinter ihm«, erwiderte Tamara prompt und wies mit dem spitzgefeilten Nagel ihres Zeigefingers auf den Rücken des Assistenten. Ich hatte den jungen Mann überhaupt nicht beachtet und sah jetzt nicht mehr von ihm als eine schlanke Figur im weißen Kittel und einem schmalen Kopf mit kurzgeschnittenem dichtem braunen Haar.

Wenig später verabschiedete sich Tamara Tess. Wir hatten uns vorher noch ein bißchen gezankt, weil sie nicht einsehen konnte, warum ich noch bleiben wollte, aber nachdem ich ihr meinen Wagen großzügig zur Verfügung gestellt hatte, gab sie sich zufrieden. Wir verabredeten uns für den Abend im Opern-Espresso, wo sie mir die Autoschlüssel zurückgeben sollte.

»Tu mir einen Gefallen, Tamara«, sagte ich noch, »schweig über alles, was wir heute mir Sara erlebt haben! Schweig, wenn es dir auch schwerfällt!«

»Du hast wohl Angst, daß ich dir zuvorkommen könnte?«

»Denk, was du willst, aber halt den Mund!«

»Gut, werde ich. Aber vergiß nur nicht, Charly, eine Hand wäscht die andere.«

»Wenn's weiter nichts ist! Dir würde ich liebend gern noch einiges mehr waschen!«

Sie küßte mich mit ihrer gewohnheitsmäßigen Sinnlichkeit und stob davon. Ich entschloß mich, draußen im Park auf Friedl König zu warten, denn ich hatte sie am Telefon nur ganz kurz informieren können. Übrigens hatte ich auch noch ein zweites Telefongespräch geführt, und zwar mit meiner Redaktion. Ich hatte die Jungens auf die Spur von Saras Vater gehetzt, jenes mysteriösen Mannes, der wahrscheinlich den Namen Rodenberg trug. Alles Weitere herauszubringen, konnte nicht so schwer sein. Sie mußten nur den alten Zeitungsjahrgängen entnehmen, wo Friedl König zur Zeit ihrer Eheschließung engagiert gewesen war.

Ich hatte meine Zigarette noch nicht halb aufgeraucht, als »Mami« in Saras himmelblauer Luxuslimousine angebraust kam. Sie war irrsinnig aufgeregt, und das konnte ich ihr nicht verdenken. Ich erzählte ihr also die Geschichte von hintenherum und berichtete, daß Sara außer Gefahr war und niemand außer mir und Tamara Tess bis jetzt wußte, wer die Patientin von Zimmer siebenundzwanzig war.

Friedl König bekam ihre Nerven erstaunlich rasch wieder in die Gewalt. »Danke, lieber Herr Holländer«, sagte sie und sah mich an, als wollte sie auf der Stelle ihr Scheckbuch zücken, »was verlangen Sie, wenn ich Sie bitte, weiterhin zu schweigen?«

»Das habe ich Ihnen schon bei der Begegnung in Hamburg gesagt – ein Exklusivinterview mit Sara. Mit Sara allein.«

Sie dachte eine Sekunde lang nach. »Gut«, sagte sie dann, »wenn Sie mir versprechen, alles, was Sie über Sara schreiben, erst mir vorzulegen.«

»Nicht doch!« protestierte ich sanft. »Wie stellen Sie sich das vor, gnädige Frau?«

»Ich muß doch eine gewisse Gewähr haben.«

»Na schön. Weshalb sollen wir uns streiten? Das, was Sara sich heute geleistet hat, wird meinen Chef mehr interessieren als jedes Interview.« Ich tat so, als ob ich gehen wollte, aber ich wußte natürlich, daß sie mich zurückhalten würde.

»Ich bin in Ihrer Hand, Herr Holländer!« sagte sie mit hinsterbender Stimme und sah mich dabei an, als wollte sie mich am liebsten umbringen.

»Fein, daß Sie das einsehen. Also abgemacht. Ich schreibe vorläufig nichts über den Skandal im Atelier und nichts über den Autounfall. Dafür werden Sie mir erlauben, mich wann und wo auch immer mit Sara unterhalten zu dürfen, ohne daß Sie aufkreuzen.«

»Aber...«, fing sie an, dann siegte ihre Vernunft. »Wie Sie wollen«, sagte sie spitz, »ich sehe ein, ich bin Ihnen ausgeliefert!«

Sie rauschte davon, jeder Zoll eine Operettenköniginmutter. Ich wußte, sie würde jetzt Professor Werner aufsuchen und ihn anflehen, das Inkognito ihrer Tochter aufrechtzuerhalten.

In der Pförtnerloge stand das Telefon, das ich schon zweimal benutzt hatte. Ich bestellte mir ein Taxi und fuhr in die Stadt zurück.

In der Nibelungenstraße ließ ich das Taxi halten, zahlte, stieg aus und schritt durch die quietschende Gartenpforte auf die kleine graue Villa zu. Auf dem messinggehämmerten Türschild über dem Klingelknopf waren die Buchstaben *G. v. Vasary* eingeprägt. Sonst nichts.

Ein junges Mädchen öffnete, half mir in der Diele aus dem Mantel und führte mich in das Vorzimmer, wo eine junge Dame mit Brille ungeheuer schnell auf die Tasten einer großen Schreibmaschine einhämmerte. Das junge Mädchen, das mir geöffnet hatte, setzte sich an ein Tischchen und begann Stöße von Briefen zu sortieren. Offensichtlich fanden Vasarys Stars es bequem, ihre Verehrerpost über seine Adresse laufen zu lassen. Das Vorzimmer war ein kleiner, fast quadratischer Raum, dessen Wände über und über mit Filmplakaten bepflastert waren, selbst die Zimmerdecke war nicht verschont geblieben. Ein lebensgroßes Abbild des Sex-Stars Tamara Tess räkelte sich dort im spitzenbesetzten Negligé, und ich mußte zugeben, daß ihre Formen, von unten gesehen, recht gut zur Geltung kamen.

Die bebrillte Sekretärin schrieb einen Satz zu Ende, bevor sie meinen Gruß erwiderte. »Sie wünschen?«

»Herr von Vasary erwartet mich.« Ich schob ihr meinen Presseausweis hin.

Sie drückte einen Knopf auf ihrer Sprechanlage und sagte dann mit einem Blick auf meinen Ausweis: »Ein Herr Holländer möchte Sie sprechen. Er behauptet, daß Sie ihn erwarten!«

Die Stimme von Vasary ertönte: »Er soll warten, bis ich meine Besprechung beendet habe!«

Das bebrillte Mädchen wandte sich wieder ihrer Schreibmaschine zu. Ich ging quer durch den Raum und öffnete die Tür rechter Hand. Ich stand, wie ich es gedacht hatte, in Vasarys geheiligten Räumen. Der Manager saß hinter seinem großen Schreibtisch aus der Zeit Napoleons I., Mayer-Eckhardt, der Pressechef, hockte davor. Sie steckten die Köpfe zusammen und berieten mit Verschwörermienen.

»Nervenzusammenbruch ist nicht gut, gar nicht gut!« hörte ich von Vasary sagen. »Schreiben wir lieber: ›Sara König lehnte es ab, in einer gefährlichen Szene ein Double zu benutzen.‹ So was zieht immer. ›Und dabei ...‹«

»›... verstauchte sie sich den Knöchel!‹« schlug ich freundlich vor.

Die beiden fuhren hoch und starrten mich an, als ob ich eine

Revolvermündung auf sie gerichtet hätte. Meyer-Eckhardts blasses Gesicht zeigte einen grünlichen Schimmer. Er machte den Eindruck eines Mannes, dessen Magengeschwüre vor fünf Minuten aufgebrochen waren.

»Was wollen Sie...?« schrie von Vasary, und seine gepflegte Tenorstimme überschlug sich beinahe. Aber bevor ich noch irgend etwas erklären konnte, hatte er sich schon wieder in der Gewalt. »Ach, Sie sind's, Herr Holländer«, säuselte er mit der Herzlichkeit eines Vaters, dem unvermutet der verlorene Sohn ins Haus geschneit ist. »Ich habe Ihren Namen vorhin nicht gleich verstanden, sonst hätte ich natürlich...«

»Genau das habe ich mir gedacht«, bestätigte ich.

Geza von Vasary erhob sich und kam auf mich zu, elegant und schlank im grauen Anzug mit rotkarierter Weste. Er legte mir die Hand auf die Schulter und führte mich Meyer-Eckhardt zu. »Das ist mein lieber Freund Charly Holländer«, flötete er, »ihm, wie Sie ja schon wissen, haben wir zu verdanken...«

Auch Meyer-Eckhardt hatte sich erhoben. »Danke, wir kennen uns«, sagte er sauer.

»Sie möchten sicher wissen, lieber Herr Holländer...« Geza von Vasary zeigte die krampfhafte Beflissenheit eines Erziehers, der das schlechte Benehmen eines seiner Zöglinge überspielen will, und warf dabei Meyer-Eckhardt einen vielsagenden Blick zu. »Sie möchten jetzt sicher wissen, wie es mit den Dreharbeiten zu *Frühling in Berlin* steht. Herr Meyer-Eckhardt ist der richtige Mann, um Ihnen darüber Auskunft zu geben!«

Das Gesicht des Pressechefs blieb verkniffen.« Wir unterbrechen erst mal«, sagte er widerwillig, »und beginnen einen anderen Film mit O. E. Adler, der bei uns noch unter Vertrag steht. Natürlich muß die Versicherung zahlen. Sobald Sara König wieder auf dem Damm ist, machen wir weiter.«

»Sie glauben, daß sie es schaffen wird?« fragte ich.

»Aber natürlich«, warf Geza von Vasary lebhaft ein, »aber selbstverständlich! Was denken Sie denn? Sara ist eine gute Schauspielerin, eine ausgezeichnete Schauspielerin! Nur vielleicht ein ganz klein wenig überarbeitet. Sie hat zuviel gearbeitet in letzter Zeit, viel zuviel, aber die gnädige Frau hat darauf bestanden, verstehen Sie? Was soll ich machen?« Er breitete seine schlanken, gepflegten Hände aus und ließ sie mit einer resignierenden Geste wieder fallen. »Zwei Wochen Pause...«

»Vier Wochen«, konnte ich mir nicht verkneifen, einzuwenden.

Er überhörte meine Zwischenbemerkung. »... und unsere Sara ist wieder in Form!«

»Na ja, dann ist ja alles in bester Ordnung«, konstatierte ich und zündete mir eine Zigarette an. Eine Pause entstand. Die beiden Herren schienen nun, nachdem sie mir alles Wissenswerte gesagt hatten, auf meinen Abgang zu warten. Ich dachte nicht daran.

»Wir könnten vielleicht ein andermal, lieber Herr Holländer...«, begann Geza von Vasary unbehaglich.

»Oh, ich will gewiß nicht stören«, versicherte ich rasch, »ich werde mich ganz klein machen und irgendwo in einer Ecke warten, bis Sie mit Ihrer Besprechung fertig sind.«

Meyer-Eckhardt gab sich geschlagen. »Ich wollte sowieso gehen«, murmelte er.

Der Manager nahm das Stichwort sofort auf. »Ich werde Sie hinausbegleiten. Wenn Sie eine halbe Stunde warten würden, lieber Herr Holländer.«

Ich blieb allein in dem großen Raum zurück. Aber es dauerte weit länger als eine halbe Stunde. Ich kannte das Zimmer mit den übereinandergelagerten Perserteppichen und der bequemen Rauchecke schon auswendig, und immer noch blieb die Tür geschlossen. Ich schlenderte zum Schreibtisch.

In Vasarys Zimmer gab es keine knalligen Filmplakate an den Wänden, aber auf dem Schreibtisch standen sieben große Starfotografien in silbernen Rahmen, und alle trugen eine handgeschriebene Widmung. Ich hätte mit soviel Lächeln und Schönheit vor der Nase keinen Gedanken fassen, geschweige denn eine einzige Zeile schreiben können, aber Vasarys Nerven schienen besser zu sein, als er zugab. Die Schreibtischplatte war mit Papieren – Briefen, Durchschlägen, Vertragsentwürfen – überhäuft. Unter der Bleistiftschale steckte ein blauer Luftpostbrief. Die Adresse lautete: *Fräulein Sara König, p. A. Geza von Vasary.*

Ich zog den Brief mit spitzen Fingern heraus, sah die amerikanischen Briefmarken, drehte ihn um. Der Absender war, wie die Adresse, mit der Hand geschrieben. Er lautete: *Gotthold E. Rodenberg.* Ich ließ den Brief in meine Jackentasche gleiten.

Natürlich war Tamara Tess nicht zur verabredeten Zeit im Opern-Espresso, und ich mußte warten. Aber das störte mich nicht, ich nahm die Gelegenheit wahr, mir Notizen über mein

Gespräch mit Vasary zu machen. Als ich ihm den Brief Rodenbergs unter die Nase hielt, hatte er sich zuerst gewunden wie ein Aal. Aber dann war er schlau genug gewesen, einzusehen, daß er mich nicht länger belügen konnte. Er hatte zu singen begonnen. Der arme Kerl war ganz aus dem Häuschen gewesen, und ich hatte ihn nicht noch mehr irritieren wollen, indem ich mitschrieb. So blieb mir nichts anderes übrig, als das Geständnis dieser schönen Seele nachträglich aus dem Gedächtnis aufzuzeichnen.

Gotthold Emanuel Rodenberg war der Vater des Filmstars Sara König. »Mami« und Geza von Vasary hatten ihn aus gutem Grund bisher unter den Tisch fallen lassen, denn eine geschiedene Ehe hätte zu dem Bild, das man dem Publikum von Mutter und Tochter gemalt hatte, schlecht gepaßt. Viel besser war die Story vom armen Waisenkind. Tatsächlich war die Ehe zwischen Friedl König und Gotthold Emanuel Rodenberg von Anfang an ein Fehlschlag gewesen. Woran das lag, wußte Geza von Vasary nicht zu sagen, aber da ich »Mami« kannte, konnte ich es mir unschwer vorstellen. Rodenberg hatte eines Tages seine Familie sang- und klanglos verlassen und war im Jahre 1946 nach Amerika ausgewandert, genauer gesagt nach Hollywood. Rodenberg hatte in Deutschland an Provinztheatern als Regisseur und Schauspieler gearbeitet, er hatte auch einige Stücke geschrieben, malen konnte er, wie er glaubte, zu allem Überfluß auch noch. Er hatte also allen Grund, sich selbst für ein Allroundgenie zu halten.

Friedl König hielt ihn für eine Niete. Als sie zwei Jahre nichts mehr von ihm gehört hatte – Geld hatte das Genie anscheinend niemals für seine Familie bezahlt –, ließ sie sich von ihm wegen böswilligen Verlassens scheiden. Sara erzählte sie, daß ihr Vater gestorben wäre. Auf Vasarys Vorschlag nahm Sara zu Beginn ihrer Karriere den Mädchen- und Künstlernamen ihrer Mutter an und nannte sich von nun an Sara König. Wie weit Vasary damals schon in die Familienverhältnisse eingeweiht war, ließ sich heute nicht mehr feststellen. Er behauptete, alles geglaubt zu haben, was Friedl König ihm erzählte.

Jedenfalls ging alles jahrelang glatt, bis eines Tages ein Brief aus Amerika bei Friedl König eintrudelte. Ein Brief von Gotthold Emanuel Rodenberg, dem gern Vermißten. Er schrieb, daß er am Broadway in einem deutschen Kino einen Film mit Sara König gesehen hatte. Daraufhin hätte er sein liebendes Vaterherz entdeckt, und er fand es an der Zeit, sich ein wenig um seine berühmte Tochter zu kümmern.

Diesen ersten Brief zeigte Friedl König Saras Manager, und die beiden beschlossen, überhaupt nicht darauf zu reagieren. Aber so leicht war Rodenberg nicht abzuwimmeln. Als er keine Antwort erhielt und der Brief auch nicht zurückkam, schrieb er ihr wieder. Diesmal wurde er schon massiver. Er verlangte Geld. Friedl König und Vasary schickten es ihm nicht. Sie hatten keine Lust, die Überfahrt des verschollenen Vaters nach Europa zu bezahlen. Rodenberg schrieb wieder und wieder. Er wollte Saras Interessen in Amerika vertreten, er bot einen Stoff an, der Sara auf den Leib geschrieben wäre. Kurzum, er ließ nicht locker. Friedl König fand keine Ruhe mehr. Sie war ständig auf der Jagd, jeden Brief abzufangen, der für Sara ins Haus kam – er konnte ja von ihrem Vater sein. Sara sollte und durfte nichts von der ganzen Geschichte wissen.

So standen die Dinge. Schlecht, aber nicht hoffnungslos. Als ich Vasary gefragt hatte, was er tun würde, wenn Rodenberg plötzlich in Deutschland auftauchen würde, hatte er mir schlicht geantwortet: »Er wird nicht. Ganz unmöglich.«

Ich hatte ihn in seinem Glauben gelassen. Der Arme hatte Sorgen genug, ich wollte ihn nicht noch mehr belasten. Er hatte mich fast auf den Knien angefleht, keine Zeile über seine vertraulichen Mitteilungen verlauten zu lassen. Aber ich hatte ihm das beim besten Willen nicht versprechen können. Schließlich war ich Journalist und nicht Psychiater. Was nutzte mir das interessanteste Material, wenn ich es nicht bringen durfte? Ich hatte ihm lediglich versichert, daß ich, wenn ich mein Talent nicht länger halten konnte, ihn benachrichtigen würde. Das war ein schlechter Trost, und ich wußte es.

Ich sah auf meine Armbanduhr. Es war bereits eine Viertelstunde vergangen, und ich hatte drei Seiten meines Notizbuches vollgekritzelt, aber nicht einmal ein Schimmer von Tamaras mohnroter Mähne war irgendwo zu entdecken. Ich zündete mir eine neue Zigarette an und vertiefte mich noch einmal in meine Aufzeichnungen. Irgend etwas in der Geschichte war faul. Und das ärgerte mich maßlos. Was es war, konnte ich im Augenblick nicht entdecken. Bis jetzt war es nur mein Instinkt, der mir sagte, daß Geza von Vasary nur die halbe Wahrheit erzählt hatte. Warum?

Ich hatte keine Gelegenheit, den Gedanken zu Ende zu denken, denn jetzt erschien Tamara Tess, genauer gesagt, sie rauschte herein. Ihr Haar hatte sie unter einem olivgrünen Turban versteckt, die Augen hinter einer übergroßen Sonnenbrille verborgen und ihre aufregenden Kurven mit einem locker fallenden, schwarzweiß karierten Jackett kaschiert. Dennoch erregte sie an den anderen Tischen Aufsehen genug, und sie saugte es in sich hinein wie ein ausgetrockneter Schwamm und warf mir eine aufgeschlagene Abendzeitung auf den Tisch.

»Da, lies!« sagte sie aufgekratzt. »Ist das nicht fabelhaft?«

Ich hatte gleich entdeckt, was sie meinte. Es war eine mittelgroße Notiz auf der ersten Seite. »Die beliebte Filmschauspielerin Tamara Tess«, las ich, »erlitt heute mit ihrem bekannten roten Sportkabriolett einen schweren Unfall auf der Schragerndorfer Landstraße. Der Wagen ist völlig zertrümmert, Tamara Tess selbst schwebt in Lebensgefahr.«

»Wunderbar, was?« sagte sie begeistert. »Und morgen müssen sie es dementieren. Wie durch ein Wunder unverletzt geblieben und so weiter und so fort. Du weißt schon, du kennst ja die Masche.«

»Gratuliere, Mädchen!« sagte ich, faltete die Zeitung zusammen und gab sie ihr zurück. »Was möchtest du trinken?«

»Das gleiche wie du.« Tamara Tess zündete sich eine Zigarette an. Ich trank mein Glas leer und bestellte zwei neue Manhattan.

Tamara begann, die qualmende Zigarette im Mund, in ihrer großen schwarzen Wildledertasche zu kramen. »Übrigens, Charly, ich habe dir noch was mitgebracht.« Sie schob mir einen Packen auf Hochglanz abgezogener Fotografien über den Tisch. »Ist er nicht süß?«

Ich begann die Fotos, eins nach dem anderen, zu sichten. Sie alle zeigten – Kopf in Großaufnahme – einen sehr fotogenen, sehr eitlen jungen Mann, einmal mit Käsekuchenlächeln, dann wieder mit tragischem Augenaufschlag und endlich schelmisch-verschmitzt. Ein Foto war unnatürlicher als das andere. Trotzdem, das mußte ihm der Neid lassen, sah dieser Bursche glänzend aus – falls man ihm verzeihen wollte, daß die Augen vielleicht ein wenig zu klein waren, ein wenig zu dicht beieinander standen und das Kinn etwas kräftiger hätte sein können. Das lackschwarze Haar trug er über einer hohen, ausdrucksvollen Stirn straff zurückgekämmt. Mir war er widerlich.

»Weißt du«, sagte ich und schob Tamara die Fotografien wieder zu, »eigentlich interessiere ich mich mehr für Frauen.«

»Charly! Du hast doch versprochen, mir zu helfen!«

»Dir ja, aber doch nicht diesem Schnösel!«

Etwas Überraschendes geschah – Tamara stiegen Tränen in die Augen. »Du bist gemein, Charly«, sagte sie mit erstickter

Stimme, »er ist – ich will nicht, daß du so über ihn sprichst! Ich liebe ihn.«

Der Kellner brachte die beiden Manhattan. Wir tranken.

»Ich mag nun mal keine Playboys, die sich von liebenden Frauen managen lassen«, sagte ich.

»Aber er weiß doch gar nichts davon, Charly, was glaubst du denn? Wenn er wüßte...«

»Ich nehme an, er wird es in spätestens zehn Minuten erfahren.«

»Wieso?« Sie sah mich verblüfft an.

»Weil er hier aufkreuzen wird, wenn mich nicht alles trügt, oder?«

Sie drückte ihre Zigarette aus. »Er spielt im Theater unter den Arkaden. Ich finde nicht, daß irgend etwas einzuwenden ist, wenn er mich in der Pause begrüßt.«

»Und dabei den Reporter Charly Holländer kennenlernt, was?«

Tamara wechselte die Masche. Sie legte ihre Hände auf meinen Arm und rückte so dicht ran, daß ich durch ihr starkes exotisches Parfüm hindurch den Duft ihres Körpers spürte. »Charly«, sagte sie, »ich bitte dich, versuch mich einmal zu verstehen. Du ahnst nicht, was Kai Kramer für mich bedeutet. Er ist – er ist einfach der Mann meines Lebens. Begreifst du?«

»Du willst ihn heiraten?«

»Ja.«

»Das wäre das wievielte Mal?«

»Als ich Helmut geheiratet habe, war ich noch viel zu jung, das haben alle Zeitungen geschrieben. Und Marc Benger hat mich einfach ausgenutzt, das weißt du am allerbesten. Bei Kai Kramer ist das etwas ganz anderes.«

»Was soll ich dazu tun?«

»Er ist ein hochbegabter Junge, einfach großartig, sage ich dir! Ihm fehlt bloß – na eben, was man braucht, um nach oben zu kommen. Ein bißchen Reklame, ein bißchen Pipapo. Du weißt schon.«

»Ich bin kein Reklamechef, Tamara.«

»Ach was. Du willst bloß nicht«, sagte sie wütend.

»Wenn du ihn wirklich so liebst, warum heiratest du ihn nicht so, wie er ist? Ohne Reklame? Ohne Karriere?«

»Glaubst du, ich täte es nicht, wenn ich könnte? Aber sie würden es mir doch nie erlauben. Vasary nicht und der Verleih schon gar nicht. Tamara Tess heiratet unbedeutenden Provinzschauspieler! Unmöglich! Ich weiß, daß Kai es einfach nicht ertragen könnte, an der Seite einer berühmten Frau zu leben. Könntest du es?«

»Die Erfahrung hat gezeigt, daß ich überhaupt nicht imstande bin, an der Seite einer Frau zu leben«, sagte ich, und als ich sah, daß sie kurz davor war, mir ins Gesicht zu springen, fügte ich besänftigend hinzu: »Wenn dir so viel daran liegt, Mädchen, werde ich natürlich sehen, was ich machen kann. Gib mir mal eins von den Fotos her. Nein, nicht das, sondern das andere, auf dem er einigermaßen natürlich aussieht. Danke. Und dann erzähl mir mal, was er bis jetzt gemacht hat.«

»Das habe ich dir alles schon aufgeschrieben. Sogar mit der Maschine. Du sollst wirklich keine Arbeit damit haben.« Sie zog aus ihrer Handtasche den Durchschlag eines fünfseitigen Manuskriptes und reichte es mir hin.

»Wer hat diesen Schrieb vor mir bekommen?« fragte ich mißtrauisch.

»Niemand«, antwortete sie prompt, »fast niemand!«

Ich hatte keine Lust, mich mit Tamara zu streiten, und steckte Fotografie und Lebenslauf wortlos ein. »Hast du meinen Autoschlüssel mitgebracht?« fragte ich statt eines Kommentars.

»Du willst doch nicht etwa schon gehen?«

»Ich glaube doch!« Ich winkte den Ober herbei, um zu zahlen.

Es war mir nicht vergönnt, Kai Kramer zu entgehen. Anscheinend war er in der letzten Szene vor der Pause nicht mehr beschäftigt gewesen, denn bevor noch die Zuschauer aus dem kleinen Theater ins Opern-Espresso strömten, schlängelte er sich an unseren Tisch. Es war genauso, wie ich ihn mir vorgestellt hatte wenn sein Gesicht auch nicht ganz so glatt wie auf den Fotografien war, aber sein Benehmen war geschmeidig wie ranziges Öl. Ich behandelte ihn frostig, aber das schien ihm gar nichts auszumachen, im Gegenteil, er warf sich an mich wie eine Klette, und ich hatte Mühe, ihn wieder abzuschütteln. Er war ein penetranter Bursche, und ich war sicher, daß Tamara mit ihm gestraft sein würde. Trotzdem tat sie mir nicht leid. Sie hatte bisher den Männern, die sie liebten, einiges aufzulösen gegeben. Jetzt war sie dran.

In den nächsten Tagen kam ich nicht dazu, Sara König zu besuchen. Zwar fuhr ich ein paarmal zu Professor Dr. Werners Klinik hinaus, aber es gelang mir niemals, bis zu Zimmer siebenundzwanzig vorzudringen. Anscheinend hatten sich unvorhergesehene Komplikationen eingestellt, jedenfalls behauptete der Pförtner, der mich regelmäßig abfing, daß die Patientin Therese Schmid – unter diesem Namen wurde sie in der Klinik geführt – keinen Besuch empfangen dürfte.

Natürlich witterte ich eine Intrige, aber als ich feststellte, daß nicht einmal Friedl König zu ihrer Tochter gelassen wurde, gab ich klein bei. Was blieb mir auch anderes übrig?

Endlich, es war am fünften oder sechsten Tag, führte mich die junge Schwester – es war dieselbe adrette Person, die Tamara Tess bei unserem ersten Besuch in der Klinik so in die Augen gestochen hatte – in den zweiten Stock hinauf.

Sara König hatte sich sehr verändert. Ihr rundes Kindergesicht war blaß und schmal geworden, die blauen Augen waren umschattet und wirkten unnatürlich groß, das rotblonde Haar war streng aus der Stirn zurückgekämmt und gab eine etwa zwei Zentimeter lange, rote Narbe gleich am Haaransatz frei. Sie trug ein himmelblaues langärmeliges Batistnachthemd, das hoch am Hals mit einer kleinen blauen Schleife geschlossen war. Ihr schön geschwungener Mund war blaß und ungeschminkt. Sie streckte mir ihre kindliche Hand mit den unlakkierten Fingernägeln entgegen, und ich tat etwas, was bei mir selten vorkommt – ich machte die Andeutung eines Handkusses. Sara König war sehr verändert, aber sie war mir noch nie so liebenswert und hilflos erschienen.

»Ich weiß, ich sehe schrecklich aus.« Sie strich sich unwillkürlich über die brandrote Narbe.

»Davon wird man nichts mehr sehen, wenn Sie erst wieder richtig frisiert sind, Sara!«

»Ja, ich weiß.«

»Überhaupt, ich muß schon sagen, Sie haben ein mordsmäßiges Glück gehabt! Wissen Sie das eigentlich?«

»Ich werde lange Zeit kein Dekolleté mehr tragen können. Hier auf der Brust und auch im Nacken! Es sieht schauderhaft aus!«

»Na wenn schon. Das kann man alles wieder in Ordnung bringen. So was ist heute gar kein Problem mehr.«

»Das sagt Professor Werner auch.«

»Na also. Sie haben gar keinen Grund, traurig zu sein, Sara.

Ein paar Wochen Ruhe hatten Sie sich doch immer gewünscht, nicht wahr?«

»Ich wollte frei sein«, sagte sie leise.

»Deshalb sind Sie wie eine Wahnsinnige davongerast?«

»Ja. Ich – ich konnte das alles einfach nicht mehr ertragen. Natürlich war es verrückt von mir. Aber ich wollte einfach, ich kann Ihnen das nicht erklären...« Sie stockte.

»Ausbrechen?« warf ich ein.

»Ja, so ähnlich war es. Ich hatte es satt, mich wie eine Puppe behandeln zu lassen, mit der man machen kann, was man will. Es ist lächerlich, ich weiß. Aber ich bin mir wirklich vorgekommen wie eine automatische Puppe! Jemand drückt auf den einen Knopf, und ich muß lachen, auf den anderen, ich muß weinen, auf noch einen, und ich muß Händchen geben. Und wenn einmal ein Knopf versagt, dann schütteln sie alle an mir herum, um den Mechanismus wieder in Ordnung zu bringen. Niemand hat mich wie einen Menschen behandelt, Charly, niemand! Mami liegt mir von früh bis spät in den Ohren, wie großartig es ist, berühmt zu sein und reich, ein Star. Was bin ich denn mehr als ein Affe, den man im Zirkus ausstellt?«

Ich lächelte. »Zumindest sind Sie um vieles hübscher, Sara, und Sie haben ein Herz, Sie haben Verstand, eine Seele. Alles das, was ein Affe nicht hat.«

»Na und? Glauben Sie, jemand interessiert sich dafür? Meine Seele ist denen ganz egal. Hauptsache, ich mache Männchen, wie sie wollen. Mehr verlangen sie nicht von mir.« Sie seufzte tief. »Ach, Charly, ich wollte so gern einmal ich selbst sein!«

Ich hätte ihr einen Vortrag über die Freiheit des Menschen im allgemeinen und eines Filmstars im besonderen halten können, aber ich verzichtete darauf. Ich sagte lediglich: »Anstatt in der Freiheit sind Sie jetzt im Krankenzimmer gelandet. Arme Sara!«

»Es ist nicht so schlimm.« Sie versuchte zu lächeln, aber es wurde nur ein leichtes Zittern der Lippen daraus. »Alle sind hier furchtbar nett zu mir.«

»Kein Wunder. Einen so zauberhaften Filmstar hat man nicht alle Tage in der Klinik.«

»Das weiß ja niemand, Charly«, erwiderte sie ernsthaft.

»Niemand hat Sie erkannt?«

»Nein. Nur die junge Schwester, die Sie hereingebracht hat, die hat gesagt, ich hätte eine gewisse Ähnlichkeit mir Sara König. Die Oberschwester geht nicht ins Kino, und Dr. Werner hat mir erzählt, er schaut sich höchstens Wildwest- und Kriminalfilme an. Zur Entspannung.«

»Professor Werner?« fragte ich. »Der muß es doch wissen!«

»Ich meine doch nicht den Professor«, erklärte sie, »sondern Dr. Wolfgang Werner, den Sohn!« Eine zarte Röte übergoß ihr weißes Gesicht.

»Ach so!« Ich wollte mir eine Zigarette anzünden, aber im letzten Moment fiel mir ein, daß es vielleicht nicht ganz angebracht war, im Krankenzimmer zu rauchen.

Sie hatte meine Bewegung beobachtet. »Rauchen Sie nur, Charly!« sagte sie. »Mehr als die Blumen kann der Rauch auch nicht stinken!« Sie warf einen fast haßerfüllten Blick auf die vielen Blumen, die man auf dem Tisch gegenüber aufgebaut hatte. »Sie sehen, der Film vergißt die Seinen nicht!«

Ich verzichtete trotzdem darauf, von ihrer Aufforderung Gebrauch zu machen, denn ich wollte mich nicht gleich bei meinem ersten Besuch in der Klinik beim Pflegepersonal unbeliebt machen. »Darf ich Sie etwas fragen, Sara? Natürlich nur, wenn Sie...«

»Ich fühle mich ausgezeichnet!« sagte sie fast heftig. Dann fügte sie in verändertem Ton hinzu: »Übrigens weiß ich, was wir Ihnen zu verdanken haben, Charly. Mami hat mir alles erzählt.«

»Warum haben Sie mich in Hamburg versetzt, Sara?«

»Habe ich das?«

»Ja. Sie schrieben mir ein paar Zeilen, es wäre etwas Furchtbares passiert. Wollen Sie mir nicht erzählen, was das war?« Sie sah an mir vorbei. Ihre Finger nestelten nervös an dem weißen Laken. »Oder hat Mami es Ihnen verboten?« fragte ich.

»Sie weiß gar nichts davon.«

»Donnerwetter! Es gibt also wahrhaftig etwas, was Ihre Mami nicht weiß?»

»Ich konnte mit ihr nicht darüber sprechen. Es war so furchtbar. Ja, es ist wahr. Mami und ich haben uns oft gestritten. Aber ich war immer überzeugt, daß sie es ehrlich mit mir meint. Ich habe mir niemals vorgestellt, daß sie mich anlügen könnte.«

»Hat sie das getan?«

»Ja. Viele Jahre lang.« Sie richtete sich ein wenig in ihrem Bett auf und sah mich an. »Mein Vater lebt, Charly!«

Offensichtlich erwartete sie, daß diese sensationelle Mitteilung mich umwerfen würde, aber ich konnte ihr den Gefallen nicht tun. »Ich weiß«, sagte ich nur.

»Sie wissen...?«

»Ja. Man hat so seine Quellen.«

»Warum haben Sie es mir nicht gesagt?«

»Hatte ich denn Gelegenheit dazu?«

Sie ließ sich wieder in die Kissen zurücksinken. »Nein, natürlich nicht. Sie haben recht.«

»Wie haben Sie es denn erfahren, Sara?«

»Ich habe einen Brief gefunden. Einen Brief von meinem Vater. Er lag ganz zuunterst in Mamis Koffer. Ich habe ihn gefunden, als ich mir ein Paar Strümpfe von ihr ausleihen wollte. Es war ein scheußlicher Brief.«

»Das kann ich mir vorstellen, Sara. Finden Sie es wirklich so schlimm, daß Ihre Mutter Ihnen etwas sehr Scheußliches vorenthalten wollte?«

Sara kam nicht mehr dazu, mir zu antworten. Es wurde leicht an der Tür geklopft, Sara rief: »Herein!« Ein junger Arzt in weißem Kittel trat ein. Er war ein ausgesprochen sympathischer Mann mit sehr kurz geschnittenem braunen Haar. Ich erkannte ihn sofort, es war der junge Arzt, der Tamara Tess so gut gefallen hatte. Er hatte das gleiche energische Kinn, die gleiche hohe Stirn wie sein Vater, aber seine Nase war kürzer und kräftiger, seine Augen waren voller Wärme, wenn sie mich auch nicht gerade freundlich anblickten.

»Entschuldigen Sie, bitte, daß ich störe«, sagte er, »aber die Patientin braucht Ruhe!«

Sara König war leicht errötet. Sie reichte mir wie ein gehorsames Kind die Hand. »Auf Wiedersehen, Charly. Werden Sie mich noch einmal besuchen?« Sie wartete meine Antwort gar nicht ab, sondern hatte sich schon Dr. Werner zugewandt, bevor ich noch den Mund auftun konnte. »Wollen Sie nicht einen Augenblick Platz nehmen, Doktor?«

Ich stand auf dem Flur, ehe ich noch wußte, wie mir geschehen war. Eigentlich hätte ich ja jetzt gehen können, aber ich zog es vor, draußen noch eine Zigarette zu rauchen. Vielleicht wollte ich auch nur herausbekommen, wie lange der junge Arzt seine ruhebedürftige Patientin aufhalten würde. Ich stellte mich ans Fenster, rauchte und sah in den Park hinaus. Mein Gehirn beschäftigte sich wieder einmal mit dem Problem Nummer eins. Rodenberg mußte etwas über Friedl König in der Hand haben, sonst hätte sie vor seinem Wiederauftauchen nicht so sehr erschrecken müssen. Schließlich besaß er als geschiedener Mann, der niemals für seine Tochter in irgendeiner Weise gesorgt hatte, weder das menschliche noch das juristische

Recht, Ansprüche zu stellen. Er mußte was über Friedl König wissen, mit dem er sie unter Druck setzen konnte – aber was? Meine Gedanken rannten gegen eine Mauer.

Ich hörte Schritte hinter meinem Rücken und drehte mich um. Eine junge Frau in einem gutsitzenden hellbraunen Kostüm kam den Gang entlang und traf, wenige Schritte von mir entfernt, mit einer Krankenschwester zusammen.

»Ich suchte Dr. Werner«, sagte sie zu der Schwester, und ich stellte fest, daß sie eine sehr angenehme tiefe Stimme hatte.

Die Schwester sah auf ihre Armbanduhr. »Aber, Frau Doktor«, sagte sie, »Herr Dr. Werner hat doch heute nur bis fünf Uhr Dienst gehabt!«

Ich fand, daß es an der Zeit war, mich einzumischen. »Dr. Werner ist auf Zimmer siebenundzwanzig«, erklärte ich.

Die junge Frau Doktor sah mich erstaunt, aber nicht unfreundlich an. »Danke!« Sie wandte sich an die Schwester. »Dann richten Sie ihm doch bitte aus, daß ich schon nach Hause gegangen bin!«

Sie schritt auf hohen schlanken Beinen, die in sportlichen Schuhen mit niedrigen Absätzen steckten, den Gang hinunter. Ich drückte meine Zigarette in einem der langstieligen chromblitzenden Aschenbecher aus und schlenderte ihr nach.

Als ich am Samstag noch einmal in meiner Redaktion anrief, teilte mir der Chef vom Dienst mit, daß ich schleunigst zu Tamara Tess hinausfahren sollte.

»Jetzt? Ausgerechnet am Samstag abend? Was ist denn los?« fragte ich.

»Eine Naturkatastrophe. Sie feiert Verlobung. Wir wollten schon Peter schicken. Aber sie bestand auf Charly Holländer. Sie scheinen Chancen bei dieser Dame zu haben, Charly. Nützen Sie sie bitte nicht aus, bedenken Sie, die gute Tamara ist Braut!«

Ich muß ehrlich sagen, daß mich dieser Auftrag nicht gerade erfreute. Auch ein Reporter, selbst wenn er Junggeselle ist, hat das Bedürfnis nach einem gewissen Privatleben, und diese törichte Verlobung Tamaras paßte mir noch weniger als mein Auftrag.

Tamara wohnte im Süden der Stadt, in einem der riesigen Wohnblocks, in die der Orion-Verleih das gute Geld gesteckt hatte, das er mit seinen Unterhaltungsfilmen verdient hatte.

Die Autoschlange, die den ganzen Block entlang zu beiden Seiten der Straße parkte, zeigte mir, daß die Party schon in vollem Gange sein mußte.

Ihr fuhr mit dem Lift zum achten Stock hinauf, und als ich ausstieg, schlugen mir Musik und Stimmengewirr entgegen. Die Wohnungstür war nur angelehnt. In der kleinen Diele, deren mohnrote Wände hart mit der tiefschwarzen Decke kontrastierten, lagen und hingen Mäntel aller Art übereinander. Ich war froh, daß ich meinen Trenchcoat im Wagen gelassen hatte, und legte meinen Hut auf die Verkleidung der Zentralheizung, wo ich ihn am leichtesten wiederzufinden hoffte. Nicht zum erstenmal wunderte ich mich darüber, daß einige Damen bei wärmstem Sommerwetter im Pelzmantel auszugehen pflegten – ich entdeckte zwei Nerze und einen grauen Persianer –, aber anscheinend trägt man Pelzmäntel ganz unabhängig von der Witterung.

Im Wohnraum, der ganz in Schwarz und Knallgrün gehalten war, herrschte keineswegs festliche Heiterkeit. Einige Herren – ich erkannte im Vorübergehen den Produzenten Putzi Hoffmann, Pressechef Meyer-Eckhardt, Geza von Vasary, den jungen Regisseur Rolf Gessler und den bejahrten Regisseur Marc Benger, Ex-Ehemann von Tamara Tess – saßen mit todernster Miene beisammen und fachsimpelten. Auch O. E. Adler hatte er vorgezogen, drinnen zu bleiben. Es war in der Branche bekannt, daß er für seine Publicity den Trick benützte, keine Publicity zu machen.

Alle anderen Gäste waren auf dem Dachgarten und mimten für die Kameramänner und Pressefotografen überschäumende Fröhlichkeit. Tamara Tess gelang es wie immer am besten. Ich war einmal Zeuge gewesen, wie sie sich auf Wunsch eines Fotoreporters mit unnachahmlicher Grazie am verlängerten Rücken gekratzt hatte – ein Bild, das in den nächsten Wochen durch sämtliche Illustrierten ging, unter dem Titel: *Tamara Tess, als sie sich unbeobachtet glaubte.*

Der Dachgarten bot übrigens wirklich ein prächtiges Bild. Es wimmelte nur so von aufreizender Weiblichkeit in tiefen Dekolletés mit märchenhaft getönten Haaren und überlangen Wimpern. Tamara Tess, die, Hand in Hand mit Kai Kramer, an der Brüstung der Dachterrasse lehnte und in die Linsen der Apparate starrte, hatte auch in diesem Punkt wieder den Vogel abgeschossen. Ihr Dekolleté war so tief und ihr Rock so kurz, daß das Stückchen goldfarbener Samt, das dazwischenlag, nur noch von einem Fachmann als Kleid angesprochen werden konnte. Ihr mohnrotes Haar hob sich im Schein der Lampions und Blitzlichter phantastisch von dem Hintergrund ab, den die nächtliche Stadt mit ihren Millionen Lichtern bot.

»Jetzt mal was anderes!« verlangte ein Fotoreporter.

»Ja, wie wär's, Herr Kramer? Nehmen Sie doch mal Ihre Braut auf den Arm!« forderte ein anderer. »Ja, so ist's richtig. Und Sie, Tamara, legen Ihren Arm um seinen Nakken, ja, so, fabelhaft!«

Tamaras enger Rock war bei dieser artistischen Übung so weit hochgerutscht, daß bestimmt keine Zeitung es wagen würde, dieses Bild zu bringen – aber immerhin, die Jungens hatten ihren Spaß dabei, und das war auch schon etwas. Ich hatte gewaltigen Durst und zog es vor, mich erst einmal an die Hausbar im Wohnraum zurückzuziehen. Mit steigender Achtung für Tamara stellte ich fest, daß hier alles vorhanden war, was eine durstige Männerkehle erfreuen konnte, und mixte mir meinen geliebten Manhattan. Ich machte es mir hinter der Bar bequem, zündete mir eine Zigarette an, öffnete mein Notizbuch und trug erst einmal die Namen aller Anwesenden, fein säuberlich ihrer Prominenz nach geordnet, ein. Als ich meine Notizen noch einmal überflog, stellte ich fest, daß nur wenige Stars erschienen waren, dafür umso mehr Starlets und solche, die es werden wollten.

Ich war beim dritten Manhattan, als Tamara Tess vom Dachgarten hereinrauschte. »'n Abend, Charly!« rief sie vergnügt. »Willst du nicht auch die Hausfrau begrüßen?«

»Hausfrau steht dir gar nicht, Mädchen«, sagte ich und bot ihr eine Zigarette an.

Sie lachte. »Ach, Charly, du kannst dir ja nicht vorstellen, wie glücklich ich bin. Heute ist der schönste Tag meines Lebens!«

»Na, na, na!« rief Marc Benger aus der Herrenecke. »Das hast du bei unserer Verlobung auch gesagt, Tamara!«

Sie ging auf diese Bemerkung nicht ein, sondern drehte ihrem geschiedenen Mann ostentativ den Rücken zu. »Gib mir was zu trinken, Charly. Ich habe furchtbaren Durst!«

»Das ist ziemlich schnell gegangen mit deiner Verlobung, wie?« Ich mixte mir einen Manhattan.

»Schnell?« Sie riß die grünen, mit schwarzen Strichen

vergrößerten Augen auf wie ein verblüfftes Kind. »Aber, Charly, ich finde, es geht furchtbar langsam. Ich kann es einfach nicht mehr abwarten, bis wir endlich verheiratet sind.«

»Macht denn das so einen Unterschied?« fragte ich und schob ihr das Glas hin.

»Natürlich! Was denkst du denn? Kai würde nie – er sagt, er achtet mich viel zu sehr, um ...« Sie geriet ins Stottern und merkte es selbst.

»Kommt dir das nicht ein bißchen komisch vor?«

»Dir vielleicht. Weil du wie alle Männer bist. Aber ich kenne Kai.«

»Er ist nicht wie alle Männer, meinst du das?«

»Du drehst mir das Wort im Munde um!« sagte sie ärgerlich.

Kai Kramer war nach Tamara hereingekommen und hatte sich gleich in die Ecke der Filmmänner verzogen. Er schien gar nicht zu merken, daß er störte, sondern versuchte sich unentwegt durch charmantes Lächeln, Feuergeben und bewundernde Blicke beliebt zu machen.

Ich wußte, daß es keinen Zweck hatte, trotzdem versuchte ich noch einmal, Tamara zu warnen. »Siehst du denn nicht, daß er nur Karriere machen will?« fragte ich.

»Wer will das nicht?« gab sie zurück. »Hauptsache, wir lieben uns! Bist du etwa eifersüchtig, Charly?«

»Nimm's ruhig an, wenn es dir schmeichelt!« erwiderte ich. »Ich glaube, es wird Zeit, daß ich meinen Bericht durchgebe.«

»Ja, richtig, Charly. Ich bin eigentlich nur gekommen, um dir zu sagen, daß die anderen Zeitungsleute schon fort sind.«

»Soll das ein Hinauswurf sein?«

»Aber, Charly! Jetzt wirst du beleidigend. Wir sind doch Freunde, oder?«

»Klar«, sagte ich, zog den leuchtendroten Telefonapparat an mich heran und wählte die Nummer der Redaktion.

Tamara rutschte von ihrem Hocker. »Komm, Kai!« rief sie. »Laß uns tanzen! Jetzt wird's erst gemütlich!«

»Entschuldige mich bitte, Liebling«, gab er zurück, »wir sind gerade in einer so interessanten Unterhaltung.«

»Und wie ist es mit dir, Marc?«

Marc Benger erhob sich. »Dann muß ich mich wohl mal wieder opfern.«

»Opfern braucht sich niemand für mich!« erklärte Tamara Tess wütend, nahm die Whiskyflasche und goß sich ein Glas pur ein.

Ich sah, wie Marc Benger sich grinsend wieder niederließ.

»Gestern abend feierte Tamara Tess, Publikumsliebling des deutschen Films«, diktierte ich langsam der Sekretärin vom Nachtdienst ins Telefon, »ihre Verlobung mit dem Nachwuchsschauspieler Kai Kramer. Aus diesem Anlaß gab sie in ihrem zauberhaften Penthouse im Orion-Viertel eine Party, zu der sie ihre engsten Freunde geladen hatte.« Ich diktierte, mein Notizbuch in der Hand, alles herunter, was über dieses Fest und seine Gäste zu sagen war, dann schloß ich: »Die Party dauerte bis fünf Uhr früh. Es heißt aber, daß einige Unentwegte erst um neun Uhr, nach einem kräftigen Frühstück, Tamaras Wohnung verlassen haben.«

»Das geht nicht!« rief Tamara dazwischen. »Das ist ja gar nicht wahr!«

»Haben Sie's, Nelly?« fragte ich in den Apparat. »Ja, danke, das ist alles.« Ich legte den Hörer auf. »Du hast eine schmutzige Phantasie«, sagte ich, »wer denkt denn gleich an so was?«

»Aber ich muß erst Kai fragen.«

»Frag ihn«, sagte ich, aber dann stellten wir beide fest, daß Kai und O. E. Adler zusammen verschwunden waren.

In diesem Augenblick rauschte Friedl König herein, im großen Abendkleid, eine Nerzstola um die nackten, rundlichen Schultern geschwungen, im lockigen Haar ein funkelndes Diadem. Sie ähnelte mehr denn je einer Königinmutter. Geradewegs steuerte sie auf die Bar zu und begrüßte mich mit einem mißbilligenden Blick. »Ich dachte, die Presse wäre schon fort! Tamara, du hast mir fest versprochen...«

»Regen Sie sich nicht auf, gnädige Frau«, sagte ich, »mein Bericht ist schon durch.«

»Und Sie werden wirklich nicht...?« Sie beugte sich vor und fügte in einem gekonnten Bühnenflüsterton hinzu: »Sie wissen, es würde merkwürdig wirken, wenn ich ohne Sara...«

»Es würde viel merkwürdiger wirken, wenn man die Wahrheit über Sie und Sara schriebe, nicht wahr?« fragte ich.

Tamara rutschte von ihrem Barhocker. »Bitte, Charly, gib Mami was zu trinken. Ich muß mich um Kai kümmern.« Dann war sie schon fort. Auf der Suche nach ihrem frischgebackenen Verlobten.

»Ich wollte eigentlich nicht kommen...«, begann Friedl König.

Ich unterbrach sie. »Ich weiß, daß Sie sich nur höchst ungern mit mir unterhalten, gnädige Frau, aber vielleicht wäre es doch wichtig. Für uns beide.«

Ich reichte ihr über die Bar hinweg meinen Arm und half ihr auf einen der Barhocker.

»Danke«, sagte sie und schien sich in ihr Schicksal zu ergeben. »Sie haben Sara in der Klinik besucht, nicht wahr? Wie gefällt Ihnen das liebe Kind?«

»Hm«, sagte ich, »ich will sie ja nicht heiraten.«

Sie überhörte diese zynische Bemerkung. »Ich finde, sie hat sich sehr verändert, nicht wahr?«

»Stimmt. Aber nicht zu ihrem Nachteil.«

»Ich wollte sie nach Hause holen. Diese Krankenhausatmosphäre ist bestimmt nicht das Richtige für Sara. Sie ist immer sehr sensibel gewesen, müssen Sie wissen. Ich habe schon mit Professor Werner darüber gesprochen, und er war einverstanden. Aber...« Sie schwieg plötzlich.

»Sara hat nicht gewollt, wie?« fragte ich.

»Woher wissen Sie...« Sie sah mich mit erstaunlichen Kulleraugen an.

»Gefühlssache!«

»Ich begreife nicht, nein, ich begreife wirklich nicht, was in dem Kind vorgeht.«

»Sara ist kein Kind. Sie ist ein erwachsenes junges Mädchen. Wenn Sie mich fragen, ich finde, sie sollte heiraten.«

Friedl König strahlte. »Wirklich? Ist das auch Ihre Meinung? Ich habe gerade heute morgen mit Geza...« Sie verbesserte sich: »... mit Herrn von Vasary darüber gesprochen. Es wäre natürlich nicht ganz leicht, eine passende Partie zu finden. Wir hatten an Fürst Erhard von Grafenwöhr gedacht. Er ist ja schon seit Jahren ganz wild auf das Kind.«

Mir blieb die Spucke weg. »Ist das Ihr Ernst? Der Fürst ist, soviel ich weiß, über fünfzig und schwer degeneriert!«

Mamis Miene verschloß sich sofort. »Er stammt aber aus einer sehr alten Familie, und sein Ruf ist tadellos. Ich habe mich schon erkundigt.«

»Und Sara? Was sagt Sara dazu?«

»Ich habe noch nicht mir ihr darüber gesprochen. Aber sicher wird sie einsehen, daß ich recht habe. Sie hat bisher immer alles getan, was ich ihr vorgeschlagen habe.«

»Denken Sie eigentlich nur an die Publicity oder zwischendurch auch einmal an das Wohl Ihres Kindes?«

»Ich sehe, Sie verstehen mich nicht!« Friedl König knallte ihr

Glas auf die Bar und ließ sich vom Hocker rutschen. »Es hat gar keinen Sinn, wenn wir uns unterhalten!«

»Gnädige Frau!« rief ich und wollte hinter ihr her. Da war sie aber schon im Gewühl der Tanzenden verschwunden. Ich hätte mich so gern einmal mit ihr über Gotthold Emanuel Rodenberg unterhalten. Aber anscheinend hatte ich an diesem Abend kein Talent, mich bei den Damen beliebt zu machen.

Als ich Sara König das nächstemal in der Klinik besuchen wollte, fand ich ihr Zimmer leer. Von einer der adretten Schwestern – diesmal war es eine schwarzhaarige, mollige – erfuhr ich, daß die Patientin hätte aufstehen dürfen und wahrscheinlich im Park wäre.

Es war gar nicht so leicht, sie zu finden. Ich durchforschte den riesigen Park bis in seine letzten Winkel, ohne eine Spur von Sara zu entdecken. Schließlich gab ich es auf. Ich blieb in der Nähe eines mächtigen blühenden Jasminbusches stehen und zündete mir eine Zigarette an. Von hier aus, glaubte ich, konnte ich die auf und ab flanierenden Patienten besser überblicken, als wenn ich selbst hin und her rannte. Einmal mußte sie, wenn sie wirklich im Park war, ja doch an mir vorbeikommen. Ich stand ganz still da und rauchte. Plötzlich hörte ich hinter mir – genauer gesagt hinter dem Gebüsch hervor – eine tiefe, angenehm klingende männliche Stimme. »Ich finde, Sie haben sich glänzend erholt, Fräulein Schmid. Sie sehen einfach wunderbar aus.«

Ein kleiner Seufzer war die Antwort. »Finden Sie?«

Jetzt erst horchte ich auf. Das war unverkennbar Sara Königs Stimme gewesen. Ich überlegte einen Augenblick lang, ob ich sie rufen sollte, aber dann zog ich es doch vor, mich still zu verhalten.

Der junge Dr. Werner – es konnte niemand anderer sein – lachte. »Das klingt gerade so, als ob es Ihnen leid täte, wieder gesund zu sein.«

»Vielleicht bedaure ich das wirklich ein bißchen, Doktor«, sagte Sara König. »Ich habe die ganze Zeit hier sehr genossen. Die himmlische Ruhe, das hübsche Zimmer, die netten Schwestern!« Plötzlich wurde ihre Stimme flehend. »Könnten Sie nicht mit Ihrem Vater sprechen? Meine Mami möchte mich so schnell wie möglich nach Hause holen, aber ich... Wenn Professor Werner ihr sagen würde, daß ich noch nicht ganz erholt wäre, dann...«

»Ich habe gar keinen Einfluß auf meinen Vater«, erwiderte Dr. Werner, und in seiner Stimme klang Bitterkeit.

»Aber alle sagen doch, daß Sie sein Nachfolger sind!«

»Das ist noch gar nicht raus.«

»Nicht? Glauben Sie, er würde die Klinik einem anderen übergeben? Sie sind doch der einzige Sohn, nicht wahr?«

»Mein Vater möchte gern, daß ich die Klinik übernehme, Fräulein Schmid. Nur ich selbst, ich weiß noch nicht recht. Wahrscheinlich werden Sie mich gar nicht verstehen, aber ich hasse diesen ganzen Betrieb hier.«

Aus dem langen Schweigen Saras konnte ich erkennen, wie verblüfft sie über diese Eröffnung war. »Ist das Ihr Ernst?« rief sie endlich. »Das begreife ich wirklich nicht. Es ist doch so wunderschön hier! Eigentlich gar nicht wie in einem Krankenhaus! Als Kind war ich einmal in einer Klinik, wo mir der Blinddarm herausgenommen wurde. Ich kann Ihnen gar nicht sagen, wie furchtbar es dort war. Und hier! Alles so hell und freundlich, und der schöne Park, und alle Patienten scheinen so glücklich und zufrieden zu sein. Und das gefällt Ihnen nicht?«

»Ich bin Arzt, Therese, ich bin Arzt geworden, weil ich den Menschen helfen will.«

»Aber das können Sie hier doch auch!«

»Ja, ich kann reichen alten Männern und Frauen helfen, ihr Leben zu verlängern. Ich kann all die Krankheiten behandeln, die niemals entstanden wären, wenn die Leute nur ein bißchen vernünftiger und mäßiger gelebt hätten. Ja, das kann ich. Aber glauben Sie, das ist wirklich eine Aufgabe für einen Arzt?«

»Sie haben hier doch auch wirkliche Krankheiten, Doktor! Sie haben mir doch selbst erzählt, die junge Frau von Zimmer fünfzehn ...«

»Ja, ja, natürlich. Es gibt hier auch wirkliche Krankheiten. Überhaupt, ich habe übertrieben. Es gibt nur wirkliche Krankheiten. Wir sind ja kein Sanatorium. Aber es macht mir einfach keinen Spaß, Leuten zu helfen, die sich jeden Arzt leisten können. Ich möchte denen helfen, die kein Geld haben, denen niemand hilft. Verstehen Sie wirklich nicht, was ich meine?«

»Doch, schon«, sagte Sara leise, »nur, ich glaube, Sie sehen die Dinge falsch. Die reichen Leute sind oft viel ärmer dran als die armen – besonders, wenn sie krank sind. Jeder sieht nur, daß sie Geld haben. Diese Leute werden immer nur beneidet.«

»Wer bemitleidet die Armen? Wer kümmert sich überhaupt darum, wie es den Armen geht? Ich denke gar nicht an Europa.

Natürlich gibt es auch hier Arme, auch in der Bundesrepublik, auch in München. Aber was ist diese Armut verglichen mit dem völligen Ausgeliefertsein, der Hilflosigkeit der unterentwickelten Völker? Wo es oft viele hundert Kilometer weit überhaupt keinen Arzt gibt? Wo die Leute aus Hunger und Unwissenheit krank werden? Wo niemand da ist, der ihnen wirklich hilft?«

»Sie wollen nach Afrika?« fragte Sara erschrocken.

»Ich möchte, das heißt, ich habe es bisher immer gewollt. Jetzt weiß ich es auf einmal nicht mehr.«

»Sie dürfen nicht nach Afrika fahren, Wolfgang!« rief Sara erregt. »Sie dürfen das Ihrem Vater nicht antun!«

»Meinem Vater! Wieso setzen ausgerechnet Sie sich für meinen Vater ein?«

»Ich meine nicht nur Ihren Vater. Ich meine alle Menschen, die Sie lieben. Auch ihre Mutter. Sie dürfen doch nicht einfach alles im Stich lassen. Sie haben bestimmt hier auch eine Aufgabe, Wolfgang. Bitte, bitte, fahren Sie nicht!«

Eine kleine Pause entstand. Dann sagte Dr. Werner: »Solange Sie hier sind, werde ich bestimmt noch nicht fahren!«

»Und wenn ich wieder zu Hause bin?«

»Können wir – ich meine, es gehört sich natürlich nicht, ich bin schließlich Ihr Arzt –, aber ich würde mich sehr freuen, wenn wir uns einmal wiedersehen könnten.«

»Ich werde sehen, ob es sich machen läßt. O ja. Es muß gehen.«

»So wie mit Ihnen, Therese, ganz ehrlich, habe ich noch nie mit einem Menschen reden können.«

»Auch nicht mit Frau Dr. Ritter?«

»Brigitte? Ich schätze sie. Sie ist eine Freundin, eine gute Kameradin, verstehen Sie? Aber wenn ich mit Ihnen spreche, habe ich niemals das Gefühl, daß ich eine Frau vor mir habe, die ...«

Es war höchste Zeit, einzugreifen. Ich ging mit festen, betont lauten Schritten um das Gebüsch herum und sah Sara König und Dr. Wolfgang Werner nebeneinander auf der Bank sitzen – so nahe, daß es nur noch gefehlt hätte, sie hätten sich an den Händen gehalten. »Hallo, Therese!« rief ich munter. »Ich habe Sie überall gesucht. Da sind Sie ja endlich!«

In Saras Augen stand alles andere als freudige Überraschung. »Hallo, Charly!« sagte sie leise.

»Ich glaube, Sie sollten jetzt wieder in Ihr Zimmer gehen,

Fräulein Schmidt!« mischte sich Dr. Werner ein. »Das Beste wird sein, ich bringe Sie gleich nach oben.«

Diesmal ließ ich mich nicht so leicht abwimmeln. »Danke sehr, Doktor«, sagte ich, »Sie dürfen mir Fräulein Schmid ruhig zu treuen Händen überlassen. Ich bringe sie selbst hinauf.«

»Wird es Ihnen nicht zuviel?« fragte Dr. Werner und beugte sich besorgt zu Sara.

»Wir können uns auch in Ihrem Zimmer unterhalten, Therese«, schlug ich vor.

Sie ergab sich ihrem Schicksal. »Nein, danke, wirklich nicht, Doktor. Ich würde ganz gern noch ein bißchen unten bleiben.«

Dr. Werner zog sich mit einer knappen Verbeugung zurück.

»Glauben Sie, daß der Doktor jetzt beleidigt ist?« fragte Sara ängstlich.

»Dann müßte er verrückt sein. Er ist höchstens ein bißchen eifersüchtig, so was schadet niemals.«

Sie wechselte sofort das Thema. »Wie war's bei Tamaras Verlobung?«

»Na großartig. Sie können es sich sicher vorstellen. Tamara hat dauernd Putzi Hoffmann und Gessler in den Ohren gelegen, sie wäre kein Vamp und kein Sexstar, sondern eine Frau mit Herz und Gemüt, ein wahres Gretchen. Sie wollte endlich eine ›wirkliche‹ Rolle spielen. Es war sehr komisch, weil ihre ganze Aufmachung alles andere als sittsam war.«

»So wird sie immer, wenn sie etwas getrunken hat«, sagte Sara. Nachdenklich fügte sie hinzu: »Vielleicht hat sie nicht einmal unrecht. Wer von uns bekommt die richtigen Rollen?«

»Ja, und wer von euch weiß schon, was die richtigen Rollen sind?«

»Ich wüßte es.«

»Wirklich? Dann erzählen Sie mal!«

»Ich habe jetzt das Drehbuch von *Frühling in Berlin* ein paarmal gelesen, Charly. Wahrscheinlich ist es lächerlich, aber plötzlich sehe ich die Rolle ganz anders. Eigentlich ist sie sehr interessant...«

»Ganz bestimmt. Ein junges Mädchen, das um einen älteren erfolgreichen Mann kämpft, ist immer interessant.«

»Ich glaube, ob der Mann älter und erfolgreicher ist, spielt gar keine Rolle. Ich bin darauf gekommen, daß in den meisten Filmen und Romanen alles verlogen ist. Da werden die Mädchen immer von Verehrern bestürmt, sie doch endlich zu heiraten. In Wirklichkeit ist das ganz anders. Jede Frau muß um den Mann kämpfen, den sie liebt, nicht wahr?«

Ich sah Sara an. Sie hatte sich sehr verändert, und das, obwohl sie die Haare, wie früher, leicht in die Stirn gekämmt trug. Es lag nicht daran, daß ihr Gesicht unter dem rotblonden duftigen Haar immer noch etwas blaß und schmal war, es lag an etwas ganz anderem. Sie war anziehender geworden, weiblicher. Ihre großen blauen Augen unter den leicht getuschten Wimpern hatten einen wissenden Ausdruck bekommen, der schön geschwungene blasse Mund war nicht mehr so leicht zu einem Lächeln bereit. Plötzlich fiel bei mir der Groschen. Sara hatte sich verliebt.

»Sie müssen dem Doktor sagen, wer Sie sind, Sara«, sagte ich.

Sie schluckte. »Ich habe es immer wieder versucht, Charly. Das müssen Sie mir glauben. Aber er ist so ahnungslos. Ich bringe es einfach nicht fertig.«

»Je länger Sie es hinausschieben, desto schwieriger wird es.«

»Ich weiß. Aber was soll ich machen? Jetzt hat er mich gern, weil er glaubt, daß ich ein einfaches kleines Mädchen bin, durch einen Zufall in diese feudale Klinik geschneit. Aber wenn er es weiß! Ach, Charly, es ist schrecklich. Er mag keine reichen Leute. Er verachtet alle, die Geld und Erfolg haben. Wie soll ich es ihm beibringen?«

»Wenn er Sie wirklich liebt, wird es ihm nichts ausmachen.«

»Aber woher weiß ich das? Nein, Charly, ich kann es ihm bestimmt nicht sagen, bevor ich nicht Gewißheit habe.«

»Vielleicht ist es dann zu spät. Dies hier ist kein Film, Sara, es ist das wirkliche Leben. Männer hassen es, beschwindelt zu werden. Sie verlieren das Vertrauen, und es kränkt ihre Eitelkeit, daß sie den Schwindel nicht gleich durchschaut haben.«

Sie stand auf und strich sich über ihr blaues Leinenkleid. »Charly, wenn ich nur wüßte, wie!«

Zu der Uraufführung seines neuen Films *Sieben Männer auf einen Streich* beehrte sich der Orion-Verleih, die Presse zu einem großen Empfang einzuladen. Vom Lichtspielhaus am Münchner Stachus, wo der Film aus der Taufe gehoben worden war, bis zum *Bayerischen Hof* bildeten die Filmfans Spalier und drängten stürmisch gegen die Absperrung der Polizei, um ihren Stars möglichst nahe zu sein.

Der Orion-Verleih hatte die Sache ganz groß aufgezogen. Nicht nur die Mitwirkenden des neuen Films waren nach München beordert worden, sondern man hatte auch noch andere Stars, die in einer engeren oder loseren Verbindung zum Verleih standen, an diesem Tag aufmarschieren lassen. Sie mußten den Vorstellungen beiwohnen und gaben während der Pausen im Foyer Autogramme.

Da ich kein Filmkritiker bin, verzichtete ich darauf, mir das neue Meisterwerk der Otto-Hoffmann-Produktion im Orion-Verleih zu Gemüte zu führen, sondern schlängelte mich gegen zehn Uhr geradewegs zum *Bayerischen Hof.* Fotoreporter und Kameramänner hatten schon vor dem Portal ihre Stellungen bezogen, um den glänzenden Einzug der Stars für die staunende Mitwelt festzuhalten. Im Foyer drängten sich die Hotelgäste und weideten sich am Abglanz des großen Ereignisses. Als ich die breite Treppe hinaufschritt, hörte ich, wie ein junges Mädchen ihrer Mutter zuflüsterte: »Du, wer ist das? Den habe ich bestimmt schon mal in einem französischen Film gesehen!« Womit sie mich meinte, was mein Selbstbewußtsein enorm hob.

Im großen Konferenzsaal, den der Orion-Verleih für diesen Tag hatte reservieren lassen, war auf einer Reihe blütenweiß gedeckter, aneinandergeschobener Tische ein kaltes Büffet aufgebaut. Leuchtendrote Hummer, goldgelbe Mayonnaise, Kaviar auf riesigen Eisblöcken und zartrosa Schinken machten einem den Mund wäßrig. Livrierte Diener in weißen Strümpfen und Schnallenschuhen reichten auf silbernen Tabletts Gläser mit perlendem Sekt herum.

Susanne Sattler, die weibliche Hauptdarstellerin von *Sieben Männer auf einen Streich,* hatte sich, ein Glas Sekt in der einen und eine Zigarette in einer langen Spitze in der anderen Hand balancierend, zwischen Putzi Hoffmann und Geza von Vasary gedrängt und stand der Presse Rede und Antwort. Sie sagte das, was alle Schauspielerinnen auf der Welt bei solch einer Gelegenheit sagen, weil sie wissen, daß es immer gut ankommt, auch wenn es noch so verlogen ist: »Die Arbeit an diesem Film hat mir ganz besondere Freude gemacht. Es war ein so reizendes und kollegiales Zusammenarbeiten. Die Stimmung in den Ateliers und bei den Außenaufnahmen war einfach prächtig. Ich möchte ...«

Sie verstummte konsterniert, denn in diesem Augenblick steigerte sich der Jubel der Fans draußen zu geradezu frenetischer Begeisterung. Die Blicke aller Anwesenden richteten sich auf die Tür. Aber es dauerte noch gute fünf Minuten, bis der Star, für den die Wogen der Begeisterung so hoch geschlagen waren, eintraf. Es war Sara König. »Mami« folgte ihr, aufgeregt und besorgt wie eine Glucke, auf dem Fuß.

Sara sah zauberhaft aus. Sie schien während ihrer Krankheit einige Zentimeter gewachsen zu sein. In einem raffiniert einfachen Cocktailkleid aus weißer Seide kam sie auf uns zu, den schönen Kopf mit dem duftigen rotblonden Haar hocherhoben. Sie lächelte nicht, aber ihr ganzes Wesen strahlte so viel Wärme aus, daß selbst die anwesenden Journalisten, hartgesottene Burschen im allgemeinen, von ihrem Liebreiz ergriffen waren. Ausgerechnet Friedberg Loid, ein Kritiker, der wegen seiner ätzenden Verrisse gefürchtet war, hob als erster die Hände, um ihr zuzuklatschen, und alle anderen Anwesenden folgten seinem Beispiel. Die Sympathiekundgebung hatte eine doppelte Wirkung: Susanne Sattler erblaßte jäh und murmelte, daß ihr nicht ganz gut wäre, Sara König errötete leicht. Wie auf Kommando stürzte die ganze Meute der Journalisten auf sie zu. Die Antworten, die sie auf die Fragen der Reporter gab, waren Schablone und interessierten mich nicht. Ich wußte, daß Geza von Vasary und »Mami« sie vorher gründlich mit ihr einstudiert hatten.

Währenddessen füllte sich der große Saal mehr und mehr. Schauspieler, Schauspielerinnen, Stars und Starlets trudelten nacheinander ein. Endlich gab Putzi Hoffmann das Zeichen, die Türen zu schließen, und rief laut über das Getümmel hinweg: »So, Freunde, ich glaube, es ist Zeit, daß wir einen Happen zu uns nehmen.«

Dieser freundlichen Aufforderung folgte eine kleine verlegene Pause, denn keiner wollte sich als erster auf das üppige kalte Büffet stürzen. In diesem Augenblick, noch ehe die Diener die Türen schließen konnten, trat ein Unbekannter in den Raum, ein breitschultriger untersetzter Mann in einem hellblauen Anzug von amerikanischem Schnitt. Auf seiner roten Krawatte galoppierten schwarze und weiße Pferde mit schreiend bunt gekleideten Jockeys auf den Rücken. Mich faszinierte diese seltsame Krawatte so sehr, daß ich mich geradezu zwingen mußte, den Blick davon loszureißen und in das Gesicht des späten Gastes zu schauen. Es war ein rundes Gesicht mit geschwollenen Augen, einer großen Nase und einem kleinen, sinnlichen Mund. Der Mann mochte etwa fünfzig sein, sein Kopf war bis auf einen grauen Haarkranz um den Schädel vollkommen kahl.

Niemand hätte den Fremden trotz seines seltsamen Aufzuges weiter beachtet, wenn er sich, gleich allen anderen, an das kalte Büffet herangemacht hätte. Aber das tat er nicht. Er ging vielmehr schnurstracks auf Friedl König zu, breitete seine Arme aus und rief, ohne ihr entsetztes Zurückweichen zu beachten: »Hallo, Darling! Das ist eine Überraschung, wie?« Er zog sie an seine breite Brust und knallte ihr einen Kuß auf jede Wange. »Stell mich doch den Leuten vor, Darling!« Er sah sich strahlend um. »Schließlich bin ich ja extra aus Amerika gekommen, um...«

Geza von Vasary war hastig auf ihn zugegangen. »Bitte, kommen Sie mit!« flüsterte er scharf. »Es hat gar keinen Sinn, hier Aufsehen zu erregen.« Er packte den Fremden am Arm und wollte ihn mit sich fortziehen.

»Wer ist dieser Mann?« fragte Putzi Hoffmann verblüfft.

Der Fremde hatte sich Geza von Vasarys Griff entzogen. »Ich bin Gotthold Emanuel Rodenberg!« posaunte er. »Der Vater von Sara König! Wo ist denn meine Kleine?«

Er blickte um sich, aber es waren so viele attraktive junge Mädchen im Raum, daß er sich nicht auskannte.

Für das, was Sara jetzt tat, erntete sie meine uneingeschränkte Bewunderung. Sie ging mit ruhigen, sicheren Schritten auf ihren Vater zu, reichte ihm die Hand und sagte dann in beherrschtem Ton zu den anwesenden Jornalisten, die alle ihre Notizbücher gezückt hatten und denen die Augen vor Neugier fast aus dem Kopf fielen: »Ich habe meinen Vater so viele Jahre nicht mehr gesehen, daß ich ihn gar nicht mehr kenne!«

In diesem Augenblick fiel Friedl König in Ohnmacht. Aber sie stürzte nicht zu Boden. Sie fiel, wie abgezirkelt, in die Arme des schräg hinter ihr stehenden Managers Geza von Vasary. Er reagierte blitzschnell, fing sie auf und trug sie mit einer Kraft, die ich seinem schmalen Körper gar nicht zugetraut hätte, durch die Reihen der verblüfft zurückweichenden Gäste.

Sara König wandte sich sofort von ihrem Vater ab und folgte den beiden. Es war eine ganz natürliche Reaktion, und dennoch schien in ihren fast stolpernden Schritten etwas Fluchtartiges zu liegen. Sie verließen den Saal durch eine eichene Tür, die ein livrierter Diener öffnete und hinter ihnen wieder schloß. Alles hatte sich in Sekundenschnelle abgespielt. In verblüffendem Schweigen hatten Gäste und Journalisten den unerwarteten Vorgang beobachtet.

Jetzt brach ein Sturm los. Mit einem Aufschrei stürzten sich die Reporter auf den untersetzten Mann mit der seltsamen Jockeykrawatte, der sich als Vater von Sara König ausgegeben hatte.

»Mister – wie war doch ihr Name? Wann haben Sie Ihre Tochter zuletzt gesehen?«

»Seit wann wissen Sie, daß sie berühmt geworden ist?«

»Haben Sie mit Ihrer Tochter in Verbindung gestanden?«

»Sind Sie von Friedl König geschieden?«

»Wann waren Sie mit ihr verheiratet?«

Viele Fragen prasselten auf Gotthold Emanuel Rodenberg ein. Er stand da, mit leicht gespreizten Beinen, wie ein Fels in der Brandung, und hob abwehrend die dicken, fleischigen Hände. »Immer mit der Ruhe, Boys, wie sagt man so schön in Germany, alles der Reihe nach. Ich werde euch jetzt die Story des verschollenen Vaters erzählen. All right?«

Aber er kam nicht mehr dazu, mit seiner Geschichte loszulegen. Lautlos und unbemerkt war Geza von Vasary in den Saal zurückgekehrt. Er legte mit sanftem Nachdruck die Hand auf die Schulter von Sara Königs Vater und sagte leise, aber eindringlich: »Ich glaube, Sie sollten sich jetzt erst einmal um die gnädige Frau kümmern, Herr Rodenberg!«

Rodenberg wollte ihn abschütteln wie ein lästiges Insekt. »Ich? Natürlich, ich will nur erst...«

Aber da hatten sie schon die Orion-Leute wie ein Polyp größeren Ausmaßes zwischen den unerwünschten Vater und die Meute der Reporter gedrängt. Links durch von Vasary, rechts durch den Pressechef Meyer-Eckhardt flankiert, wurde Rodenberg mit sanfter Gewalt durch die rückwärtige Tür aus dem Saal gedrängt.

Die Journalisten protestieren heftig. »Hören Sie mal!«

»Das können Sie mit uns doch nicht machen!«

»Warum lassen Sie den Mann nicht reden?«

»Da ist doch etwas faul im Staate Dänemark!«

Egon Pauly, der Verleihchef, dessen rundes Gesicht bleich wie ein Vanillepudding geworden war, versuchte sich als Herr der Situation zu erweisen. »Nur keine Aufregung, meine Herren, Sie werden alle Gelegenheit haben, Herrn Rodenberg zu interviewen!«

»Wann?« fragte Lex Tiger von der *Abendpresse* und starrte Egon Pauly durch seine dicken Brillengläser wie eine mißvergnügte Eule an.

»Noch heute. Selbstverständlich noch heute. Sobald Frau

König sich ein wenig erholt hat. Bis dahin –, wie wäre es, wenn wir jetzt endlich einen Happen zu uns nehmen würden? Eine kleine Stärkung würde uns bestimmt allen guttun.«

Egon Pauly versuchte es nach dem alten Rezept: Füttere die Bestie, bevor du ihr den Kopf in den Rachen steckst! Aber diesmal verfehlte es entschieden seine Wirkung. Uns hatte die Aufregung nicht hungrig, sondern nur durstig gemacht, und selbst, wem der Magen knurrte, wagte es nicht, sich an dem prächtigen kalten Büffet zu laben, weil niemand die Rückkehr der entflohenen Familie versäumen wollte. Eine kleine Gruppe, unter ihnen Lex Tiger, drängte sogar ostentativ aus dem Saal hinaus. Ich nahm an, daß sie sich schon mit ihren Redaktionen in Verbindung setzen wollten, aber sie waren nach verhältnismäßig kurzer Zeit wieder zurück.

»Telefonleitung durchschnitten, Lex?« fragte ich.

»Das sähe denen ähnlich. Hier muß man auf alles gefaßt sein. Wir haben uns vorsichtshalber vergewissert, daß die Vögelchen nicht ausfliegen können. Karlchen Siebert hält Wache.«

»Aha«, sagte ich.

»Kann man nichts anderes zu trinken bekommen als diesen labbrigen Sekt?« fragte Lex angewidert, als einer der livrierten Kellner mit einem Tablett voll Sektgläser an uns vorbeischwebte.

»Die arme Sara!« ließ sich der Star Susanne Sattler laut und deutlich vom Büffet her vernehmen, und das Mitleid in ihrer Stimme war so falsch wie ihre Zähne. »Sie sah ohnehin schon elend aus, und jetzt das noch!« Sie hob ein Glas Sekt in die Höhe und präsentierte sich strahlend den Reportern.

Ich sah, daß sie nur mit Mühe ihre Wut unterdrücken konnte, als keine der Kameras gezückt wurde. Sara hatte ihr die Schau gestohlen, und Susanne lechzte nach Rache.

»Wissen Sie eigentlich, warum Sara die letzten Wochen unsichtbar geblieben ist?« plapperte sie los. »Sie hat eine Abmagerungskur machen müssen? Gessler hat ihr gesagt, daß sie für die neue Rolle einfach zu fett wäre. Lustig, nicht wahr? Ich hatte Gott sei Dank nie Sorgen wegen meiner Figur. Ich kann essen, was ich will!« Um ihren Worten Nachdruck zu verleihen, führte sie einen gehäuften Löffel Kaviar zum Mund.

Susanne Sattler war der einzige Star, der es sich schmecken ließ, alle anderen fürchteten um ihre schlanke Linie. Nur Otto Simmel, der Charakterkomiker, der seine Beliebtheit hauptsächlich seiner Leibesfülle verdankte, schlug mit gutem Appetit ein. Er war in Filmkreisen bekannt dafür, daß es ihm immer und überall schmeckte, wenn er es nicht selbst zu bezahlen brauchte. Ansonsten tat sich nur der Nachwuchs gütlich, der sich an normalen Wochentagen die Butter vom Brot abzusparen pflegte, um sein Geld zum Friseur und in die Schneiderateliers zu tragen. Wie ausgehungert sie waren, die armen Kleinen, zeigte sich daran, daß die vor wenigen Minuten noch wunderbar dekorierten Tafeln jetzt Schlachtfeldern glichen.

Wir Presseleute warteten. Ich hätte, wie Lex Tiger, etwas dafür gegeben, wenn ich ein herzhaftes Männergetränk hätte auftreiben können, aber ich konnte mich nicht entschließen, die Tür, durch die Sara und ihre Eltern entschwunden waren, aus den Augen zu lassen. So entging es mir nicht, daß einer der Kellner herausschlüpfte. Er sah sich suchend im Saal um, und ich war sicher, daß er Putzi Hoffmann eine Nachricht zu überbringen hatte. Ich hatte mich wieder einmal geirrt – ich selbst war es, den er mit einer Botschaft beehrte. »Herr Holländer?« fragte er leise.

»Ja?«

»Würden Sie mir bitte folgen?«

Das war aufregend. Meyer-Eckhardt und Vasary schienen einen Bundesgenossen zu suchen. Ich war mir nicht sicher, ob ich mitmachen würde, aber immerhin, ich mußte mir anhören, was sie zu sagen hatten.

Es war Sara König, die mich empfing. Ihr Gesicht war blaß, aber gegen die blütenweiße Reine ihres Seidenkleides wirkte es immer noch jung und frisch. Sie erschien mir nicht nervöser, als es in dieser Situation verständlich war.

»Sara!« sagte ich. »Sie sind nicht bei Ihrer Mutter?«

Sie schüttelte den Kopf und flüsterte: »Sie müssen mir helfen, Charly!«

Wir standen in einem Vorraum, der den großen Konferenzsaal, in dem der Empfang des Orion-Verleihs stattfand, mit dem sogenannten kleinen verband.

»Hat man Sie vorgeschickt?« fragte ich mit einer Kopfbewegung zu jener Tür, hinter der ich Friedl König und Co. vermutete.

»Nein, natürlich nicht, Charly. Ich – ich habe eine ganz persönliche Bitte!«

»Lassen Sie hören!«

»Bitte, Charly, ich muß hier raus. Verstehen Sie mich! Ich ertrage das alles einfach nicht mehr.«

»Waren Sie von dem Auftauchen Ihres Vaters wirklich so überrascht?« fragte ich.

»Bitte, Charly, bitte, jetzt nicht. Morgen ja, kommen Sie morgen früh zu mir, dann werde ich alle Ihre Fragen beantworten. Aber jetzt – helfen Sie mir!«

Ich kaute nachdenklich an meiner Unterlippe. »Ich nehme an, Sie wollen unauffällig verschwinden, was?«

»Ich kann keinesfalls durch den Saal zurück. Sie wissen selbst, die Reporter...«

»Meinen Sie, wir sollten die Kleider tauschen, damit man Sie nicht erkennt?« sagte ich und spürte selbst, daß mein Witz nicht ankam.

»Ach, Charly!« sagte sie nur, ohne ein Lächeln.

Ich riß mich zusammen. »Die Tür dort führt ins kleine Konferenzzimmer, nicht war? Und diese hier...«

»...ist verschlossen«, ergänzte sie meinen Satz.

Ich mochte ihr nicht sagen, daß außerdem noch, wenn mich nicht alles trog, Karlchen Siebert draußen Wache hielt. »Das werden wir gleich haben«, erklärte ich beruhigend. Vorsichtig öffnete ich die Tür zum großen Saal einen Spaltbreit. Der Kellner, der sich von draußen angelehnt hatte, purzelte ins Zimmer. Ich schloß die Tür rasch hinter ihm. »Hören Sie, Mann«, sagte ich, »wir brauchen sofort den Schlüssel zu dieser Tür hier!« Ich wies auf den Ausgang. »Wenn Sie uns den in fünf Minuten bringen, ohne daß es jemand merkt...«

Er unterbrach mich. »Das ist nicht nötig, mein Herr. Wir haben ausdrücklich Anweisung bekommen...«

»Glaube ich Ihnen mein Freund. Aber inzwischen hat sich hier einiges getan, wie Sie vielleicht schon gemerkt haben werden. Die junge Dame muß sofort so unauffällig wie möglich das Haus verlassen, verstehen Sie?« Ich verzichtete auf lange Erklärungen, sondern drückte ihm, um meiner Bitte Nachdruck zu verleihen, einen größeren Geldschein in die Hand. »Also los, zeigen Sie, was Sie können!« Der Kellner verschwand.

»Wäre es nicht vielleicht ganz vernünftig, wenn Sie sich da drinnen wieder einmal sehen lassen würden?« schlug ich Sara König mit einer Kopfbewegung zum kleinen Konferenzsaal hin vor.

»Ach was!« sagte sie bitter. »Die haben längst vergessen, daß ich überhaupt existiere. Die interessiert nur...« Sie verstummte.

». . . wie sie Ihrem verehrten Herrn Vater den Mund stopfen können, nicht wahr?« Sara König schwieg.

»Mein liebes Mädchen, Sie wissen ja, eine Hand wäscht die andere. Fänden Sie es nicht ganz angebracht, wenn Sie mir jetzt mal erklären würden, was hier eigentlich gespielt wird? Ihr Vater muß doch irgend etwas gegen Ihre Mutter in der Hand haben, das ist sonnenklar. Wenn die beiden schon seit Jahren geschieden sind, hat er doch nicht das geringste Recht . . .«

Sie unterbrach mich heftig. »Fragen Sie mich nicht!« rief sie. »Bitte, fragen Sie mich nicht! Es hat keinen Sinn! Ich weiß genausowenig wie Sie! Vielleicht weiß ich sogar noch weniger!« Plötzlich schien sie sich zu besinnen, ihr Gesicht entspannte sich. »Wie gesagt, morgen früh werde ich Ihnen alles erzählen.«

Sara hatte Glück. Wir mußten unsere kleine Unterhaltung unterbrechen, denn der Kellner kam zurück. Er brachte einen passenden Schlüssel mit und wollte die Tür öffnen. Ich nahm ihm das Ding aus der Hand. »Lassen Sie nur, das mache ich selbst. Für Sie habe ich noch etwas anderes zu tun. Passen Sie mal gut auf. Draußen auf dem Gang, wahrscheinlich ganz in der Nähe dieser Tür, wenn mich nicht alles täuscht, muß ein junger Mann stehen. Wenn er nicht da ist, um so besser. Aber wenn ja, dann gehen Sie auf ihn zu und sagen: ›Herr Siebert, bitte, zum Telefon!‹ Haben Sie mich verstanden?«

»Wenn er merkt, daß es nicht stimmt, werde ich Ärger bekommen.«

»Sie sind ein kluges Köpfchen!« sagte ich anerkennend. »Das zum Trost für Ihren Ärger.« Ich drückte ihm noch einen Geldschein in die Hand. »Wenn Sie besagten Herrn Siebert aus dem Weg geschafft haben, klopfen Sie bitte von außen an die Tür, damit wir wissen, daß die Luft rein ist.«

Es klappte alles wie in einem amerikanischen Kriminalfilm. Ich fand, daß mir meine Rolle als Beschützer weiblicher Hilflosigkeit gut zu Gesicht stand, besonders als Sara König keine Anstalten machte, den Arm, den ich um ihre Schulter gelegt hatte, abzuschütteln, sondern sich schutzsuchend an mich schmiegte. Ich blickte auf meine Armbanduhr. Genau zwei Minuten, nachdem der Keller uns verlassen hatte, ertönte das Klopfzeichen. Ich schloß die Tür auf, drückte dem Kellner den Schlüssel in die Hand und entwischte mit Sara über einen langen Korridor.

Ich hatte mir in meinem jungen Leben eine ziemlich genaue Kenntnis von Hotels aller Gattungen erworben. Der *Bayerische*

Hof entsprach genau meinen Vorstellungen. Es gab eine Hintertreppe für das Personal, die wir hinunterliefen, und einen Eingang für die Lieferanten und Angestellten. Ich wagte es nicht, Sara mit auf die Straße hinauszunehmen, sondern riet ihr, im Schatten des Torweges zu warten, während ich meinen Wagen holte.

Ich hörte, wie sie tief aufatmete, als sie neben mir saß. »Ich werde Ihnen das nie vergessen, Charly!«

»Mir genügt es, wenn Sie bis morgen früh daran denken!« erinnerte ich. »Wohin soll ich Sie bringen?«

Ihre großen blauen Augen waren ganz Unschuld, als sie mir antwortete: »Wohin? Natürlich nach Hause. Ich bin einfach erledigt.« Sie schloß erschöpft die Augen, und nach einem Seitenblick auf ihr blasses kleines Gesicht verzichtete ich darauf, sie weiter mit Fragen zu quälen.

Als ich eine Stunde später aus Grünwald zurückkam, war der Empfang des Orion-Verleihs im *Bayerischen Hof* bereits vorüber. Ich hatte den Schlußeffekt verpaßt, aber ich war deshalb nicht sehr traurig. Die Wahrheit, dessen war ich sicher, würde bestimmt nicht herausgekommen sein.

Der Artikel Lex Tigers in der *Abendpresse*, dem einzigen Münchner Abendblatt, das seinem Namen zum Trotz bereits morgens um zehn Uhr an allen Kiosken zu kaufen ist, bestätigte diese Ansicht. Unter zwei fetten Überschriften: *Sara König im Glück – Sensationelle Rückkehr des verschollenen Vaters aus Amerika* beschrieb Lex Tiger in ergreifenden Worten das unerwartete Erscheinen Rodenbergs, er unterschlug auch nicht, daß Friedl König in Ohnmacht gefallen war, dann aber zitierte er ihre Erklärung, als sie sich zusammen mit ihrem Gatten den Reportern zum Abschluß des Empfanges präsentiert hatte: »Dies ist der glücklichste Tag meines Lebens! Ich bin vor Freude einfach schwindelig geworden!« Ein Foto, das Friedl König und Rodenberg strahlend Arm in Arm zeigte, schien diese Behauptung zu bestätigen.

Sara Königs Mami schien wirklich vor nichts zurückzuschrekken. Immerhin, die Sache war plump, aber gar nicht schlecht gemacht, sonst wäre ein so gewitzter Fuchs wie Lex Tiger nicht darauf hereingefallen. Wenn er die Story akzeptierte, würde niemand daran zu zweifeln wagen. Die Leser würden staunen, wenn ich ihnen eines Tages – und ich hoffte, daß dieser Tag nicht mehr allzu fern war – die ganze Wahrheit präsentieren würde.

Ich fuhr nach Grünwald hinaus. Vor Sara Königs Villa parkte eine schwarze geschlossene Limousine, die mir bekannt vorkam. Ich warf einen Blick auf das Nummernschild. Es stimmte. Geza von Vasary war zu seinem Schützling geeilt, um Kriegsrat zu halten.

Ich mußte einige Male an der Gartenpforte klingeln, bevor aufgedrückt wurde. Aber auch dann hatte ich mir noch nicht den Einlaß in die privatesten Bezirke der Familie König, sprich Rodenberg, erzwungen.

Der Diener erklärte mir mit Nachdruck, daß Sara König nicht zu sprechen wäre. »Das muß ein Irrtum sein«, beharrte ich, »das deutsche Filmwunderkind hat mich ausdrücklich herbestellt!«

»Das müßte ich doch wohl wissen«, antwortete er.

»Hauptsache, daß Sara König und ich es wissen, nicht wahr?« sagte ich und stellte vorsichtshalber meinen Fuß zwischen Tür und Angel.

»Bitte, einen Augenblick, dann muß ich gleich mal..«

»Wenn Sie die gnädige Frau fragen möchten, dann erinnern Sie sie bitte daran, daß zwischen uns eine kleine Abmachung besteht. Sagen Sie ihr, es käme mir gar nicht ungelegen, wenn die Abmachung jetzt von ihrer Seite gebrochen würde.«

Das wirkte. Fünfzehn Sekunden später stand ich in der riesigen Halle, die ganz so eingerichtet war, wie ein Filmfan sich den Wohnraum seines Stars vorstellt – dicke Perserteppiche auf dem Boden, tiefe, bequeme Klubsessel um niedrige Tische gruppiert, sehr moderne Gemälde und Lampen, antike Truhen und Schränke und Skulpturen. Die Glastüren zur sonnenüberfluteten Terrasse standen weit offen, aber hier drinnen war es angenehm kühl. Trotzdem waren die Gesichter von Friedl König und ihrem Manager offensichtlich erhitzt. Sie schienen sich gestritten zu haben, und das Lächeln, mit dem mich »Mami« begrüßte, wirkte vor Aufregung verzerrt. Geza von Vasary sah nicht einmal auf, als ich eintrat. Er machte ein leidendes Gesicht und strich sich nervös über seinen schmalen, gepflegten Schnurrbart.

Die Begrüßung fiel lahm aus. Ich zog die Augenbrauen hoch und sah mich in dem feudal eingerichteten Raum um. »Ich vermisse das Oberhaupt der Familie!« stellte ich fest. »Sollte Herr Rodenberg noch nicht ausgeschlafen haben?«

»Es ist mir wirklich sehr peinlich«, sagte Friedl König statt einer Antwort, »meine Tochter hat mir gar nichts von ihrer Verabredung mit Ihnen erzählt. Anscheinend hat sie es selbst vergessen. Sie ist in die Stadt gefahren.«

»Oh, das macht gar nichts!« Ich ließ mich in einen der tiefen Sessel sinken und streckte die Beine bequem von mir. »Ich habe Zeit und kann warten.«

Mami König warf einen hilfesuchenden Blick zu Geza von Vasary hinüber. Er reagierte nicht, sondern betrachtete nur angelegentlich seine schmalen, schön gefeilten Fingernägel.

»Es ist nur – ich weiß nicht, wann sie zurückkommt«, stotterte Friedl König.

»Wie gesagt, ich habe Zeit«, versicherte ich mit meinem charmantesten Lächeln und fügte, als ich sah, daß Mamis Augenlider zu flattern begannen, rasch hinzu: »Natürlich möchte ich nicht stören. Vielleicht könnte ich inzwischen ein paar Worte mit Ihrem Gatten sprechen?«

Geza von Vasary hob den Kopf und sah mich an. In seinen dunkelbraunen Augen lag tiefe Melancholie. »Herr Rodenberg wohnt nicht in diesem Haus«, sagte er.

»Nicht? Nach der herzlichen Begrüßung von gestern abend habe ich angenommen . . .« Ich unterbrach mich. »Nun ja, das ist Ihre Privatsache. Aber meiner Meinung nach wäre es gescheiter gewesen, den Heimkehrer hier einzuquartieren. Sie hätten ihn besser unter Kontrolle.«

»Herr von Vasary ist nicht dieser Meinung«, rief Mami erregt, und ich begriff, daß ich einen wunden Punkt berührt hatte, »Herr von Vasary behauptet . . .« Sie verstummte.

»Ihnen brauchen wir ja nichts vorzumachen, verehrter Herr Holländer«, sagte Geza von Vasary, »Sie wissen, daß uns das Auftauchen dieses Herrn in eine – nun, sagen wir, gewisse Zwangslage gebracht hat. Es ist uns aber gestern abend gelungen, einen – wie sagt man doch? – Waffenstillstand zu schließen. Ihn in dieses Haus aufzunehmen, gliche einer Kapitulation.«

»Was bleibt uns denn anderes übrig, Geza?« fragte Friedl König verzweifelt.

Geza von Vasary warf »Mami« einen strafenden Blick zu, dann wandte er sich wieder an mich. »Wir dürfen uns doch auf Ihre Diskretion verlassen, Herr Holländer?«

Statt einer Antwort wandte ich mich an die Mutter des jungen Stars. »Was hat Herr Rodenberg gegen Sie in der Hand, gnädige Frau?«

Friedl König brauchte einige Sekunden, bis sie antwortete. »Nichts. Natürlich gar nichts. Was denken Sie denn? Es ist nur wegen der Publicity. Sie wissen doch selbst, Charly. Es schien uns damals zweckmäßiger ...« Sie stockte.

»... ihren Vater sterben zu lassen. Ja, ich weiß. Aber ein Kind aus einer geschiedenen Ehe zu sein, ist doch schließlich auch keine Schande. Außerdem ist die Katze jetzt aus dem Sack. Was befürchten Sie also noch?«

Friedl König machte ein Gesicht, als ob sie wieder in Ohnmacht fallen würde, aber im letzten Augenblick besann sie sich eines Besseren. Sie drückte sich ein winziges, parfümgetränktes Tüchlein unter die Nase und flüsterte mit zittriger Stimme: »Nein, es ist zuviel. Meine Nerven – ich ertrage das nicht länger. Bitte, Geza, ich kann nicht mehr!« Sie sprang auf und eilte die breite, geschwungene Treppe zum Oberstock hinauf.

Geza von Vasary räusperte sich. »Darf ich Ihnen etwas zu trinken anbieten, Herr Holländer?«

»Danke, nein.« Ich zündete mir eine Zigarette an. »Was wird hier gespielt?«

Er hob mit einer verzweifelten Geste seine schmalen weißen Hände. »Fragen Sie mich nicht, verehrter Freund, fragen Sie mich nicht! Es ist immer dasselbe. Es ist kein Leben für einen Mann. Ich werde mich aus diesem Geschäft zurückziehen. Erst kommen sie, ganz klein, und wären bereit, mir alles zu geben, was ich verlange, damit ich sie ins Filmgeschäft hineinbringe. Ich gutmütiger Mann glaube ihnen. Ja, das ist mein Fehler. Jedesmal glaube ich ihnen. Kaum habe ich jemanden groß gemacht, kaum kommt er groß heraus, dann ist jeder Pfennig zu schade, den er mir zahlen muß. Es ist immer dasselbe. Sie alle glauben, ohne Vasary fertig zu werden. Sie kennen das Sprichwort von dem Ei, das klüger sein will als die Henne. Ja, das ist es. Sie hören nicht auf meine Ratschläge, sie tun und lassen, was sie wollen, und dann, wenn der große Pallawatsch da ist, dann muß der gutmütige Geza von Vasary alles wieder ordnen. Ja, so ist es. Ich mag nicht mehr.« Der Manager schüttelte aus einem kleinen Döschen einige Pillen in seine offene Hand und schluckte sie mit angewidertem Gesicht hinunter.

»Wo ist Sara?« fragte ich.

Er zuckte die Achseln. »Was weiß ich.«

»Sie hat sich mit mir verabredet.«

»Vielleicht hat sie es vergessen, vielleicht haben Sie sich verhört. Vielleicht hat sie es nicht ernst gemeint.«

»Das werde ich wissen, sobald ich Sara gesprochen haben. Wo ist sie?«

Ein Stubenmädchen, sehr adrett in schwarzem Kleid und weißem Schürzchen und Häubchen, kam ins Zimmer. Ihr schwarzes Kleid war so kurz, daß es die schlanken Knie freigab. Sie bemühte sich ganz offensichtlich, so anmutig wie möglich aufzutreten und ihre jugendlichen Formen ins beste Licht zu setzen. Wahrscheinlich hoffte sie, von Geza von Vasary entdeckt zu werden. Sie neigte sich tief zu ihm hinab, so daß ihre Lippen fast sein Ohr berührten, und flüsterte ihm etwas zu.

Geza von Vasary seufzte tief. »Lassen Sie Herrn Gessler hereinkommen!«

Rolf Gessler trug enge blaue Jeans, ein weißes, offenes Sporthemd und, leicht über die Schulter geworfen, eine helle Lederjacke. Er wirkte mit seiner schmalen Figur und dem kurzen Haarschnitt sehr jugendlich. Niemand hätte ihm angesehen, daß er immerhin schon über dreißig und ein äußerst fähiger Filmregisseur war. Er kniff beim Eintreten die kurzsichtigen Augen zusammen, um erkennen zu können, wen er vor sich hatte, dann fragte er nach einem kurzen Gruß: »Ist Sara oben?«

»Hat Sara Sie etwa auch bestellt?« fragte ich.

»Was heißt hier – auch? Sie erwartet mich. Wir wollen heute noch einmal ein paar Szenen aus dem Drehbuch durchgehen.«

»Merkwürdig«, sagte ich zu Geza von Vasary. »Ihr Star scheint an Gedächtnisschwund zu leiden.«

»Was heißt das?« Rolf Gessler sah unsicher und mißtrauisch von mir zu Vasary hinüber.

»Lieber, verehrter Meister«, sagte der Manager, »wollen Sie sich nicht erst einmal setzen?«

»Nein! Ich möchte zu Sara!«

Geza von Vasary drehte und wand sich wie ein gequältes Reptil. Ich grinste. Die Situation begann mir Spaß zu machen.

»Ja, ich weiß, selbstverständlich weiß ich das«, versicherte der Manager, »es ist nur leider so ... Sara ist nicht da.«

»Na, dann kann ich ja wieder gehen«, sagte Rolf Gessler zerstreut. Dann erst schien er Geza von Vasarys Worte ganz zu begreifen. »Was soll das heißen, sie ist nicht da? Wo ist sie denn? Wann kommt sie wieder? Warum kann sie nicht da sein, wenn sie mit mir verabredet ist?«

Geza von Vasary zuckte zusammen. »Bitte, so lassen Sie sich doch erklären ...«

»Wo ist Sara?«

»Ich weiß es nicht.«

Rolf Gessler brauchte einige Sekunden, bis er die überraschende Mitteilung ganz erfaßt hatte. Mit zusammengekniffenen Augen starrte er Geza von Vasary an. »Das soll doch nicht etwa heißen, daß Sara verschwunden ist?« fragte er ungläubig.

»Ich sagte doch schon, ich weiß es nicht!« Geza von Vasarys sonst so sanfte Stimme klang plötzlich sehr gereizt.

»Wollen Sie nicht doch Platz nehmen, Gessler?« forderte ich den Regisseur freundlich auf. »Mir scheint, es lohnt sich, einige Worte über die Sache zu wechseln.«

Rolf Gessler warf seine Jacke ab und schwang sich auf die Lehne des Sessels, den Friedl König so plötzlich verlassen hatte.

»Seit wann ist Sara fort?« fragte ich.

Der Manager hob abwehrend die Hände. »Meine Herren...«, begann er, dann schien er sich plötzlich eines Besseren zu besinnen und sagte in verändertem Ton: »Seit gestern nacht. Als die gnädige Frau nach Hause kam, war Sara nicht mehr da.«

»Sind Sie sicher, daß sie überhaupt nach Hause gekommen ist?« fragte Gessler.

»Doch, das ist sie«, erklärte ich kurz, »ich selbst habe sie hierher gebracht.«

Geza von Vasary und Rolf Gessler starrten mich an, als ob ich mich plötzlich als Kidnapper entpuppt hätte.

»Wieso – Sie?« fragte der Manager. »Davon weiß ich gar nichts.«

»Ich fürchte, es gibt einiges, was Sie über Ihren Schützling nicht wissen. Sara wurde gestern auf dem Verleihempfang die Luft zu dick, und sie bat mich, sie nach Hause zu bringen. Das ist alles.«

»Ich begreife nicht, warum Sara sich mit dieser Bitte ausgerechnet an Sie gewendet hat!« sagte Rolf Gessler wütend. Er begann an seinen Fingernägeln zu kauen, merkte es selbst und schob die Hand rasch in die Hosentasche.

»Ist sie mit dem Auto fort?« fragte ich den Manager.

»Nein.«

»Hat sie irgendwelche Sachen mitgenommen? Einen Koffer gepackt?«

»Sara hat ziemlich viel Garderobe, und in diesem Haus gibt es eine Menge Koffer, wie Sie sich vorstellen können. Die gnädige Frau glaubt einige Dinge zu vermissen, aber sie kann es nicht mit Gewißheit sagen. Sara ist sehr gutmütig. Sie pflegt oft Kleidungsstücke, ohne ihre Mutter zu fragen, zu verschenken. Sie wissen ja, wie das ist. Ich – wir stehen vor einem Rätsel.«

»Vielleicht hat es sie zu ihrem Daddy aus Amerika gezogen«, schlug ich vor.

»Nein, dort ist sie sicher nicht«, erwiderte Geza von Vasary im Brustton der Überzeugung, und da wußte ich sofort, daß er sich inzwischen bei Herrn Rodenberg erkundigt hatte.

Rolf Gessler kaute wieder an seinen Fingernägeln, sein Gesicht war tief besorgt. »Wenn ihr bloß nichts zugestoßen ist«, murmelte er, »ich meine, vielleicht ein Rückfall. Sie hatte doch eine schwere Gehirnerschütterung. Möglicherweise ...«

»Also das, lieber Gessler, glaube ich nicht«, sagte ich, »gestern abend war sie jedenfalls noch ganz in Ordnung.«

»Die gnädige Frau meint ...« Geza von Vasary verzögerte sekundenlang und überlegte sichtlich, ob er uns so weit ins Vertrauen ziehen dürfte, dann vollendete er seinen Satz: »... das plötzliche Auftauchen ihres Vaters sei ein schwerer Schock für sie gewesen.«

»Sicher«, sagte ich, »aber das ist doch kein Grund, sich einfach in Luft aufzulösen.«

»Montag ist Drehbeginn«, murmelte Rolf Gessler düster.

»Bis dahin sind immerhin noch vier Tage!« tröstete ich. »Wer sagt Ihnen, daß sie nicht morgen oder übermorgen, vielleicht sogar schon heute, wieder auftauchen wird?«

»Und wenn nicht?«

»Dann müssen Sie eben umbesetzen.«

Von Vasary war entsetzt. »Nein, bitte nicht! Malen Sie den Teufel nicht an die Wand! Sara wird zurückkommen, ich verbürge mich dafür. Ich ...«

»Lieber Herr von Vasary«, sagte ich freundlich, »machen Sie sich nicht unglücklich. Kein Mann von Verstand sollte sich für ein verliebtes junges Mädchen verbürgen.«

»Verliebt?« Geza von Vasary starrte mich an, als ob ich etwas Ungeheuerliches gesagt hätte.

Ich versuchte meine Behauptung abzuschwächen. »Na, ich meine ja nur, sie könnte doch verliebt sein, oder?«

»Haben Sie Hoffmann benachrichtigt?« fragte Gessler.

»Nein, und ich möchte Sie bitten, meine Herren, von ganzem Herzen bitten ... Niemand darf etwas von Saras Verschwinden erfahren. Das wäre das Ende ihrer Karriere. Begreifen Sie?«

»Kein Wort«, sagte ich, »sie ist ja augenblicklich drehfrei.«

»Aber denken Sie an ihren Vertrag! Sie hat einen Spezialvertrag, das sollten Sie doch wissen!«

»Bezieht sich dieser Vertrag etwa auch darauf, was sie in ihrer Freizeit tut?«

»Aber selbstverständlich!« Geza von Vasary rollte vor Aufregung das R wie nie zuvor. »Er bezieht sich auf alles, was sie tut. Sie muß dem Verleih ständig berichten, wo sie sich aufhält. Sie darf nur Bekanntschaften machen, die der Verleih genehmigt. Produktion und Verleih bestimmen, was sie essen darf, was sie trinkt, was sie anzieht. Sie ist nicht irgendein Mädchen, sie ist ein Star, verstehen Sie doch endlich!«

»Jedenfalls verstehe ich jetzt, warum sie ausgerissen ist«, sagte ich und stand auf.

»Wohin wollen Sie?«

»Wohin schon? Sara suchen. Leben Sie wohl, meine Herren!«

Die schneeweiße pompöse Klinik von Professor Werner lag wie ausgestorben in der glühend heißen Mittagssonne. Vor den riesengroßen Fenstern waren Jalousien herabgelassen. Kein Mensch wandelte heute zwischen schattigen Bäumen und blühenden Büschen. Ich warf einen Blick auf meine Armbanduhr. Anscheinend war in der Klinik gerade Essenszeit. Ich selbst spürte keinen Hunger. Dem Pförtner war ich inzwischen bekannt. Er begrüßte mich mit einem Augenzwinkern wie einen Verschwörer.

Ich grinste zurück. »Hören Sie, Schmidthuber«, sagte ich, »ich muß dringend Herrn Dr. Werner sprechen. Wo kann ich ihn erreichen?«

»Überhaupt nicht. Dr. Werner ist in Urlaub gefahren.«

»Bitte, geben Sie mir seine Adresse!«

»Na, das muß ja eine furchtbar wichtige Sache sein«, sagte der Portier beeindruckt und begann das Haustelefon zu betätigen. »Will mal sehen, was ich machen kann.«

Er gab sich wirklich redliche Mühe, aber keine der Stellen, mit denen er sich in Verbindung setzte, schien ihm eine Auskunft geben zu können. Als er den Hörer auflegte, waren wir so klug wie zuvor.

»Tut mir leid, Herr Holländer«, sagte der Pförtner bedauernd, »wahrhaftig. Wo es Ihnen doch so wichtig ist.«

»Aber irgend jemand im Haus muß doch wissen, wohin der Doktor gefahren ist!«

»Habe ich mir auch gedacht. Sieht aber nicht so aus.«

»Haben Sie's auch beim Professor versucht?«

»Nein, lieber nicht. Wenn ich Ihnen einen Rat geben darf: Von unserem Alten bekommen Sie bestimmt nichts raus.«

»Bitte, Schmidthuber«, sagte ich, »lieber, verehrter Herr Schmidthuber. Ich habe Sie immer für einen der fähigsten Pförtner des kommenden vereinten Europas gehalten. Denken Sie nach! Wer könnte wissen, wohin er gefahren ist?«

Der Pförtner legte einen Finger an die Nase, und seinem Gesichtsausdruck nach schien er tief nachzudenken. Ich wartete gespannt. »Vielleicht Frau Dr. Ritter«, schlug er dann vor.

»Ach ja, natürlich«, sagte ich erleichtert, »daß ich nicht gleich darauf gekommen bin! Ist sie im Haus?«

»Wird wohl in der Kinderabteilung sein. Gehen Sie ums Haus rum und hinten in den Park. Der kleine Pavillon ist es.«

Der Pavillon war durchaus nicht so klein, wie ich ihn mir nach Schmidthubers Beschreibung vorgestellt hatte. Er war ein durchaus beachtliches Gebäude im Bungalowstil, mit vielen französischen Türfenstern ringsum, von denen jetzt die Jalousien herabgelassen waren. Schon von weitem hörte ich ein Durcheinander von Kinderstimmen und Löffelgeklapper.

Der Vorraum mit den bunten Sesseln, die wohl für die Besucher bestimmt waren, stand leer. Niemand verwehrte mir den Eintritt. Ich öffnete aufs Geratewohl eine der zartblau lackierten Türen und verspürte im selben Augenblick eine heftige Sehnsucht, noch einmal Kind und womöglich recht krank zu sein. Es mußte ein Genuß sein, sich von der charmanten jungen Ärztin behandeln zu lassen. Obwohl die kleinen Patienten wohl kaum die Reize dieser schlanken, biegsamen Figur im weißen Kittel zu schätzen wußten, strahlten ihre Augen auf, sobald Dr. Ritter an ihr Bettchen trat. Die Kinder hatten ihr Essen bekommen. Einige löffelten allein, andere wurden von Schwestern gefüttert. Frau Dr. Ritter ging hin und her und hatte für jeden der kleinen Patienten ein ermunterndes Wort. Ich hätte stundenlang dastehen und zuschauen mögen, aber eher, als mir lieb war, entdeckte sie mich. Ich grüßte höflich.

Sie runzelte die weiße Stirn ein wenig und sah mich mit ihren großen grauen Augen prüfend an. Offenbar dachte sie intensiv darüber nach, wo sie mich schon einmal gesehen hatte. »Sind

Sie nicht der Vater unserer kleinen Lotte?« fragte sie. »Ja, natürlich. Lotte wird sich freuen. Sie hat sich inzwischen schon recht brav eingewöhnt.«

Ich konnte ein Grinsen nicht unterdrücken. »Leider muß ich Sie enttäuschen, verehrte Frau Doktor. Ich habe es bisher noch nicht bis zur Vaterschaft gebracht.«

»Nicht?« Sie sah mich erstaunt an. Dann errötete sie plötzlich und strich sich mit einer verlegenen Geste durch ihr kurzgeschnittenes honiggelbes Haar. »Entschuldigen Sie bitte, ich fürchte, ich habe Sie verwechselt. Aber wir haben uns doch schon irgendwo gesehen?«

»Ja. Vor der Tür von Zimmer siebenundzwanzig. Erinnern Sie sich?« Ich verbeugte mich und stellte mich vor. »Charly Holländer.«

»Sie sind von der Presse, nicht wahr?«

»Wer hat Ihnen das verraten?«

Jetzt lächelte sie. »Oh, Sie werden sich wundern, aber ich lese hin und wieder Zeitschriften. Ihre Artikel gefallen mir übrigens nicht immer.«

»Sprechen Sie sich ruhig aus, ich bin nicht empfindlich.«

»Ich meine, Sie sollten einmal über ein wirklich echtes Thema schreiben, nicht immer nur über das, was die Leute lesen wollen.«

»Man macht Zeitungen, um sie zu verkaufen, verehrte Frau Doktor.«

»Ich dachte immer, Zeitungen wären dazu da, die Öffentlichkeit zu informieren. Es wäre zum Beispiel bestimmt wichtig, wenn Ihre Leser wüßten, daß wir immer noch zu wenig eiserne Lungen in München haben.«

Da ich im Augenblick nicht in der Stimmung war, mir einen populärwissenschaftlichen Vortrag anzuhören, auch wenn er aus einem noch so jungen und reizvollen Mund kam, unterbrach ich sie rasch. »Sie müssen mir über dieses Thema Unterlagen geben, liebe Frau Doktor«, sagte ich lächelnd, »ich verspreche Ihnen, ich werde dann sehen, was ich tun kann. Im Augenblick aber habe ich eine ganz andere Frage auf dem Herzen.«

»So?« In ihren grauen Augen erwachte das Mißtrauen. »Vielleicht gehen wir dann doch besser nach nebenan.« Sie führte mich in einen kleinen hellen Raum, der als Untersuchungszimmer diente. Es gab einen winzigen Schreibtisch, zwei Sessel, alles aus Stahl, und eine mit weißem Wachstuch überzogene

Liege darin. Die junge Frau Doktor machte keine Anstalten, mir einen Platz anzubieten.

»Darf ich rauchen?« fragte ich.

»Bitte«, sagte sie kühl. »Was wollten Sie mich fragen?«

»Wohin ist Dr. Wolfgang Werner gefahren?«

Sie antwortete nicht, sondern entschloß sich plötzlich, sich ebenfalls eine Zigarette anzuzünden. Erst als sie brannte, fragte sie: »Warum interessiert Sie das?«

»Ist es ein Geheimnis?«

»Nein.«

»Dann, bitte, geben Sie mir seine Adresse.«

»Es tut mir leid, aber da kann ich Ihnen nicht helfen.«

»Können Sie nicht oder wollen Sie nicht?«

»Weder noch. Ich sehe nicht ein, wozu Sie Wolfgangs Adresse brauchen.«

Ich versuchte es andersherum. »Hat er seinen Urlaub nicht ein bißchen plötzlich genommen?«

Sie fiel darauf herein. »Ja, wir wollten eigentlich...« Sie verstummte und biß sich auf die Lippen.

»Das habe ich mir gedacht.«

»Wie kommen Sie eigentlich dazu, ausgerechnet mich danach zu fragen? Warum wenden Sie sich nicht an die Leitung der Klinik oder an Professor Werner?«

»Ich dachte, Sie könnten mir am ehesten helfen. Es heißt ja, daß Sie mit Dr. Werner so gut wie verlobt sind.«

Sie versuchte zu lächeln. »Da sieht man wieder, wie die Leute sich irren können.«

»Ist Dr. Werner vielleicht in eine andere Frau verliebt?«

Jetzt wurde sie wütend. »Wenn das ein Interview sein soll«, sagte sie und funkelte mich an, »dann ist es aber ein schlechtes. Sehen Sie zu, von wem Sie die Adresse bekommen. Von mir jedenfalls nicht.« Sie drückte ihre Zigarette aus und ging zur Tür.

Ich packte sie beim Handgelenk. »Bitte, liebe Frau Doktor, Sie haben mich vollkommen mißverstanden. Wenn Sie glauben, daß ich aus Ihren Liebesgeschichten eine Story machen will...«

»Was denn sonst?« rief sie und riß sich los.

»...dann muß ich Ihnen sagen, daß Sie dazu gar nicht prominent genug sind. Das Publikum interessiert sich nicht für Ärztinnen, auch wenn sie noch so reizvoll sind. Sie sind keine Prinzessin, keine Schönheitskönigin und kein Filmstar!«

»Aha! Darum geht's«, sagte sie in verändertem Ton. »Entschuldigen Sie bitte, ich glaube, ich habe mich sehr dumm benommen. Sie suchen Sara König, nicht wahr?«

Jetzt war es an mir, verblüfft zu sein. Ich starrte sie an, und ich fürchte, daß ich dabei ein sehr blödes Gesicht gemacht haben muß, denn sie lachte herzlich.

»Aber woher wissen Sie?« fragte ich.

Sie wurde wieder ernst. »Ich habe Ihnen schon einmal gesagt, ich lese Zeitungen. Außerdem habe ich noch die ausgefallene Angewohnheit, hin und wieder ins Kino zu gehen. Ich habe die Patientin natürlich sofort erkannt.«

»Herrje«, sagte ich erschüttert, »was bin ich für ein Esel!«

»Halb so schlimm. Sie sollten sich nur abgewöhnen, alle anderen Leute für Dummköpfe zu halten, lieber Herr Holländer.«

»Haben Sie es Dr. Werner gesagt?«

»Daß seine Patientin Therese Schmid ein Filmstar namens Sara König ist?«

»Nein.«

»Ja, aber, Sie lieben ihn doch! Ich meine, Sie mögen ihn zumindest sehr, nicht wahr? Warum haben Sie ihn dann nicht aufgeklärt?«

»Ich mische mich grundsätzlich nicht in die Angelegenheiten anderer Leute. Er hat mich niemals gefragt, was ich von seiner Herzdame halte, also habe ich geschwiegen. Finden sie das so unerhört?«

»Sie sind eine tolle Frau!« sagte ich ehrlich. »Bisher waren für mich Frauen immer die geschwätzigsten Wesen auf Erden.«

»Wie man sich doch irren kann«, entgegnete sie lächelnd.

»Sie wollen also nicht um ihn kämpfen? Dumme Frage! Natürlich wollen Sie nicht. Er soll Sie aus freiem Willen lieben oder gar nicht. Von Intrigen halten Sie nichts. Ich habe verstanden. Vollkommen verstanden. Sie sind eine großartige Frau. Er muß verrückt sein, weil er ausgerechnet Sie betrügt.«

»Betrügt er mich denn?« fragte sie, und der klare Blick ihrer grauen Augen brachte mich in Verwirrung.

»Aber Sie haben doch vorhin selbst gesagt, daß die beiden zusammen verreist sind, oder?«

»Ich kann mich an keine derartige Bemerkung erinnern. Ich war nur der Meinung, daß Sie es annehmen. Deshalb sind Sie doch so auf seine Urlaubsadresse versessen, nicht wahr?«

»Wo ist er hingefahren? Bitte, sagen Sie es mir! Es ist

wirklich wichtig. Für Sara König. Es hängt ungeheuer viel für sie davon ab. Sie werden das nicht verstehen, aber sie hat einen Spezialvertrag mit dem Verleih. Sie darf mit keinem Mann ausgehen, den der Verleih nicht genehmigt, noch viel weniger darf sie mit irgendeinem Mann verreisen. Sie darf nicht einmal essen, was sie will, sie muß sich kleiden, wie die Herren vom Verleih es für richtig halten. Verstehen Sie? Wenn wir sie nicht ganz rasch finden, wird sie der Verleih fallenlassen. Wegen Vertragsbruchs. Gute Nacht, Sara König. Ich brauche Ihnen nicht zu sagen, daß das eine Katastrophe wäre.

Die junge Frau Doktor sah mich ungläubig an. »Ja, gibt es denn so etwas wirklich?« fragte sie. »Wir leben doch nicht im Mittelalter, oder?«

»Liebe Frau Doktor, es gibt noch ganz andere Dinge, von denen Sie keine Ahnung haben. Bitte, seien Sie ein Mensch und geben Sie mir Dr. Werners Adresse. Ich verspreche Ihnen hoch und heilig, Ihrem Casanova in Äskulap wird nichts, aber auch gar nichts geschehen. Es geht mir nur darum, Sara zu finden und zur Vernunft zu bringen.«

»Glauben Sie, daß es vernünftig ist...«, begann sie, dann unterbrach sie sich selbst. »Es tut mir leid, Herr Holländer, ich habe Wolfgangs Adresse nicht. Ich weiß nur, daß er nach Italien gefahren ist. Wahrscheinlich wird er mir in den nächsten Tagen eine Ansichtskarte schicken. Wenn Sie mir Ihre Telefonnummer dalassen, werde ich Sie benachrichtigen.«

»Dann wird es leider zu spät sein«, sagte ich.

Als ich die junge Frau Doktor verließ, war ich nicht viel schlauer geworden. Ich wußte, daß Dr. Wolfgang Werner mit einem grauen Volkswagen losgefahren war, Frau Dr. Ritter hatte mir auch das Kennzeichen genannt. Das Reiseziel war wahrscheinlich Italien. Das war verdammt wenig. Schließlich konnte ich den verschwundenen Filmstar ja nicht durch die Polizei suchen lassen. Ich war ganz allein auf mich selbst und auf mein Köpfchen angewiesen, aber das hat mich glücklicherweise selten im Stich gelassen.

Während ich in die Stadt zurückfuhr, kreisten meine Gedanken unentwegt um die Frage, wohin Sara König den Mann ihres Lebens gelotst haben mochte. In einem Hotel zu übernachten, war für sie schwierig, denn ihre Papiere lauteten auf ihren Filmstarnamen. Natürlich hätte sie sich von Dr. Werner als seine Frau ausgeben lassen können, aber ich glaubte nicht, daß sie es wagen würde, dem korrekten jungen Mann einen solchen Vorschlag zu machen. Also mußte sie irgendwohin gefahren sein, wo man sie nicht kannte oder wo sie sicher sein konnte, daß man sie nicht erkennen würde. Das war sicher kein einfaches Problem. Sara Königs Filme waren auch in Italien, übrigens mit beachtlichem Erfolg, gelaufen. Außerdem wimmelte es im sonnigen Süden um diese Jahreszeit von deutschen Touristen.

Nein, ich konnte mir nicht vorstellen, daß Sara König aufs Geratewohl in der Weltgeschichte herumkutschierte, sie mußte ein ganz bestimmtes Ziel haben, und zwar höchstwahrscheinlich eines, das in einer Tagesreise von München aus zu erreichen war – Florenz, Gardasee, Lago Maggiore, Grado, Venedig.

Plötzlich fiel mir etwas ein, und ich hätte mir vor den Kopf schlagen können, daß ich nicht früher darauf gekommen war. Tamara Tess besaß ein Ferienhäuschen am Gardasee. Was lag näher, als daß Sara sich von ihr die Schlüssel hatte geben lassen?

Vor dem nächsten Postamt hielt ich an und versuchte Tamara in ihrer Wohnung zu erreichen. Ich hatte Pech, sie war nicht zu Hause. Eine etwas affektierte Person erklärte mir, daß sie nicht wüßte, wann »die gnädige Frau« zurückzuerwarten wäre.

Ich fuhr in meine Redaktion und ließ mir die Nummer unserer Zeitschrift heraussuchen, in der seinerzeit eine ausführliche Reportage über Tamara Tess und ihr Ferienheim am Gardasee veröffentlicht worden war. Von dem Haus war auf den Bildern nicht viel zu sehen. Tamara Tess hatte die Gelegenheit benutzt, dem Kameramann ihre üppigen Formen im Bikini zu präsentieren. Aus den Bildunterschriften konnte ich entnehmen, daß das Häuschen in Gargagno lag, und zwar in nächster Nähe der Petacci-Villa, die Mussolini seiner Geliebten geschenkt hatte.

Ich war sicher, daß ich Tamaras Liebesnest nach dieser Beschreibung leicht finden würde. Alles drängte in mir, sofort loszufahren, aber meine Vernunft siegte. Wenn diese Spur falsch war, würde ich zwei volle Tage auf der Suche nach Sara verlieren, denn vom Gardasee aus konnte ich keine weiteren Recherchen machen. Ich mußte mich also erst einmal vergewissern, daß sie wirklich hingefahren war.

Im Laufe des Nachmittags versuchte ich immer wieder, Tamara Tess zu erreichen, aber ich hatte kein Glück. Zu allem Überfluß hatten sie auf der Redaktion einen dicken Otto für mich. Sie knallten mir ein Manuskript auf den Tisch, das noch heute abend in Druck gehen und vorher überarbeitet werden mußte. Ich arbeitete buchstäblich im Schweiße meines Angesichts, obwohl ich wußte, daß ich dieses Meisterwerk nicht einmal zeichnen würde.

Gegen acht Uhr abends fuhr ich nach Hause. Mein Zuhause besteht seit Jahren aus einem Pensionszimmer in der Reitmorstraße, und ohne Übertreibung kann ich behaupten, daß ich dort der älteste Bewohner bin. Die Leitung der Pension hatte während meiner Abwesenheit gewechselt, aber ich habe alle Wirrungen und Veränderungen erfolgreich überstanden.

Als ich die Wohnungstür aufschloß, lief mir die kleine Sissi, unsere neueste Kurvenschönheit, über den Weg. »Na, teure Unschuld vom Lande«, fragte ich, »was gibt's Neues?«

»Ein Herr wartet auf Sie – in Ihrem Zimmer!«

Ich verzichtete darauf, Sissi nach dem Namen des Herrn zu fragen, denn ich wußte, daß ihr Gedächtnis in dieser Hinsicht mehr als lückenhaft war. »Wie sieht er aus?«

»Jung. Er hat Jeans an und trägt keine Krawatte.«

»Wie lange ist er schon da?«

Sissi schlug die blauen Augen zur Zimmerdecke und dachte angestrengt nach. »Och, seit ungefähr zwei Stunden!«

Ich bat das kluge Kind, mir meine Whisky- und Wermutflasche, Zitrone und Eiswürfel zu bringen und öffnete die Tür zu meinem Zimmer.

Rolf Gessler hatte es sich bequem gemacht. Er saß in meinem Lieblingsstuhl und hatte die Füße in den hellen Slippern auf das Sofa gelegt. Er las in einer Taschenbuchausgabe von *Ich spüre dich in meinem Blut*, die, wenn mich nicht alles täuschte, aus meiner Bibliothek stammte. Die dunkle Hornbrille, die er zum Lesen aufgesetzt hatte, machte ihn, wenn möglich, noch um mehrere Jahre jünger. Er veränderte seine Stellung nicht, als ich eintrat, sondern klappte nur das Buch zu und legte es auf den Tisch. »Das wäre ein toller Stoff«, sagte er.

»Aber nicht für Sara.«

»Warum nicht?«

Er hatte recht. Warum sollte Sara nicht das junge Mädchen mit den Komplexen spielen können, dessen Leben durch eine plötzliche Leidenschaft umgekrempelt wird? Es wäre eine lohnende Rolle für sie gewesen, aber ich bezweifelte stark, daß sie das wagen und vor allem, ob Mami König so etwas erlauben würde.

Rolf Gessler hatte seine Brille von der Nase genommen und begann sie mit einem nicht ganz sauberen Taschentuch zu putzen. »Haben Sie Sara schon gefunden?« fragte er.

»Noch nicht.«

»Schade.«

»Ihnen liegt wohl viel daran, daß sie rechtzeitig zurückkommt?«

»Und ob. Der Film steht und fällt mit ihr.«

Sissi brachte ein Tablett mit Gläsern, Eiswürfeln, Zitrone und den Flaschen.

»Darf ich Ihnen etwas mixen?« fragte ich.

Völlig überraschend sprang er auf und sagte: »Nein, danke, ich muß jetzt gehen.«

Ich war verblüfft. »Sie haben also zwei Stunden gewartet, nur um mich zu fragen, ob ich Sara gefunden habe?«

»Na und? Es war mir wichtig genug.« Er wandte sich zur Tür. »Also dann!« Aber er ging nicht hinaus, sondern kam noch einmal zurück. »Haben Sie eine Spur?« fragte er.

»Wie kommen Sie darauf?«

»Wissen Sie etwas über Sara?«

»Mag sein.«

»Würden Sie mich sofort benachrichtigen, wenn Sie Sara gefunden haben?«

»Warum sollte ich?«

»Hören Sie, Holländer!« Seine Stimme wurde auf einmal energisch. »Ich weiß, Sie stehen auf Saras Seite. Wir beide sind uns darüber klar, daß sie im Begriff steht, eine große Dummheit zu machen. Wenn sie die nicht schon gemacht hat. Wir – ich muß ihr helfen. Verstehen Sie doch! Ich habe sie in dieses Abenteuer hineingehetzt.«

»Sie?«

»Wer denn sonst? Ich habe ihr gesagt, daß ich mit einer Jungfrau nicht arbeiten kann, wie man eben so etwas sagt. Ich habe doch nicht geahnt, daß sie – na, Sie verstehen schon.«

Ich lachte. »Darüber würde ich mir wirklich keine Gedanken machen, Gessler. Jedes junge Mädchen ist eines Tages soweit. Jedes normale junge Mädchen jedenfalls. Zu so etwas braucht man sie nicht auch noch groß aufzumuntern.«

»Sara König ist kein normales Mädchen. Sie ist ein Star.

Ein Filmstar. Sie untersteht anderen Gesetzen. Sie wird sich ihre ganze Karriere verpfuschen, wenn sie jetzt...«

»Aus dem gleichen Grund suche ich Sara!« erklärte ich. »Was hatten Sie denn sonst gedacht? Glauben Sie, ich will sie heiraten?«

»Ich habe sie in diese ganze Sache hineingehetzt, und ich muß sie auch zurückholen«, sagte er hartnäckig.

»Ich will Ihnen mal was sagen, teurer Freund. Sie sind verliebt in Sara!«

»Ich? Na hören Sie mal!«

»Geben Sie es zu, und ich verspreche, Ihnen Bescheid zu geben, sobald ich sie gefunden habe.«

Gessler holte eine Visitenkarte aus der inneren Tasche seiner Lederjacke und kritzelte etwas darauf. »Hier, meine Telefonnummer. Sie werden mich anrufen, ja?«

»Ich hatte schon immer ein Herz für unglücklich Verliebte«, sagte ich und steckte die Visitenkarte ein.

Als ich noch einmal versuchte, Tamara Tess zu erreichen, meldete sich in ihrer Wohnung überhaupt niemand. Mir fiel ein, daß Tamara nur eine Zugehfrau hatte, die inzwischen längst nach Hause gegangen sein mußte. Da ich keine Lust hatte, mich wie ein verlorenes Wickelkind auf die Stufen vor ihrer Wohnung zu setzen und auf sie zu warten, fuhr ich nach Schwabing hinaus und klapperte nacheinander sämtliche Lokale ab, in denen Tamara zu verkehren pflegte. Niemand hatte sie gesehen.

Gisela – mit der Betonung auf der zweiten Silbe – die charmante Wirtin des gleichnamigen Lokals, empfing mich wie immer freundschaftlich, mit jener angenehmen Mischung von verkaterter Melancholie und urwüchsigem Humor, der ihren Erfolg ausmachte.

»Nein, Tamara war nicht hier«, sagte sie, »aber da hinten sitzt jemand, der Sie vielleicht interessieren wird.«

Da ich wußte, daß Gisela alles andere als geschwätzig ist, entschloß ich mich, mir das bemerkenswerte Individuum näher anzusehen. Ich drängte mich zwischen den eng beinander stehenden Tischen hindurch, schlängelte und stieß mich über die Tanzfläche, die gestopft voll war, und gelangte so in den Hintergrund des Lokals. Es dauerte eine Weile, bis meine Augen den dicken Rauch so weit durchdringen konnten, daß ich erkannte, wen Gisela gemeint hatte. Es war Gotthold Emanuel Rodenberg, der Vater Sara Königs.

Sein Gesicht war sehr rot, die kleinen Augen quollen ihm fast aus den Höhlen, er hatte der Flasche Calvados, die vor ihm auf dem Tisch stand, sichtlich mehr zugesprochen, als ihm guttat. Den Hemdkragen hatte er geöffnet, und die farbenprächtige Jockeykrawatte hing schief. Seine dröhnende Stimme übertönte die Musik, das Gelächter und Gläserklirren.

»Meine Damen...«, sagte er gerade und beehrte mit dieser Anrede die beiden Flittchen, die es sich trotz der Hitze nicht nehmen ließen, sich dicht an ihn zu schmiegen. »...meine Damen, der alte Bob ist nicht so dumm, wie er aussieht. Ich habe geschuftet, meine Damen, wie ein Pferd, wie ein Kamel, wie ein Elefant, bis ich eines Tages daraufgekommen bin, daß ich auf dem falschen Dampfer war. Bob, sagte ich mir, von Arbeit ist noch niemand reich geworden. Du mußt unter die Goldgräber gehen, wenn endlich was aus dir werden soll.«

»Oh, Mister Bob, Sie haben Gold gefunden?« flötete die eine der wenig bekleideten Hübschen.

»Eine ganze Goldgrube, mein Schätzchen!« sagte Rodenberg und klopfte ihr zärtlich auf den verlängerten Rücken. »Gold in Hülle und Fülle. Seid recht lieb zu dem alten Bob, dann sollt ihr auch was davon abbekommen. Was wünscht ihr euch denn, meine Süßen?«

Diese Frage brachte die beiden »Damen« in Fahrt. Sie überboten sich gegenseitig darin, ihre bescheidenen kleinen Wünsche zu äußern, angefangen von der Luxuslimousine bis zum Nerzmantel.

»Sollt ihr haben«, lallte Bob fröhlich, »sollt ihr alles haben. Kleinigkeit. Das Leben ist gefährlich, aber es bildet ungemein.« Er versuchte seine dröhnende Stimme zu einem Flüstern herabzusenken. »Ich muß auf der Hut sein, meine Damen, sehr auf der Hut.« Er machte eine Kunstpause.

»Die wollen den alten Bob übers Ohr hauen, aber er ist zu schlau für sie, viel zu schlau.«

»Wer will Sie denn übers Ohr hauen, Mister Bob?«

»Sie gönnen mir nicht, daß ich eine goldene Ader gefunden habe«, sagte Rodenberg statt einer Antwort, »sie glauben, sie können das große Geschäft allein machen. Aber da kann ich nur lachen. Hahaha, jawohl, lachen. Wenn ich will, gehört alles mir. Alles! Begreift ihr, was das heißt! Alles! Oh, die haben gescheffelt, sage ich euch, da sind wir nur Waisenkinder dagegen. Mietshäuser in der Schweiz und Hotels, Tankstellen, Wäschereien. Da staunt ihr, was? Aber wenn ich will, bekommen sie keinen Pfennig mehr. Wenn ich will, gehört alles mir!« Er klopfte sich mit den kräftigen behaarten Fäusten auf die Brust. »Mir, mir! Gotthold Emanuel Rodenberg!«

Einen Augenblick überlegte ich, ob ich mich zu ihm setzen und versuchen sollte, ihn auszuquetschen, aber dann sah ich ein, daß es sinnlos war. So besoffen konnte Sara Königs Vater gar nicht sein, daß er mir das Geheimnis seiner Goldader verraten würde.

Ich kämpfte mich wieder zur Bar zurück, ließ mir einen Manhattan einschenken und zog das Telefon zu mir heran. Ich wählte die Geheimnummer von Sara Königs Villa. »Mami« war selbst am Telefon, ich erkannte sie sofort an ihrer Stimme.

»Hören Sie mal, gnädige Frau«, sagte ich ohne jede Einleitung. »Ihr teurer Gatte sitzt hier bei Gisela und redet mehr, als für Sie gut ist. Sie sollten ihn zusammenpacken und abschleppen, verstehen Sie?«

Ich hörte, wie Friedl König tief nach Luft schnappte. »Wer ist denn da? Wer spricht da, bitte?«

»Ein Mensch, der es gut mit Ihnen meint«, sagte ich und warf den Hörer auf die Gabel.

Dann versuchte ich noch einmal Tamara Tess zu erreichen, und diesmal hatte ich Glück. Sie meldete sich, und ich sagte ihr, daß ich sofort zu ihr hinauskommen würde. Ehe sie noch protestieren konnte, legte ich auf.

Tamara Tess empfing mich und küßte mich mit der ihr eigenen sinnlichen Feuchtigkeit auf den Mund, hängte sich bei mir ein und sprudelte, ehe ich noch zu Wort kommen konnte, heraus: »Charly, was für eine wunderbare Idee, mich anzurufen! Du ahnst ja nicht, was ich dir alles zu erzählen habe! Stell dir nur vor, Kai Kramer und ich...«

»Hast du was zu trinken?« fragte ich.

»Habe ich!« sagte sie und begann vergnügt zu trällern. »Schatz, ich bitt' dich, komm heute nach, alles ist bereit gemacht...« Dabei schleifte sie mich, ohne mein Unbehagen überhaupt zu bemerken, durch den in Schwarz und Knallgrün gehaltenen Wohnraum auf den Dachgarten hinaus. Sie verfrachtete mich in eine hypermoderne, aber erstaunlicherweise sehr bequeme Gartenschaukel, und während sie mir einen Manhattan mixte, fand ich es plötzlich sehr angenehm, hier sitzen zu dürfen.

Ein leiser Wind, der unten auf der Straße gar nicht zu spüren war, strich über die Dächer von München. Unter uns blitzten die Lichter der Stadt, während wir im warmen Schein einer runden rosaroten Lampe beisammensaßen. Zum erstenmal an diesem Tag fühlte ich mich wirklich wohl. Mit halbem Ohr und ohne Tamara Tess zu unterbrechen, lauschte ich ihrem Geplapper.

Natürlich ging es um Kai Kramer. Sie hatte durchgesetzt, daß Probeaufnahmen von ihm gemacht wurden, natürlich waren sie, so behauptete sie, einfach sensationell ausgefallen. Jedenfalls hatte er eine beachtliche Rolle in einem Film der Sirius-Produktion bekommen, der in den nächsten Tagen in Berlin ins Atelier gehen sollte. Um das Glück vollkommen zu machen, spielte sie selbst mit. Sie konnte also in allernächster Nähe ihres Lieblings bleiben und ihn auf Schritt und Tritt beraten.

»Jetzt können wir heiraten, Charly!« jubelte sie. »Sag selbst, ist das nicht wundervoll?«

Ich schrak bei dieser direkten Anrede zusammen, denn ich hatte an etwas anderes gedacht. »Doch. Ganz bestimmt«, sagte ich lahm.

»Du freust dich ja gar nicht!« Ihre grünen Augen unter den angeklebten schwarzen Wimpern wurden noch größer.

»Wenn du nach einem Jahr oder, bitte, sagen wir nach drei Monaten, noch immer glücklich mit deinem Playboy bist, dann verspreche ich dir, daß ich mich freuen werde.«

»Was hast du bloß gegen Kai?« fragte sie verständnislos. »Ach, ich weiß schon, wie konnte ich das vergessen! Du bist eifersüchtig. Eifersüchtig und ein alter Miesmacher. Wie konnte ich bloß so blöd sein und dich einladen.«

Ich grinste, als ich ihren Ärger sah. »Ich habe mich selbst eingeladen, Mädchen, täusch' dich nicht. Und wenn du schön brav bist, werde ich eine hübsche Story über dich und deinen Bubi schreiben. Tröstet dich das?«

Tamara Tess zündete sich eine Zigarette an und sah mich durch den Rauch hindurch mit schrägen Augen mißtrauisch an. »Was willst du von mir?«

»Kannst du dir das wirklich nicht denken?«

»Keine Ahnung.«

Ich begriff, daß es nicht so leicht sein würde, die Wahrheit aus ihr herauszubringen. »Es ist verdammt ungemütlich hier in der Stadt geworden«, sagte ich und fächelte mir Kühlung zu, »ich möchte ein bißchen raus, frische Luft schnappen.«

»Na und?«

»Du hast doch so ein Ferienhäuschen am Gardasee, wenn mich nicht alles täuscht. Wie wär's, wenn du mir das für ein paar Wochen zur Verfügung stellen würdest?«

Sie zuckte mit keiner Wimper. »Wann?« fragte sie bloß.

»Morgen brause ich los.«

Sie benetzte ihre hellrot geschminkten vollen Lippen mit der Zunge. »Da würde ich dir nicht ausgerechnet zum Gardasee raten. Um diese Zeit ist es dort verdammt heiß.«

»Ach, mir wird es schon genügen. Der See und das alles. Wirklich, Tamara, es wäre für mich ideal.«

»Eigentlich sollte man doch annehmen, daß du genug Geld verdienst, um dich in einem Luxushotel einquartieren zu können!«

»Ach, wenn du darauf hinauswillst. Natürlich werde ich dir für die Benutzung was bezahlen. Du weißt ja, größere Geschenke zerreißen die Freundschaft.«

Sie drückte ihre Zigarette aus. »Ich kann dir den Bungalow nicht überlassen, Charly. Wirklich nicht. Glaube mir, ich täte es gern. Aber es geht nicht. Vielleicht im Herbst.«

»Es ist also schon vergeben?«

»Das habe ich nicht gesagt!«

»Aber es ist so. Sara König. Du brauchst mir gar nichts vorzumachen, ich weiß längst Bescheid.«

Ich gehöre zu den Leuten, die es nicht nur anständig, sondern auch nützlich finden, gegebene Versprechungen zu halten. Deshalb tippte ich den Artikel über Tamara Tess und Kai Kramer noch in der Nacht in die Maschine. Am Morgen lieferte ich ihn auf der Redaktion ab, und gegen zehn Uhr brauste ich los – Richtung sonniger Süden. Wenn es nach mir gegangen wäre, hätte ich Grönland vorgezogen, denn die Sonne hatte für mich jeden Reiz verloren.

Ich hatte ein ganz schönes Tempo drauf. Die Grenzabfertigung am Brenner dauerte eine Viertelstunde, nachher machte ich eine Picknickpause, und gegen zwei Uhr tauchte, blau wie ein Saphir, der Gardasee vor mir auf. Auf der Uferstraße, die in den Berg eingehauen ist und deren dauernder Wechsel von blendend hellem Licht zu nachtschwarzem Dunkel mich etwas irritierte, nahm ich Gas weg. In Gargagno bog ich zum Ort hin ab, und es kostete mich einige Mühe, Tamaras Bungalow zu finden, ohne einen der Einheimischen zu fragen. Ich wollte nicht Gefahr laufen, daß Sara König vorzeitig über mein Auftauchen informiert wurde.

Von der Straße her war von dem Bungalow nicht viel zu sehen. Niedrige weiße Mauern schimmerten durch die Stämme eines Olivenhains, und vor dem einzigen Fenster, das ich von hier aus wahrnehmen konnte, waren die Läden geschlossen. Es gab keine Klingel an der Gartenpforte, die Tür war versperrt. Alles wirkte wie ausgestorben. Sollte Tamara, das Biest, mich auf eine falsche Spur gehetzt haben? Ich war entschlossen, über die Mauer zu klettern und mich selbst zu vergewissern, als ich den Badeanzug sah. Es war ein hellblauer Damenbadeanzug, jemand hatte ihn über einen Ast geworfen und mit den Trägern befestigt. Er flatterte lustig im Wind.

Also doch! In Tamaras Ferienhaus war ein weiblicher Sommergast. Es fragte sich jetzt nur, ob es wirklich Sara König war, aber ich zweifelte nicht mehr daran.

Ich setzte mich wieder in meinen Wagen und fuhr in Richtung Dorf zurück. Eine Villa, kaum dreihundert Meter von Tamaras Bungalow entfernt, gefiel mir auf Anhieb. Sie lag inmitten eines schattigen Parks, gleich am See. Es war die Petacci-Villa. Ich entschloß mich, hier nach einem Zimmer zu fragen. *Pension Giulia* stand auf dem Türschild. Zufällig war gerade ein Raum frei geworden, und ich konnte einziehen. Auf dem Parkplatz hinter dem Haus standen verschiedene Autos, die meisten mit deutschen Kennzeichen. Ich war nicht weiter überrascht, einen grauen Volkswagen mit Münchner Nummer unter ihnen zu entdecken. Meine Kombination war also richtig gewesen.

Am Hafen von Gargagno fand ich sie, Sara König und ihren jungen Doktor. Sie sahen mich nicht. Sie schienen überhaupt nichts von dem zu sehen, was um sie herum vorging, nicht den Vergnügungsdampfer, der gerade an der Mole anlegte, nicht die Fischerboote, auf denen braunhäutige Jungen die Segel zu hissen begannen, nicht die quietschenden Kinder, die unter den Alleebäumen der Uferstraße spielten. Sie sahen nur sich selbst.

Sie saßen Hand in Hand an einem der Tischchen, die vor der Cafeteria im Freien aufgestellt waren, und sahen sich tief in die Augen, das heißt, soweit es möglich war, denn Sara trug eine sehr große Sonnenbrille, die sie fast unkenntlich machte. Ihr schöner, lebendiger Mund war ungeschminkt, das rotblonde Haar unter einem breitrandigen Strohhut verborgen. Ich selbst hätte sie kaum erkannt, wenn ich nicht geahnt hätte, daß ich sie hier finden würde. Dr. Werner trug ein kurzärmeliges weißes Sporthemd, seine Arme waren muskulös und braun. Ich begriff, daß er ein Mann war, der einem jungen Mädchen gefallen konnte. Jetzt hob er Saras Hand mit den schöngefeilten unlakkierten Nägeln zum Mund, küßte sie ganz zart auf jede Fingerspitze. Saras Gesicht war ein einziges Strahlen. Ich brachte es einfach nicht fertig, diese Idylle zu stören. Natürlich mußte ich das tun. Aber jetzt noch nicht. Später.

In Tamaras Besitztum einzudringen war die einfachste Sache von der Welt. Ich kletterte über die Gartenpforte und schlenderte den schmalen Kiesweg entlang, der sich zwischen Büschen und Olivenbäumen zum Bungalow hinzog. Kaum zehn Schritte vom Haus entfernt führte ein hölzerner Bootssteg in den unwahrscheinlich blauen See hinaus. Ich hätte gute Lust gehabt, wenigstens einmal kurz in das lockende Wasser zu springen, aber ich konnte mir den Spaß nicht erlauben. Wenn Sara frühzeitig zurückkam, wäre die Situation für mich peinlich geworden. Aus langjähriger Erfahrung wußte ich, daß ein mangelhaft bekleideter Mann sich nie oder selten Respekt bei Damen verschaffen kann. Auf der Nordseite fand ich ein Fenster, das nur angelehnt war. Ich stieg ein.

Die Einrichtung des Bungalows verblüffte mich einigermaßen. Sie war nett und bescheiden, eher kleinbürgerlich als großzügig, eher altmodisch als modern. Entweder hatte Tamara Tess das Haus, so wie es war, mit den gesamten Möbeln übernommen, oder aber die Extravaganz ihrer Münchner Wohnung war nur Angabe und hatte nichts mit ihrem wirklichen Geschmack zu tun. Mir dämmerte, daß in Tamaras Brust ein kleinbürgerliches und sentimentales Herz schlagen könnte.

Es gab im ganzen Bungalow eigentlich nur zwei wirkliche Räume, ein großes Wohnzimmer, dessen Fenster, wenn die Läden geöffnet waren, den Blick auf den See freigaben, und an der anderen Seite ein Schlafzimmer mit einem breiten, altmodisch verschnörkelten Bett, dazu eine winzig kleine Küche und ein Badezimmer. Ich schnüffelte ein bißchen herum und stellte fest, daß nichts auf die Anwesenheit eines Mannes schließen ließ.

Im Kühlschrank fand ich eine Flasche Wermut und goß mir, im Ermangelung eines herzhafteren Getränkes, ein Glas ein.

Ich trank es in einem Zug, zündete mir eine Zigarette an und ließ mich auf der Fensterband des Schlafzimmers nieder. Von hier aus konnte ich den Gartenweg überblicken.

Als ich die Zigarette ausgeraucht hatte, überkam mich plötzlich bleierne Müdigkeit. Ich konnte der Versuchung nicht widerstehen, mich wenigstens für fünf Minuten auf Saras Bett auszustrecken.

Stimmen aus nächster Nähe schreckten mich auf. Ein Blick auf meine Armbanduhr zeigte mir, daß ich eine gute Stunde geschlafen hatte. Mit einem Satz war ich auf den Beinen und rannte zum Fenster. Auf den Kiesweg zum Haus rührte sich nichts. Es dauerte noch eine Sekunde, bis ich geschaltet hatte. Dann lief ich in den Wohnraum. Als ich durch die Spalte des Ladens auf den See hinausblickte, sah ich sie.

Dr. Werner hatte gerade ein kleines Motorboot an einem Pfahl vertäut, jetzt reichte er Sara, die aufrecht im Boot stand und sich lachend bemühte, ihr Gleichgewicht zu halten, die Hand und half ihr beim Aussteigen. Sie stolperte und wäre um ein Haar ins Wasser gefallen, wenn er nicht blitzschnell zugegriffen und sie hochgehoben hätte. Sie schlang ihre Arme um seinen Hals, ihre Lippen fanden sich zu einem Kuß, an dessen Glut auch der anspruchsvolle Regisseur Rolf Gessler nichts auszusetzen gehabt hätte.

Dr. Werner stellte Sara wieder auf die Beine. Ihr Gesicht war rot, verwirrt und, wenn möglich, noch strahlender geworden als zuvor. Sie wirkten beide etwas verlegen, als sie jetzt, die kleinen Finger ineinander verhakt, auf das Haus zukamen. Sie traten nicht ein, sondern gingen vorbei, den Kiesweg entlang und auf die Gartenpforte zu.

Wenige Minuten später kam Sara allein zurück. Sie schloß die Tür auf und ging, ohne mich zu sehen, an mir vorbei und in die Küche. Es wurde mir klar, daß sich ihre Augen erst an das Halbdunkel des Hauses gewöhnen mußten. Ich wollte sie nicht erschrecken, deshalb schlich ich auf leisen Sohlen zur Tür hinaus. Dann klopfte ich kräftig an und rief: »Hallo!«

Sara stürzte heraus. »Was wollen Sie denn!« legte sie los. Dann erst erkannte sie mich und sagte, nicht ein Fünkchen freundlicher: »Ach, Sie sind's, Charly! Was wollen Sie?«

»Ich dachte, es wäre eine gute Idee, Ihnen guten Tag zu sagen.«

»Guten Tag!« sagte Sara und starrte mich böse an. »Sind Sie jetzt zufrieden?«

»Ich hatte mir eigentlich gedacht, Sie würden einen so alten Freund wie mich bitten, hereinzukommen und Platz zu nehmen.

»Es tut mir leid, Charly, aber ich habe überhaupt keine Zeit.«

»Sehen Sie«, erklärte ich triumphierend, »das habe ich Ihrer Mami auch gesagt! Sara arbeitet noch einmal das Drehbuch durch. Ich finde das großartig von Ihnen, Mädchen. Ich werde es sofort Ihrer Mami telegrafieren.«

»Nein!« rief Sara. »Nein, Charly! Das dürfen Sie nicht tun!«

»Und warum nicht?«

»Weil – na schön, kommen Sie herein!« Sie gab den Eingang frei.

Ich trat in den Wohnraum und setzte mich in den Sessel, den ich für den bequemsten hielt. Sara blieb vor mir stehen und rang ihre kindlichen Hände.

»Charly! Bitte, belügen Sie mich nicht! Wer weiß, daß ich hier bin?«

»Ich.«

»Und wer noch?«

»Bin ich ein Hellseher? Aber vielleicht beruhigt es Sie – von mir hat es niemand erfahren.«

»Ich könnte mir die Haare ausreißen.«

»Tun Sie's nicht«, sagte ich, »es wäre schade drum. Setzen Sie sich lieber. Ich glaube, wir haben einiges miteinander zu besprechen.«

Sie ließ sich willenlos auf einem kleinen Hocker nieder. »Ich hätte mir denken können, daß Tamara nicht den Mund halten kann.«

»Tamara hat geschwiegen wie ein Grab. Ihr dürfen Sie bestimmt keinen Vorwurf machen.«

»Aber wie haben Sie es dann bloß herausbekommen?«

»Sara, ist das wirklich so wichtig?«

»Ich hatte mir eingebildet, hier vollkommen sicher zu sein.«

»In diesem Leben gibt es keine Sicherheit, liebes Mädchen. Schlimm genug, wenn Sie das erst jetzt lernen. Haben Sie eigentlich keinen Augenblick daran gedacht, daß Sie Ihre Mutter durch diese plötzliche Flucht erschreckt haben?«

»Wann hat Mami denn je an mich gedacht?« gab Sara wütend zurück.

»Sie übertreiben herzhaft, mein liebes Kind. Ich müßte lügen, wenn ich behaupten wollte, daß mir Ihre Mutter besonders sympathisch wäre. Aber ich bin überzeugt, daß sie bei allem, was sie getan hat, immer nur Ihr Glück im Auge hatte.«

»Was weiß Mami denn von meinem Glück? Was wissen Sie davon? Ihr glaubt alle, daß es nur darauf ankommt, möglichst berühmt zu sein, möglichst hohe Gagen zu bekommen, eine möglichst gute Publicity zu haben! Aber was bedeutet das schon? Was bedeutet das wirklich? Gar nichts!«

»Was man besitzt, vergißt man leicht zu schätzen, liebe Dame. Seien Sie nicht undankbar. Millionen junger Mädchen würden dies und jenes darum geben, an Ihrer Stelle zu sein.«

»Nicht, wenn sie wüßten, wie es wirklich ist. Nein, Charly, glauben Sie mir, Sie verschwenden Ihre Zeit. Ich mag nicht mehr. Ich habe genug. Bis jetzt habe ich nur für den Erfolg gelebt, für Mami, für mein Bankkonto. Jetzt will ich endlich einmal für mich selbst leben.«

»Sagen Sie lieber, für Dr. Wolfgang Werner. Das dürfte eher der Wahrheit entsprechen.«

Sie starrte mich erschrocken an. »Was? Das wissen Sie auch?«

»Sind Sie sicher, daß irgendein Mann ein solches Opfer überhaupt zu schätzen weiß? Von verdienen nicht die Rede!«

»Es ist kein Opfer.«

»Es wäre ein Verzicht, Sara, ein Verzicht auf alles, an das Sie gewöhnt sind.«

»Unsinn. Selbst wenn ich in meinem ganzen Leben nie mehr vor die Kamera trete, habe ich Geld genug. Wenn ich heirate, werde ich über alles, was mich und mein Geld betrifft, selbst bestimmen.«

»So weit sind wir also? Arme Mami!«

»Wieso arm? Für Mami werde ich natürlich sorgen. Sie braucht bestimmt keine Not zu leiden.«

»Sie sind sehr großzügig, liebe Sara, besonders, wenn man bedenkt, daß Sie Ihre ganze Karriere eigentlich nur der Energie Ihrer Mutter zu verdanken haben, nicht wahr? Ich finde es hochanständig, daß Sie sie jetzt wenigstens nicht verhungern lassen.«

Sara ballte die Hände. »Sie sind gemein!« Tränen schossen ihr in die großen blauen Augen.

»Sara, Sie können einen mit Ihrem Starrsinn schon zur Verzweiflung bringen!«

»Wenn Ihnen mein Benehmen nicht paßt, dann gehen Sie doch! Gehen Sie!« Sie sprang auf und wies mit einer dramatischen Bewegung zur Tür. »Ich habe Sie nicht gebeten, herzukommen.«

»Ja, ich weiß«, entgegnete ich ruhig, »und nichts wäre Ihnen lieber, als mich so rasch wie möglich loszuwerden. Leider geht das nicht. Ich habe mir nämlich in den Kopf gesetzt, Sie zur Vernunft zu bringen.«

»Was bilden Sie sich ein? Ich bin vernünftig! Ich bin vernünftiger als je zuvor. Ich bin viel vernünftiger als Sie! Ich weiß jetzt, was es heißt, glücklich zu sein. Ich müßte wahnsinnig sein, wenn ich dieses Glück aufgeben würde.«

»Sara, Sara«, sagte ich, »wäre es nicht besser, Sie würden Ihre schöne Stimme ein wenig schonen? Ich bin nicht gewohnt, daß man mit mir herumschreit, wissen Sie.« Ich zündete mir eine Zigarette an. »Sie rauchen nicht, wie?«

»Doch. Bitte, kann ich mir eine nehmen?«

»Klar. Aber erst sollten Sie sich die Tränen abwischen und die Nase putzen. Sonst schmeckt sie nicht.«

Gehorsam zog sie aus der Tasche ihres maisgelben Leinenkleides ein hauchdünnes Batisttüchlein und betupfte sich Wangen und Nasenspitze. Ich gab ihr Feuer, und sie begann mit anmutiger Ungeschicklichkeit zu rauchen.

»Ich meine es doch nur gut mit Ihnen, Sara«, sagte ich.

»Ja, ich weiß. Alle meinen es nur gut mit mir. Pauly, Putzi Hoffmann, Geza von Vasary, Mami, wahrscheinlich meint es auch Rolf Gessler nur gut mit mir. Aber ich habe es satt, mich am Gängelband führen zu lassen. Satt bis hier!« Sie deutete mit der Hand auf ihre Kehle. »Ich bin ein erwachsener Mensch und weiß selbst, was ich zu tun und zu lassen habe.«

»Auch ein erwachsener Mensch sollte sich hin und wieder Ratschläge von anderen erwachsenen Menschen anhören, liebes Mädchen. Die Überzeugung, alles besser zu wissen, ist, das muß ich Ihnen leider sagen, ein Zeichen von Unreife. Ja, schauen Sie mich nur an, als ob Sie mich fressen wollten. Ich habe keine Angst vor Ihnen. Aber Sie vor mir. Das ist der Unterschied.«

»Das ist ja einfach lächerlich!« sagte Sara und blies den Rauch durch die Nasenlöcher.

»Doch. Sie haben Angst, weil Sie wissen, daß ich recht habe. Hören Sie mich an, Sara. Ich gebe zu, Dr. Werner ist ein ausgesprochen sympathischer junger Mann. Wahrscheinlich ist er auch noch tüchtig in seinem Beruf, zuverlässig, anständig, alles, was Sie wollen. Aber er paßt nicht zu Ihnen. Sie leben beide in zwei ganz verschiedenen Welten. Sie werden niemals zueinander passen.«

»Wir lieben uns.«

»Schlimm genug. Schlimm für ihn und vielleicht noch schlimmer für Sie. Wissen Sie, Sara, für Männer bedeutet Liebe nicht dasselbe wie für eine Frau.«

»Für Wolfgang bedeutet sie genau dasselbe wie für mich.«

»Sind Sie überzeugt, daß er Ihnen je ein so großes Opfer bringen würde?«

»Ja.«

»Sind Sie auch überzeugt, daß sich jedes Opfer für Ihre Liebe lohnt?«

»Ja. Jedes.«

»Ich will Ihnen mal was sagen, Sara. Sie sind bis über beide Ohren verliebt. So was kann vorkommen. Es kommt sogar sehr häufig vor. Im allgemeinen schadet es gar nichts. Das Schlimme ist nur, daß dies Ihre erste große Verliebtheit ist, und dabei bildet man sich meistens ein, daß sie ewig dauern wird. Tatsächlich aber gibt es kaum etwas Flüchtigeres oder Unberechenbareres auf der Welt als Verliebtheit. Sie kommt oft wie ein Blitz aus heiterem Himmel, und dann geht sie wieder vorbei, man begreift gar nicht, wie es geschehen konnte. Nehmen wir einmal an, es würde alles so klappen, wie Sie es sich jetzt wünschen. Nehmen wir an, Sie heiraten Ihren Wolfgang. Wie soll es dann weitergehen?«

»Ich werde ihm eine gute Frau sein«, sagte sie mit solch rührender Kindlichkeit, daß es beinahe weh tat.

»Sonst nichts? Sie könnten sich tatsächlich ein Leben vorstellen, das keine anderen Aufgaben für Sie hätte, als am Küchenherd zu stehen, Socken zu stopfen, Kinder großzuziehen und lieb und nett zu Ihrem Mann zu sein, wenn er abends erschöpft von der Arbeit nach Hause kommt?«

»Warum nicht?«

»Das kann ich Ihnen sagen. Weil Sie verrückt werden vor Sehnsucht nach dem Film. Verrückt darauf, endlich wieder einmal im Atelier zu arbeiten. Ich rede das nicht so daher, Sara, ich weiß es. Jetzt ist es Ihnen lästig, daß sich Ihr Leben dauernd im Blickpunkt der Öffentlichkeit abspielt. Aber wenn es mit einem Schlag anders wird, wären Sie die letzte, die es ertragen könnte.«

»Sie scheinen mich besser zu kennen als ich mich selbst«, sagte sie mit gequältem Spott.

»Das ist leicht möglich. Sie kennen sich nämlich überhaupt nicht. Es ist Ihnen alles zu leicht gemacht worden. Sie haben sich nicht abrackern müssen wie andere junge Mädchen, um nach oben zu kommen. Das alles hat Ihre Mami für Sie getan, ja, Ihre Mami, auf die Sie augenblicklich gar nicht gut zu sprechen sind. Ein Glück, das einem in den Schoß fällt, weiß man nicht zu schätzen, so ist es mit Ihnen. Wissen Sie, daß Sie mit ihrer Flucht Ihre ganze Karriere aufs Spiel gesetzt haben? Der Verleih könnte Sie jetzt schon hinausfeuern, wenn er wollte. Sie sind vertragsbrüchig geworden, liebe Sara. Vielleicht sind Sie sich nicht darüber im klaren, was das heißt. Sie haben sich nicht nur in der ganzen Filmindustrie unmöglich gemacht, Sie werden auch noch eine beachtliche Konventionalstrafe zahlen müssen. Daß der Verleih von Ihrem Ausflug noch nichts weiß, verdanken Sie nur Ihrer Mami und Ihrem vielgeschmähten Manager von Vasary. Die beiden haben alles darangesetzt, um Ihre Flucht zu decken.«

Saras Lachen klang böse. »Nicht aus Menschenfreundlichkeit. Weil sie an mir verdienen. Alle wollen an mir verdienen, auch mein Vater!«

»Ich werde Sie nach München zurückbringen, Sara. Wenn es sein muß, mit Gewalt. Sie wissen genau, daß Montag der erste Drehtag ist.«

»Versuchen Sie es doch!« sagte sie spöttisch. »So leicht, wie Sie sich das vorstellen, wird es sicher nicht gehen. Wolfgang ist stärker als Sie.«

»Wollen Sie etwa behaupten, daß Dr. Werner Ihre Haltung gutheißt?«

Sara schwieg eine Weile. »Ja«, sagte sie dann.

»Sehr interessant. Dann werde ich mir diesen Burschen mal vorknöpfen. Entweder ist er nämlich ein vollkommen verantwortungsloser Idiot, oder Sie haben ihm Ihre Situation nicht wahrheitsgemäß geschildert.«

Plötzlich änderte Sara den Ton. Sie beugte sich weit vor, sah mich mit flehenden Augen an. »Sie wollen wirklich mit Wolfgang sprechen?«

»Sie zwingen mich dazu.«

»Charly, das dürfen Sie nicht tun!«

»Ich muß es. In Ihrem eigenen Interesse!«

»Wenn Sie mit Wolfgang sprechen, ist alles aus. Er weiß nicht...«

Ich holte tief Atem. »So ähnlich habe ich mir das vorgestellt.

Sie haben ihm also noch nicht einmal gesagt, wer Sie wirklich sind. Und ausgerechnet Sie wollen selbst wissen, was Sie zu tun haben! Ihr Glück, Ihre große Liebe, alles haben Sie auf einer Lüge aufgebaut. Sara, Sara, ich hätte Sie doch für ein bißchen gescheiter gehalten.«

»Ich wollte es ihm sagen, Charly, wirklich, ich wollte es ihm immer wieder sagen. Aber es ergab sich einfach keine Gelegenheit.«

»Sagen Sie lieber, Sie hatten Angst.«

»Ja, Charly, ich hatte wahnsinnige Angst, ihn zu verlieren.«

»Sara«, sagte ich, und plötzlich duzte ich sie. »Sara, für so ein zerbrechliches Glück willst du deine Existenz aufs Spiel setzen? Hast du keinen Augenblick daran gedacht, daß du dich zwischen zwei Stühle setzen könntest? Daß du Wolfgang nicht halten und den Film verlieren wirst?«

»Nein«, mußte sie zugeben.

Ich blieb bei meinem Du, denn sie kam mir immer kindlicher vor. »Na schön, ich gebe dir eine Chance. Du sprichst noch heute abend mit Dr. Werner. Sag ihm alles. Dann kannst du dich immer noch entscheiden, ob du...«

»Nein. Ich lasse mich zu nichts zwingen. Auch nicht von Ihnen. Ich werde es ihm sagen, wenn ich den Zeitpunkt für richtig halte.«

»Dann werde ich selbst mit ihm sprechen.«

»Wenn Sie das tun, Charly, dann – springe ich noch heute nacht in den See. Glauben Sie nur nicht, daß es mir nicht Ernst ist. Es ist mir bitter Ernst. Ich werde Schluß machen, und Sie werden schuld sein!«

Von der *Pension Giulia* aus rief ich Rolf Gessler an. Er war sofort am Apparat. Es kam mir vor, als hätte er seit unserer letzten Begegnung unentwegt auf meinen Anruf gewartet. Ich schildete ihm in kurzen Stichworten die Situation und bekannte, daß ich allein mit Sara König nicht fertig wurde. Rolf Gessler versprach, sich sofort ins Auto zu setzen und mich morgen früh abzuholen, damit wir gemeinsam noch einmal die Bekehrung des abtrünnigen Filmstars versuchen konnten.

Ich war so froh, daß ich die Verantwortung nicht mehr allein zu tragen brauchte. Trotzdem blieb ein Gefühl des Unbehagens in mir zurück. Ich war auch dann noch nicht beruhigt, als ich vorsichtshalber die Zündkerzen aus Dr. Werners Auto geschraubt hatte, damit das Pärchen nicht etwa auf die Idee kommen konnte, noch einmal zu flüchten.

Verliebte sind völlig unberechenbar, das wußte ich. Der Zirkus, den ich mit Sara König an diesem Nachmittag erlebt hatte, hatte mich völlig fertiggemacht. Ich kam mir uralt und überflüssig vor, wie ein Huhn, das seine Küken plötzlich auf und davon laufen sieht. Die heitere Ferienstimmung der anderen Gäste, die bis in die warme Mitternacht hinein auf der Terrasse tanzten, hob meine Laune nicht. Ich verkroch mich mit einem Liegestuhl in einen düsteren Winkel des Parks, starrte auf den nächtlichen See hinaus und versuchte an etwas anderes zu denken als an Sara König und ihre Verrücktheiten. Ich hoffte zu Gott, daß sie wenigstens heute abend den Mut finden würde, Dr. Werner die Wahrheit zu sagen.

Am nächsten Morgen erwachte ich um sieben Uhr, nicht gerade ausgeschlafen, aber viel zu unruhig, um weiter im Bett zu bleiben. Ich zog meine Badehose an und ging hinunter. Es beruhigte mich einigermaßen, daß wenigstens Dr. Werners grauer Volkswagen noch da war.

Als ich von einem ausgiebigen Bad im See zurückkam, wurden auf der Terrasse die Frühstücksstische gedeckt. Ich trank eine Tasse Kaffee, rauchte eine Zigarette. Dann hielt ich es nicht länger aus. Es kam mir plötzlich unfair vor, Sara mit Rolf Gessler zu überraschen. Ich wollte sie wenigstens schonend vorbereiten.

Es war nicht mehr möglich. Gessler hatte sein Versprechen, mich vor seiner Unterredung mit Sara abzuholen, nicht gehalten. Sein Wagen stand wenige Schritte vor der Gartenpforte.

Als ich die beiden fand, schienen sie ihr Gespräch schon beendet zu haben. Sie saßen einander auf dem Rasenplatz vor dem Haus in dumpfem Schweigen gegenüber. Sara wirkte reizvoller denn je. Sie trug einen kurzen weißen Bademantel. Ihr rotblondes, duftiges Haar, noch unfrisiert, umrahmte ihr klares Gesicht. Sie erwiderte meinen Gruß nicht, sie sah mich nicht einmal an. Sie hielt den Blick ihrer blauen Augen herausfordernd auf den Regisseur gerichtet.

Gessler hockte ihr im Gartenstuhl gegenüber. Sein junges Gesicht wirkte zerknautscht. Er starrte vor sich hin und malte mit dem Fuß Figuren in den Kies. Ich sah keinen dritten Stuhl in der Nähe, also ließ ich mich auf dem Rasen nieder. Ich zog die Beine an mich und zündete mir eine Zigarette an. Niemand sprach ein Wort.

»Feines Reisewetter, wie?« eröffnete ich endlich die Konversation.

Sara reagierte sofort. »Ja, das finde ich auch. Je schneller ihr beiden wieder abhaut, desto besser.«

»Hören Sie, Gessler, soll das ein Hinauswurf sein?« fragte ich unschuldsvoll.

Rolf Gessler sagte hilflos: »Sara, ich bitte dich! Kannst du denn nicht verstehen, daß...«

»Hör auf damit!« rief sie, stieß ihren Stuhl zurück, so daß er umfiel, und sprang auf. »Fang nicht wieder von vorn an! Ich kann es nicht mehr ertragen!«

»Jetzt weiß ich endlich, was dir fehlt, Sara«, erklärte ich freundlich, »die väterliche Hand.« Ich hätte sie in diesem Augenblick wirklich gern durchgehauen.

»Wollt ihr jetzt endlich gehen?« schrie sie wütend. »Ich habe genug von euch. Ich will meine Ruhe haben. Ich will allein sein!«

»Scheint so, als ob dir das nicht vergönnt sein würde«, sagte ich, denn in diesem Augenblick näherten sich deutlich hörbare Schritte auf dem Gartenweg.

Sara fuhr herum. »Wolfgang!« sagte sie, und obwohl sie es nicht einmal laut ausgesprochen hatte, klang es wie ein Aufschrei.

»Guten Morgen«, grüßte Dr. Werner förmlich.

Ich sprang auf die Beine und schüttelte ihm die Hand. »Guten Morgen, Doktor! Sie werden sich sicher erinnern, wir kennen uns.«

»Ich erinnere mich.« Dr. Werners Stimme klang kühl.

»Das hier ist Rolf Gessler«, sagte ich mit einer Handbewegung zu dem Regisseur hin, »ich nehme an, daß...« Ich räusperte mich. »... Fräulein Schmid Ihnen von ihm erzählt hat.«

»Ich weiß im Augenblick wirklich nicht...« Dr. Werners Gesicht spiegelte Verwirrung wider.

»Die beiden Herren wollen gerade gehen, Wolfgang!« sagte Sara süß und warf dabei Rolf Gessler einen Blick zu, der ihn sehr rasch auf die Beine brachte. »Vielleicht bist du so nett, Wolfgang, und begleitest sie hinaus, ja?«

Rolf Gessler gab sich immer noch nicht geschlagen. »Du willst also wirklich nicht mitkommen, Sara?« fragte er.

»Aber wieso denn?« Sara lachte unnatürlich. »Mein Urlaub hat ja gerade erst begonnen.«

»Das heißt also, daß wir die Rolle umbesetzen müssen!«

»Das ist mir völlig egal, was ihr macht. Mit mir könnt ihr jedenfalls nicht rechnen.«

»Das ist Vertragsbruch, Sara!«

Dr. Werner hatte bisher mit wachsender Verständnislosigkeit zwischen Sara und Rolf Gessler hin und her geblickt. »Wovon ist hier eigentlich die Rede?« fragte er jetzt, sein ruhiges Gesicht wirkte plötzlich hellwach. »Sie sprachen da von einer Rolle, von einem Vertrag?«

»Sie sind nicht vom Film?« fragte Rolf Gessler in einem Ton, in dem man sonst höchstens zu fragen pflegte: »Sie haben die schwarzen Pocken?«

»Nein, ich bin Arzt.«

»Na, dann würde es zu weit führen, Ihnen die Zusammenhänge zu erklären.«

»Ja, aber was hat Fräulein Schmid mit dem Film zu tun?«

»Sie ist ein Star«, sagte Rolf Gessler schlicht, »ein Filmstar. Haben Sie das nicht gewußt?«

»Bitte, Wolfgang, bitte!« rief Sara König und lief auf Dr. Werner zu. »Bitte, laß dir erklären...«

Rolf Gessler war vollkommen in seine eigenen Gedanken versponnen. »Ich denke, ich nehme Katja Römer«, sagte er, »aus der ist etwas zu machen.«

»Sicher«, bestätigte ich sofort, »ein begabtes Kind.«

»Katja?« rief Sara empört. »Ihr macht wohl Witze! Katja hat bisher nichts anderes getan, als auf allen möglichen Filmbällen herumzuschwirren und...«

»Leb wohl!« fiel Rolf Gessler ihr ins Wort. »Ich muß sehen, wie ich alles bis Montag ins Lot bringe.« Er drehte uns den Rücken zu und ging, plötzlich gestrafft und energiegeladen, davon.

»Tu, was du willst!« rief Sara ihm nach und stampfte wütend mit dem Fuß auf den Boden. »Mir ist das egal. Völlig egal, hörst du?«

Rolf Gessler wandte sich nicht um. Ich sah, wie seine jungenhafte Gestalt zwischen den Olivenbäumen verschwand. Saras Augen füllten sich mit Tränen des Zornes.

»Soll ich ihn zurückholen, Sara?« fragte ich.

Sie funkelte mich an. »Nein, ich will ihn nie mehr wiedersehen! Nie mehr! Und Sie auch nicht, Herr Holländer. Verschwinden Sie, sonst...« Sie trat mit geballten Fäusten auf mich zu.

»Na, na, na, Mädchen!« sagte ich freundlich. »Auf einen Ringkampf würde ich es an deiner Stelle nicht ankommen lassen. Aber reg dich nicht auf. Ich gehe schon von selbst.«

»Nein«, sagte Dr. Werner sehr bestimmt.

Sara fuhr herum und starrte ihn an.

»Ich wünsche nicht, daß Herr Holländer geht«, erklärte der Arzt.

»Nicht? Aber warum denn nicht?« In ihren Worten lag ungläubiges Staunen.

»Weil ich die Wahrheit wissen will. Die ganze Wahrheit.«

»Ich wollte dir doch gerade alles erklären, Wolfgang...«

Er schnitt ihr mit einer Handbewegung das Wort ab. »Du wirst verstehen, daß ich dir nach dem, was vorgefallen ist, wenig Glauben schenken kann.«

»Was ist geschehen? Was, um Himmels willen, ist denn geschehen?«

»Du hast mich belogen.«

»Das ist nicht wahr!«

»Doch. Du hast mir ein Märchen von einer kleinen vaterlosen Sekretärin erzählt. Du hast mir das reine, unverdorbene Mädchen vorgespielt, und ich Trottel habe dir geglaubt.«

»Aber, Wolfgang, es ist doch alles wahr, alles, was ich gesagt habe, ist wahr, ich meine natürlich – nicht alles. Aber ich liebe dich! Das mußt du mir glauben!«

»Einen Mann, den man liebt, belügt man nicht, Therese.« Plötzlich stutzte er. »Heißt du überhaupt Therese? Nicht einmal das weiß ich.«

»Ich bin auf den Namen Therese getauft«, sagte sie trotzig.

»Therese Schmid?« fragte er mißtrauisch.

»Ich kann nichts dafür!« rief Sara verzweifelt. »Das hat Mami für mich arrangiert. Bitte, Charly, sagen Sie, daß es Mami war, die sich den Namen für mich ausgedacht hat!«

»Wie heißt du?«

»Sara König«, sagte sie leise.

Dr. Werner starrte Sara an, als ob er plötzlich entdeckt hätte, daß sie eine Mißgeburt mit zwei Köpfen wäre. »Sara König? Das Mädchen, von dem jede Illustrierte wöchentlich ein Bild bringt? Das bist du?«

Sara hielt die Augen zu Boden gesenkt. Sie kämpfte mit den Tränen, konnte nicht sprechen.

»Sara ist ein Filmstar«, sagte ich, »ein Stern am Filmhimmel. Ein strahlender Stern, der Millionen Menschen Freude geschenkt hat.«

»Jetzt wird mir manches klar«, preßte er mühsam durch die Zähne.

Sara verlor die Fassung, helle Tränen perlten ihr aus den Augen, sie warf sich schluchzend an seine Brust. »Ach, Wolfgang, ich bin ja so unglücklich. Wenn du mir nur glauben wolltest, wie sehr ich dich liebe!«

Er löste ihre schlanken Arme von seinem Nacken und schob Sara von sich fort. »Du kannst dir dieses Theater sparen«, sagte er hart, »du stehst nicht vor der Kamera.«

»Wolfgang!«

»Ich habe von Anfang an gespürt, daß etwas zwischen uns stand. Wie eine Wand. In allem, was du gesagt hast, war ein falscher Ton, alles war nur beinahe echt. Jetzt weiß ich, es war Film. Kintopp.«

»Nein!« schrie sie.

»Es hat keinen Sinn zu lügen, Sara, das Spiel ist aus. Hoffentlich war es für dich eine nette kleine Zerstreuung. Ich wünsche dir, daß du deinen Spaß gehabt hast. Leb wohl.«

Sara König stand wie versteinert da. Ihr Gesicht war von Schmerz verzerrt. Sie war nicht mehr schön in diesem Augenblick, sie war kein Filmstar mehr, sie war eine Frau, die um ihre Liebe litt.

Meine Mission war beendet. Ich hätte Dr. Werner gehen lassen sollen, Sara zusammenpacken und nach München zurückbringen. Aber ich tat es nicht. Ich fand, daß Sara dieses Ende ihrer Liebe nicht verdient hatte. Mit wenigen Schritten holte ich den Arzt ein. »Dr. Werner«, sagte ich, »Sie wollten die Wahrheit wissen.«

Er ging, ohne mich anzusehen, weiter. »Jetzt weiß ich sie.«

»Sie irren sich, Doktor. Sie irren sich wahrhaftig. Mir müssen Sie glauben. Ich habe keinerlei Interesse daran, Ihnen irgend etwas vorzumachen.«

»Therese ...«, er verbesserte sich. »... Sara hat mich von Anfang an belogen.«

»Ja!« Ich packte ihn am Arm und zwang ihn, stehenzubleiben. »Sie hat Sie belogen. Aber warum? Aus Angst! Sie wollte nicht von Ihnen, weil sie ein Filmstar ist, verehrt werden. Und später mußte sie fürchten, Ihre Liebe zu verlieren, wenn sie die Wahrheit sagte. Begreifen Sie das denn nicht?«

»Nein. Man kann eine Liebe nicht auf einem Lügennetz aufbauen.«

»Sie haben recht, man kann es nicht. Die Menschen versuchen es nur immer wieder. Bemühen Sie sich nicht selbst, sich ins beste Licht zu setzen, wenn Sie verliebt sind? Welche Frau schwindelt sich nicht die schönsten Tugenden an, nur um den Mann, den sie liebt, zu gewinnen? Welche Frau würde nicht ihre Vergangenheit vertuschen, um dem Mann, den sie liebt, zu gefallen? Das ist eine ganz natürliche Schwäche, aber doch kein Verbrechen!«

»Ich werde Sara nie wieder ein Wort glauben können.«

»Dann sind Sie ein Narr!« rief ich aufgebracht. »Begreifen Sie denn immer noch nicht, daß Sara Sie liebt? Alles, was sie getan hat und was Sie jetzt so hart verurteilen, hat sie nur aus Liebe getan. Sie ist mit Ihnen hierhergefahren, obwohl ihr Spezialvertrag solche Eskapaden ausdrücklich verbietet. Sie wäre mit Ihnen hiergeblieben, so lange Sie es gewünscht hätten, obwohl am Montag ein Film mit ihr ins Atelier gehen sollte. Sie hat ihre ganze Karriere aufs Spiel gesetzt, nur um mit Ihnen beisammen zu sein. Ich habe Sara gleich gesagt, daß Sie nicht der Mann sind, der eine solche Liebe verdient. Ich habe recht gehabt. Aber es freut mich nicht. Wahrhaftig nicht.«

Ich sah, wie es hinter Dr. Werners Stirn arbeitete. Plötzlich drehte er sich um und lief den Weg zum Bungalow zurück. Ich atmete auf. Ich verstand mich selbst nicht, aber ich war erleichtert. Saras Liebe war gerettet und, wider aller Vernunft, gab es nichts anderes, was ich mir wünschte. Jetzt hatte ich hier nichts mehr zu suchen.

Ich hatte die Gartenpforte noch nicht geöffnet, als ich den Wagen sah, Geza von Vasarys schwarze Limousine. Ich wußte sofort, was die Glocke geschlagen hatte, noch ehe Friedl König in einem weißen Kleid, dessen Rüschen und Spitzen ihre mollige Figur noch rundlicher machten, herauskletterte. Ohne auf den Manager zu warten, der damit beschäftigt war, den Wagen zu parken, stürmte sie durch das Gartentor, ihren knallroten Sonnenschirm wie eine Waffe schwingend.

»Wo ist mein Kind?« rief sie in einem Ton, als ob sie mir zugetraut hätte, daß ich Sara zum Frühstück verspeist haben könnte.

Ich wies mit dem Daumen nach rückwärts. Sie stob ohne ein

weiteres Wort an mir vorbei, der Kies spritzte unter ihren hastigen Schritten hoch.

Mein Bedarf an Familienszenen war für diesen Vormittag eigentlich gedeckt, aber ich wußte, daß ich es mir nie verzeihen würde, wenn ich mir den nächsten Auftritt entgehen ließ. So drehte ich mich denn um und folgte »Mami« auf dem Fuße. Ich hätte sie fast über den Haufen gerannt, so plötzlich blieb sie stehen, als sie ihre Sara und Dr. Werner vor dem Haus sah. Das junge Paar hielt sich eng umschlungen, es bot ein Bild inniger Leidenschaft.

»Sara!« kreischte Friedl König, und die beiden fuhren, wie vom Donner gerührt, auseinander.

Friedl König stürzte auf ihre Tochter zu. »Was machst du hier?« sprudelte sie hervor. »Was ist dir eingefallen, bei Nacht und Nebel zu verschwinden? Wie konntest du mir solche Sorgen machen? Schämst du dich nicht, du ungezogenes, unartiges, gedankenloses Kind? Wer ist dieser Mann da?«

Sara zog es vor, nur die letzte Frage zu beantworten. »Das ist Dr. Wolfgang Werner, Mami«, sagte sie mit beherrschter Stimme, »du mußt ihn doch kennen. Er hat mich in der Klinik behandelt.«

»Behandeln nennst du das? Sie, Herr! Ich werde Sie vor die Ärztekammer bringen! Daß Sie es nur wissen! Schämen Sie sich nicht, eine Patientin zu verführen? Ein schutzloses Kind aus dem Schoß seiner Familie zu reißen?«

»Mami, ich bitte dich«, sagte Sara.

»Du hast mich um gar nichts zu bitten. Du hast nur den Mund zu halten, weiter nichts.« Friedl König wandte sich wieder an Dr. Werner. »Möchten Sie gefälligst eine Erklärung abgeben?«

»Sara ist aus freien Stücken mit mir gefahren.«

»Weiter haben Sie mir nichts zu sagen? Na, das kennt man ja! Aus freien Stücken! Daß ich nicht lache. Sie haben dem Kind den Kopf verdreht! Sie haben es verrückt gemacht!« Ihr Gesicht nahm plötzlich einen schlauen Ausdruck an. »Wer weiß, ob Sie nicht noch andere Mittel dazu gebraucht haben, Herr Doktor? Es ist ein Skandal!«

»Ich versichere Ihnen ...«

»Ich glaube Ihnen kein Wort. Sie haben sich verantwortungslos, einfach unverantwortlich benommen.«

Wir sahen Geza von Vasary, selbst bei dieser Affenhitze äußerst korrekt gekleidet, mit grauem Flanellanzug, rosa Weste, hochgeschlossenem Kragen und Krawatte, den Weg heraufkommen. Sein Gesicht zeigte keinen anderen Ausdruck als die bekannte Melancholie. »Geza, bitte komm her!« rief Friedl König. »Dieser Kerl hier hat unser Kind entführt!«

»Bitte, gnädige Frau, regen Sie sich nicht so auf!« Geza von Vasary zog ein blütenweißes Taschentuch hervor, dem eine Wolke von Eau de Toilette entströmte, und tupfte sich zart über die Stirn. »Gehen Sie mit Sara ins Haus, ja? Ich werde die Sache mit dem Herrn in Ordnung bringen.«

Friedl König wollte Sara am Handgelenk mit sich fortzerren, aber Sara setzte sich energisch zur Wehr. »Ich denke gar nicht daran!« rief sie. »Ich lasse mich nicht mehr von euch bevormunden! Daß ihr es nur wißt!«

Ich sah, daß nicht viel gefehlt hätte, und »Mami« hätte ihr eine Ohrfeige verpaßt.

Geza von Vasary hob beschwörend die Hände. »Bitte, bitte, meine Damen, bewahren Sie Contenance! Wenn du lieber hierbleiben willst, Sara, bitte. Ich wollte nur vermeiden, dich zu verletzen. Er wandte sich an den Arzt. »Herr Doktor. Wieviel verlangen Sie?«

»Ich verstehe nicht?«

»O doch. Sie verstehen sehr gut. Sie haben Sara König entführt!«

»Nein!« brüllte Dr. Werner. »Wie oft soll ich das denn noch sagen? Nein! Sie ist freiwillig...«

»Bitte, bitte, nicht diesen Ton! Meine Nerven sind wirklich strapaziert genug. Gut, wir unterstellen, Sara ist Ihnen freiwillig gefolgt.«

»Das brauchen Sie gar nicht zu unterstellen, Herr von Vasary!« rief Sara empört. »Es ist so. Ich liebe Wolfgang, und deshalb...«

»Meine liebe Sara, ich erinnere mich nicht, daß ich dich gefragt habe. Mit dir werde ich mich später noch unterhalten.« Er wandte sich wieder an den jungen Arzt. »Herr Doktor, ich habe Ihnen eine klare Frage gestellt und verlange eine klare Antwort.«

»Halten Sie mich für einen Idioten, wenn Sie wollen, aber ich verstehe immer noch nicht, um was es eigentlich geht.«

»Sie wissen, daß Sara ein sehr reiches Mädchen ist, und wir wissen, daß Sie uns in der Hand haben«, erklärte der Manager geduldig. »Ich mache Ihnen keinen Vorwurf daraus, Herr Doktor, ich stelle nur die Tatsache fest. Sara kann sich keinen Skandal erlauben. In diesem Augenblick weniger denn je. Wir müssen also versuchen, die Sache im gegenseitigen Einverständnis aus der Welt zu bringen. Ich verlange von Ihnen nichts weiter, als daß Sie Sara von nun an vollkommen in Ruhe lassen und über die Angelegenheit schweigen. Wir sind bereit, eine entsprechende Summe dafür zu zahlen.«

Dr. Werner verschlug es die Sprache. Er mußte vor Überraschung nach Luft schnappen. »Ja, was glauben Sie...«

»Wir wollen Sie nicht mit einem Trinkgeld abspeisen, Herr Doktor!«

Dr. Werner, außer sich vor Empörung, trat auf den Manager zu. »Sie erbärmliche Laus, Sie! Sie lächerliche Wanze! Was erlauben Sie sich denn? Ich könnte, wenn ich nur wollte...« Er packte den Manager bei seinen gut gebügelten Revers und schien ihn aus dem Anzug schütteln zu wollen.

Geza von Vasary machte eine ausgesprochen klägliche Figur, wie er da zwischen den kräftigen Fäusten des jungen Arztes zappelte. Ich überlegte mir, ob ich eingreifen sollte, aber ich kam zu der Überzeugung, daß dieses Erlebnis Geza von Vasary um eine Erfahrung reicher machen würde.

Plötzlich ließ Dr. Werner ihn los. »Ach was«, sagte er verächtlich, »ich mache mir meine Hände nicht an Ihnen schmutzig.«

Geza von Vasary rückte seine Krawatte gerade, stäubte mit einer leichten Handbewegung die Revers ab, dann sagte er: »Es hat mich wirklich sehr gefreut, die Bekanntschaft eines Ehrenmannes zu machen. Mein Angebot wird somit hinfällig. Ich sehe, Sie sind bereit, freiwillig auf Sara zu verzichten.«

»Aber wieso denn? Ich denke nicht daran!«

»Sie wollen behaupten, daß Sie Sara lieben?«

»Ja. Ich liebe sie. Was erscheint Ihnen daran so absurd?«

»Nichts. Aber Sie sollten sich doch noch einmal überlegen, ob Sie es verantworten können, Saras Leben zu zerstören.«

»Er wird mein Leben nicht zerstören!« rief Sara heftig. »Wolfgang, laß dir nichts einreden! Wir werden sehr glücklich miteinander werden. Ich weiß es ganz genau.«

»Diese lächerliche Romanze wird das Ende deiner Karriere sein«, sagte Vasary sanft.

»Und wenn! Ich pfeife auf meine Karriere. Ich will nie wieder filmen. Ich habe es Wolfgang versprochen.«

»Was hast du?« fragte Friedl König und sah ihre Tochter ungläubig an.

»Wolfgang will keinen Filmstar zur Frau«, sagte Sara trotzig, »deshalb habe ich ihm versprochen...«

Jetzt mischte ich mich ein. »Sara, Sara! Ich bitte dich, überleg genau, was du redest!«

»Da gibt es nichts zu überlegen. Ich habe genug vom Film, schon lange. Da Wolfgang nicht wünscht...«

»Ist das Ihr Ernst, Doktor?« fragte Geza von Vasary.

»Ja.«

»Ich habe sehr viel Ärger in meinem Leben gehabt, sehr viel Ärger«, sagte Geza von Vasary, »aber dies hier ist doch – das übertrifft alles.«

»Mein liebes Kind.« Friedl Königs Stimme klang sanft wie Olivenöl. »Dir scheint nicht ganz klar zu sein, daß du noch keine achtzehn bist. Noch brauchst du meine Erlaubnis, um zu heiraten.«

»Wenn du sie mir nicht gibst, werde ich mich eben an meinen Vater wenden!«

Friedl Königs vor Hitze und Aufregung rundes Gesicht wurde kalkweiß. Ich fürchtete, daß sie in Ohnmacht fallen könnte, und sprang ihr zu Hilfe. »Das ist nicht ganz fair, Sara«, sagte ich.

»Wer ist denn zu mir fair?« rief Sara verzweifelt.

Geza von Vasary hatte ein paar Pillen in die hohle Hand geschüttet, schluckte sie hinunter und zog eine Grimasse. »Ich möchte einen Kompromiß vorschlagen. In ein paar Monaten bist du, liebe Sara, mündig. Dann darfst du tun und lassen, was du willst. Wir wär's, wenn du diese paar Monate warten würdest?«

»Nein! Warum sollte ich denn? Ich bin alt genug, um zu heiraten! Endlich habe ich den Mann gefunden, den ich liebe. Warum sollte ich verzichten?«

»Nicht verzichten, Sara, warten!« sagte ich.

»Und weiterfilmen? Für euch Geld verdienen? Das habt ihr euch fein ausgedacht.«

»Es ist sehr bitter, sich so etwas von seiner eigenen Tochter sagen lassen zu müssen!« erklärte Friedl König, und der Schmerz in ihrer Stimme war echt. »Du weißt genau, mein liebes Kind, daß wir alles Geld, das du verdient hast, für dich angelegt haben, nur für dich. Ich habe nicht das geringste an dir verdient.«

»Aber du hast von mir gelebt!«

»Sara, ich bitte dich!« sagte Dr. Wolfgang Werner peinlich berührt.

Sie begriff sofort, daß sie übers Ziel hinausgeschossen war. »Verzeih, bitte«, murmelte sie, »aber es ist doch wahr!«

»Mein liebes Kind«, sagte Geza von Vasary, »ich glaube, es ist an der Zeit, einige Mißverständnisse zu bereinigen. Deine Mutter ist durchaus nicht auf dein Geld angewiesen. Ich habe ihr schon vor einiger Zeit den Vorschlag gemacht, in meine Agentur einzutreten. Sie hat es mit Rücksicht auf dich, liebe Sara, abgelehnt. Daß du nicht der einzige Star bist, den ich vertrete, weißt du. Wenn ich dich heute fallen lasse, wird niemand mehr ein Stück Brot von dir annehmen. Aber ich schwöre dir, in einem Jahr werde ich ein Mädchen deines Typs berühmt gemacht haben, so berühmt, wie du heute bist. Wir sind nicht auf dich angewiesen, Sara König. Weder deine Mutter noch ich. Wenn wir uns gegen diese unglückselige Verbindung mit diesem ...«, er räusperte sich, »... gewiß hochanständigen jungen Mann sträuben, so geschieht dies nur um deinetwillen. Solange wir noch etwas zu sagen haben, werden wir nicht erlauben, daß du heiratest. Hast du mich jetzt verstanden?«

»Gut. Vielleicht könnt ihr das. Vielleicht könnt ihr mir meine Liebe verbieten. Aber ihr könnt mich nicht zwingen, weiter zu filmen. Ihr könnt mich ins Atelier schleppen. Aber ich schwöre euch, ich werde der Kamera den Rücken drehen. Ich werde kein einziges Wort sprechen. Ich werde einen Skandal machen, daß ...«

»Augenblick«, sagte der Manager in verändertem Ton, »bitte, Herr Holländer, irre ich mich, oder?« Er wandte den Kopf zum See.

Ich folgte seinem Blick und sah sofort, daß er recht hatte. Eine kleine Barkasse näherte sich unserem Ufer. Sie war noch ziemlich weit entfernt, trotzdem war deutlich zu erkennen, daß ein Mann mit einer Kamera im Heck stand. »Reporter!« sagte ich.

Dieses einzige Wort genügte, um »Mami«, Sara König und Geza von Vasary ins Haus zu scheuchen. Nur Dr. Werner hatte nicht begriffen. Er sah mich verwundert an.

»Kommen Sie, gehen wir!« drängte ich. »Oder wollen Sie schon morgen Ihr Bild in sämtlichen Illustrierten sehen?«

»Mein Bild? Aber – ich verstehe nicht. Bisher hat sich noch niemand für mich interessiert!«

»Da sehen Sie, wie sich die Zeiten ändern!« Ich schob ihn ins Haus hinein.

Blitzschnell schloß »Mami« die Tür hinter uns. »Ich möchte bloß wissen, wer uns diesen Menschen auf den Hals gehetzt hat!« sagte sie und funkelte mich vorwurfsvoll an.

»Ich nicht, gnädige Frau, ganz gewiß nicht!« versicherte ich. »Glauben Gnädigste etwa, daß ich ein Interesse daran hätte, meine Kollegen mit Neuigkeiten zu versehen?«

»Der Mann ist nicht von Ihrer Zeitung?«

»Jedenfalls nicht daß ich wüßte. Übrigens finde ich die ganze Sache gar nicht so erstaunlich. Wir sind hier im Ferienhaus eines Filmstars. Wahrscheinlich hat der Kollege gehofft, ein paar Bilder von Tamara Tess im Bikini schießen zu können. Ein feines Liebesnest hast du dir da ausgesucht, Sara. Hast du wahrhaftig geglaubt, hier ungestört flirten zu können?«

»Mir hast du erzählt, der Bungalow würde der Tochter deines Chefs gehören!« sagte Dr. Wolfgang Werner vorwurfsvoll.

»Ich konnte doch nicht wissen...«, versuchte Sara sich zu verteidigen.

Geza von Vasary schnitt ihr das Wort ab. »Wir müssen fort!« sagte er, und in dieser sanften Stimme lag plötzlich Autorität. »Bitte, gnädige Frau, helfen Sie Sara ihre Sachen zusammenzupacken, und dann...«

»Ich will nicht fort!« rief Sara. »Warum auch?«

»Hier ist nicht der Ort, die Situation zu klären, Sara«, erwiderte der Manager. »Bitte, geh jetzt mit deiner Mutter!«

»Sei vernünftig, Sara!« bat ich.

»Gut. Aber das heißt noch lange nicht, daß ich auf Wolfgang verzichte! Ihr werdet euch noch wundern!« Den Kopf mit der Fülle rotblonden Haares hoch erhoben, verließ Sara das Zimmer. Wir Männer blieben im Halbdunkel des Raumes allein zurück.

»Ich hoffe, Sie werden keine Indiskretion begehen, Herr Holländer«, vergewisserte sich Geza von Vasary.

»Nicht, bevor ich die Story beisammen habe.«

»Wenn Sara König aus dem Geschäft aussteigt, wird sich kein Mensch mehr für Ihre Story interessieren.«

»Sagen Sie das nicht. Im Gegenteil. Dann wäre sie erst der richtige Knüller.«

Geza von Vasary lehnte sich mit leidendem Gesicht in seinem

Sessel zurück und schloß die Augen. Dr. Werner ging auf und ab wie ein Löwe, der sich plötzlich zwischen Gitterstäben gefangen sieht. Ich selbst zündete mir eine Zigarette an und vertrieb die Zeit damit, mir alle Einzelheiten der letzen Begebenheiten ins Gehirn einzuprägen. Dann erschien »Mami« in der Schlafzimmertür. »Wir können!« sagte sie.

Dr. Werner rannte, sichtlich erleichtert, auf die Tür zu. Ich sprang auf und hielt ihn zurück. »Feind in Sicht«, sagte ich, »wir müssen hinten hinaus!«

»Bitte, Wolfgang, hilf mir!« rief Sara König aus dem Schlafzimmer.

Dr. Werner kletterte als erster durchs Fenster. Dann half er Sara hinaus. Sie hatte sich umgezogen und wirkte in dem knapp sitzenden Kostüm, das die Schmalheit ihrer Taille betonte, sehr damenhaft. Um das duftige Haar hatte sie einen Schal geschlungen, und sie trug wieder ihre große Sonnenbrille, die ihr Gesicht halb verbarg. Das Liebespaar schritt Arm in Arm davon, ohne auf uns zu warten. In der linken Hand trug Dr. Werner Saras schweinsledernen Koffer.

Ich kletterte als nächster durch das Fenster, blieb draußen stehen, und mit vereinten Kräften hievten Geza von Vasary und ich »Mami« heraus, der die ungewohnte turnerische Übung sichtlich schwerfiel. Geza von Vasary folgte ihr mit angewidertem Gesicht. Die Flucht erschien ihm offensichtlich würdelos.

»Mami« König eilte, ihren Sonnenschirm schwenkend, drei Schritte vor uns her. »Wir müssen unbedingt verhindern, daß sie mit diesem Menschen zurückfährt«, sagte sie, ohne sich zu uns umzudrehen, »bitte, beeilen Sie sich doch, Geza! Das Kind weiß ja nicht mehr, was es tut!«

Der Manager blieb gelassen. Er dachte nicht daran, auch nur einen Schritt schneller zu gehen.

»Regen Sie sich nicht auf, gnädige Frau« sagte ich. »Dr. Werners Wagen steht bei der *Pension Giulia!*«

Wir kamen gerade noch zurecht, um zu sehen, wie ein junger Mann, einen Fotoapparat an einem Lederriemen um den Hals, auf das junge Paar zukam. »Einen Moment, bitte!« rief er.

Sara König und Dr. Werner fuhren unwillkürlich herum. Wie eine kampfbereite Tigerin warf sich »Mami« vor ihr Kind. »Kein Interview!« rief sie. »Keine Aufnahmen! Unterstehen Sie sich, junger Mann!«

»Entschuldigen Sie, ich wollte doch nur...«

Mamis Gesicht verzog sich zu einem honigsüßen Lächeln.

»Natürlich, selbstverständlich, aber bitte nicht hier und nicht jetzt! Geben Sie mir Ihre Karte. Wir werden Sie in München zu einem Exklusivinterview empfangen, ja?«

»Wenn Sie meinen.« Der junge Mann angelte in sämtlichen Taschen herum, um seine Visitenkarte zu finden.

»Aber Mami, warum denn nicht jetzt?« fragte Sara König mit glitzernden Augen. »Wir haben doch nichts zu verheimlichen.«

»Bitte komm, Kind!« Friedl König versuchte Sara in Geza von Vasarys Limousine zu schieben.

Sara hängte sich bei Dr. Werner ein und sagte, noch ehe man es verhindern konnte, mit strahlendem Gesicht: »Ich habe mich in Gargagno verlobt!«

Der Reporter war sofort Feuer und Flamme. »Verlobt? Darf ich gratulieren? Das ist ja wunderbar! Sara König verlobt! Wer ist der Glückliche?«

»Dr. Wolfgang Werner, Arzt und Dozent aus München.«

»Sara! Wie kannst du nur?« rief Friedl König entsetzt.

»Warum soll ich es denn nicht sagen, Mami?« fragte Sara freundlich. »Die Presse würde es ja doch erfahren.«

»Sehr richtig, gnädiges Fräulein, sehr richtig. Die Presse erfährt alles. Darf ich fragen, gnädige Frau ...« Er wandte sich wieder an Friedl König. »Was sagen Sie zu der Verlobung Ihrer Tochter?«

»Mami« hatte sich wieder in der Gewalt. »Nun, ehrlich gestanden, die ganze Sache hat mich ein wenig überrascht. Natürlich möchte ich dem Glück meiner Tochter nicht im Wege stehen.«

»Sehr richtig, gnädige Frau. Ein vernünftiger Standpunkt.«

»An eine Heirat ist vorläufig noch nicht zu denken,« fuhr Friedl König fort. »Sara hat noch zahlreiche Verpflichtungen abzuwickeln, und außerdem bin ich der Meinung, daß sich die jungen Leute noch etwas besser kennenlernen sollten, bevor sie sich zu einem solchen endgültigen Schritt entschließen. Sara gehört nicht zu dieser Art Frauen, die drei-, vier-, fünfmal heiraten und sich wieder scheiden lassen. Ich kenne mein Kind. Eine Ehe bedeutet für sie etwas, nun eben etwas Endgültiges. Komm, Sara!«

»Einen Augenblick noch!« bat der Reporter. »Ein paar Aufnahmen. Bitte, Herr Doktor, legen Sie den Arm um die Schultern Ihrer Braut, ja, so! Etwas mehr Ausdruck, bitte! Zärtlicher, ich meine verliebter! Ja, so geht's!« Die Kamera klickte. »Und jetzt, wie wär's, wenn Sie sich einmal küssen würden?«

Dr. Werner zuckte sichtlich unangenehm berührt zusammen, aber Sara rettete die Situation. Sie stellte sich auf die Zehenspitzen, gab ihm einen zärtlichen Kuß auf die Nase. Wieder klickte die Kamera.

»Sehr schön. Und nun, bitte, gnädige Frau, stellen Sie sich doch für einen Augenblick zwischen die jungen Leute, ja?«

»Es tut mir wirklich leid, junger Mann«, sagte Friedl König, »aber wir haben keine Zeit. Wir müssen nach München zurück. Vielleicht ein andermal.« Sie packte Sara beim Arm, und diesmal folgte ihre Tochter ohne Widerstand.

»Auf Wiedersehen, Wolfgang!« rief sie fröhlich zurück. »Wir sehen uns in München!« Sie schien glänzender Laune zu sein und beehrte mich noch mit einer Kußhand. »Tschüs, Charly! Bis dann!«

Ich wandte mich an den Reporter. »Hören Sie, ich weiß zwar nicht, ob Sie fotografieren können...«

»Aber doch!« sagte er empört. »Ich habe es ja gelernt!«

»Um so besser für Sie. Die Bilder sind schon gekauft. Ich nehme sie für das *Allerneueste.* Hier haben Sie eine Anzahlung...« Ich gab ihm einen Hundertmarkschein. »Alles andere machen Sie bitte mit der Redaktion aus, ja?«

Der junge Mann kritzelte eine Quittung auf seine Visitenkarte und gab sie mir.

»Danke«, sagte ich, »Sie haben verdammtes Glück gehabt.«

Ich schloß die Gartenpforte ab, in der Sara den Schlüssel hatte stecken lassen, und dann machte ich mich eilig auf den Weg zur Pension. Ich mußte sofort meine Redaktion unterrichten.

Ich hatte mit München telefoniert, mein Köfferchen gepackt, meine Rechnung bezahlt und wollte zum Parkplatz hinuntergehen, als ich in einem schattigen Winkel der Terrasse Dr. Wolfgang Werner hinter einem Glas Campari sitzen sah. Mir fiel ein, daß es gar keine schlechte Idee wäre, mir selbst einen Schluck zu genehmigen, und setzte mich zu ihm. »Sie haben doch nichts dagegen«, sagte ich.

Er schüttelte stumm den Kopf.

Park und Terrasse der Pension waren heute morgen ziemlich leer. Die meisten Gäste schienen unterwegs zu sein. Ich bekam meinen Manhattan sehr rasch. Ich nahm einen Schluck. Die Eiswürfel klirrten. »Wollen Sie Ihren Urlaub abbrechen, Doktor?« fragte ich.

Er hob den Kopf und sah mich an. »Brauchen Sie das für Ihre Zeitung?«

»Nein«, sagte ich.

»Ich weiß nicht.«

»Sehr glücklich scheinen Sie nicht zu sein.«

»Dieses Männchenmachen für die Presse war widerlich.«

»Daran werden Sie sich gewöhnen müssen. Wenn man sich mit einem Filmstar verlobt...«

»Sie haben mich da hineingedrängt!«

»Ich? Ich hatte den Eindruck, daß es Sara war.«

»Jedenfalls bin ich einfach überrumpelt worden.«

»Sie lieben Sara nicht?«

»Doch. Ich liebe sie. Aber als Frau, nicht als Filmstar. Ich kann keinen Filmstar heiraten. Ich kann es einfach nicht.«

»Das verlangt auch niemand von Ihnen.«

Er sah mich verständnislos an.

»Gerade Sie haben mir gesagt...«

»Was denn? Daß Sara Sie liebt. Das stimmt. Deshalb brauchen Sie aber doch nicht zu heiraten.«

»Warum haben Sie mich nicht gehen lassen?«

»Weil Sie ungerecht waren. Sie haben Sara beleidigt. Sie würde für ihr ganzes Leben einen Knacks zurückbehalten, wenn die Sache mit Ihnen beiden so geendet hätte. Man kann auf einer Lüge zwar keine Liebe aufbauen, aber man sollte eine Liebe auch nicht durch eine Lüge beenden.«

»Wie soll es jetzt weitergehen?«

»Das ist Ihre Sache, nicht meine.«

»Ich bin in meinem ganzen Leben noch nie in einer solchen Situation gewesen«, sagte er hilflos. »Ich liebe Sara. Ich liebe sie wirklich. Sie ist ein wunderbares Mädchen. Jetzt weiß ich erst, wie wunderbar sie ist. Aber kann ich wirklich von ihr verlangen, daß sie ihr ganzes Leben meinetwegen ändert? Kann ich ihr zumuten, daß sie mit mir Europa verläßt? Sie wissen es vielleicht nicht, aber ich plane schon seit langem, meine Stellung in München aufzugeben und die Leitung eines Krankenhauses in Ostafrika zu übernehmen.«

»Mit Frau Dr. Ritter, nicht wahr?«

»Ja. Brigitte hätte es getan. Aber Sara?«

»Sara würde alles für Sie tun, was Sie von ihr verlangen.«

»Das ist ja gerade das Furchtbare! Ich – es wäre eine entsetzliche Verantwortung.«

»Sie sind ein Egoist.«

»Ja? Meinen Sie? Kann sein. Wer ist das nicht? Wenn ich bloß wüßte, was ich jetzt tun soll!«

»Das ist doch sehr einfach. Sie brauchen nur zu wissen, was Sie wirklich wollen. Entweder Sie wollen Sara um jeden Preis behalten, dann müssen Sie eben einen Kompromiß schließen. Ohne Kompromisse geht es nicht im Leben. Oder Sie wollen sie loswerden, dann müssen Sie Schluß machen. Ich persönlich fände die zweite Lösung weit vernünftiger. Nicht Ihretwegen, sondern Saras wegen. Ich bezweifle stark, daß Sie der Mann sind, der sie glücklich machen kann. Warum sagen Sie ihr nicht einfach, sie wäre das wunderbarste Erlebnis Ihres Lebens gewesen? Ich nehme sogar an, daß das stimmt. Warum sagen Sie ihr nicht die Wahrheit – daß Sie trotzdem nicht zusammenleben können, weil Ihre Welten zu verschieden sind?«

»Dazu habe ich einfach nicht die Kraft. Ich liebe Sara.«

»Dann gibt es noch eine dritte Möglichkeit. Ziehen Sie die Verlobungszeit hinaus, halten Sie es mit Schiller: ›Drum prüfe, wer sich ewig bindet, ob sich das Herz zum Herzen findet. Der Wahn ist kurz, die Reu ist lang.‹ Wie wär's damit?«

Er seufzte tief. »Wenn ich wüßte, was das Richtige ist...«

Ich trank mein Glas leer und stand auf. »Überlegen Sie sich's. Aber nicht zu lange. Sara weiß jedenfalls, was sie will. Sie werden es noch zu spüren bekommen.«

Am nächsten Morgen hatte ich die Ehre, an einer Sitzung des Orion-Verleihs teilzunehmen.

Sara König hatte nicht vergessen, daß ich in dem entscheidenden Augenblick Dr. Werner zurückgeholt hatte, sie versprach sich von meiner Anwesenheit eine Unterstützung. Geza von Vasary hatte meine Einladung durchgesetzt, weil er hoffte, daß Sara auf mich als Außenseiter am ehesten hören würde. Ich persönlich begrüßte die seltene Gelegenheit, einem solchen Ereignis beizuwohnen, hatte aber nicht die geringste Absicht, mich in die Auseinandersetzung einzumischen.

Die Sitzung fand im großen Konferenzzimmer statt, einem eindrucksvollen Raum, dessen Fensterseite den Blick auf die Kuppeln der Frauenkirche freigab. An einem langen, mit grünem Leder bezogenen Tisch nahmen die Spitzen des Verleihs auf breiten und tiefen, mit Leder bezogenen Sesseln Platz. Ich wurde zwischen die Männer des Verleihs einerseits und von Sara König, ihrer Mami und Geza von Vasary auf der anderen

Seite plaziert. Am oberen Ende der Tafel saß Egon Pauly, der gewaltige Verleihchef. Sein fleischiges Gesicht war düster bewölkt. Er wartete, bis die Mädchen, die uns nach Wunsch mit Getränken – Kaffee, Tee – Zigaretten und Zigarren versorgt hatten, den Raum verließen. Dann öffnete er den Mund, aber Meyer-Franke, der mir gegenüber saß, kam ihm zuvor. »Ich möchte noch einmal betonen«, sagte er mit einem giftigen Blick zu mir herüber, »daß ich die Anwesenheit eines Journalisten bei dieser sehr internen Angelegenheit für äußerst unangebracht halte.«

Egon Pauly schnappte nach Luft. »Herr Meyer!« donnerte er dann. »Noch hat Sie niemand um Ihre Meinung gefragt. Im übrigen sollten Sie wissen, daß ich über diesen Punkt meine Entscheidung bereits gefällt habe.«

»Entschuldigen Sie, bitte, Chef.« Meyer-Franke duckte sich. Er schien über seinen eigenen Mut zu erschrecken. »Meine Damen und Herren«, begann Pauly mit seiner dröhnenden, etwas ungehobelten Stimme, »Sie wissen alle, weshalb wir heute zusammenkommen müssen. Ich kann nicht behaupten, daß mich der Anlaß freut. Es gäbe Verschiedenes hierzu zu sagen, aber das möchte ich lieber für mich behalten. Ich bitte auch Sie...«, er ließ die rollenden Augen über seine Mannen gleiten, »... Ihre berechtigte Verärgerung zu unterdrücken. Wir müssen die Situation sachlich betrachten. Sara König hat es für richtig gehalten, der Presse ihre Verlobung bekanntzugeben. Was war das für ein Mensch?« Er überflog die Notizen, die er vor sich liegen hatte. »Na ja, spielt ja auch gar keine Rolle. Jedenfalls hat Meyer-Franke diese Geschichte nicht verhindern können.«

»Aber wie sollte ich denn?« Die Stimme des Pressechefs brach fast vor Empörung.

»Das ist Ihre Sache. Ich frage Sie ja auch nicht, wie ich mein Programm zusammenstellen soll. Also weiter, die Tatsachen: Sara König hat durch ihre unqualifizierte Handlungsweise unseren Vertrag gebrochen.« Er hob die Hand und ließ Geza von Vasary, der protestieren wollte, nicht zu Wort kommen. »Einen Augenblick, lassen Sie mich aussprechen. Sie hat den Vertrag gebrochen, das ist Tatsache. Muß ich Ihnen jetzt Paragraph siebenundzwanzig vorlesen?«

»Nein, danke«, entgegnete der Manager sanft, »ich wollte nur sagen...«

»Später. Jetzt bin ich dran. Sie werden doch wohl zugeben,

daß ich damit unseren Vertrag als gelöst betrachten kann, wie? Nein, ich will jetzt nichts hören, lassen Sie mich ausreden! Wenn ich ehrlich sein soll, bin ich über die Geschichte nicht einmal traurig. Ich habe mir einmal die Einspielergebnisse von Saras letztem Film zusammenstellen lassen. Das sieht nicht sehr erfreulich aus. Es liegt mir fern zu behaupten, daß wir einen Verlust erlitten haben. Das wäre ja wohl auch noch schöner. Aber eines möchte ich doch hier mal mit aller Deutlichkeit sagen: Die Filme mit Sara König waren nicht das große Geschäft, das wir uns erwartet hatten. Sie wollten etwas sagen, gnädige Frau?«

Friedl König warf den Kopf zurück wie eine kampfbereite Stute. »Jawohl, Herr Pauly«, sagte sie mit Nachdruck, »jetzt will ich Ihnen mal was erzählen. Sara ist immer noch ungeheuer populär. Vielleicht ist sie augenblicklich so beliebt, wie sie es noch nie gewesen ist. Sie hat dreißig Klubs, bedeutende Klubs, die Post ihrer Fans wächst von Tag zu Tag. Ich sage das nicht nur so daher, wir können das beweisen. Wenn Saras Filme nicht das Geschäft geworden sind, das Sie sich versprochen haben, dann liegt das nicht an meinem Kind. Es liegt vor allem an den Herren ihrer Dramaturgie. Das wollte ich Ihnen längst schon einmal sagen. Die Drehbücher waren miserabel, und die Stoffe ...«

Egon Pauly knallte die Faust auf den Tisch. »Ich muß aber doch sehr bitten, gnädige Frau!« sagte er böse. »Wenn ich darauf verzichte, Ihnen Vorwürfe zu machen, und es wäre eine ganze Menge, was ich über das Verhalten ihrer Tochter zu sagen hätte, dann kann ich doch wohl erwarten, daß Sie jetzt nicht mich angreifen. Ich habe niemals behauptet, daß der fehlende Kassenerfolg – von den Kritiken will ich ganz schweigen, die sind ja auch nicht wichtig – allein auf das Konto Ihrer Tochter zurückzuführen wäre. Ich stelle nur die Tatsache fest: Die Einspielergebnisse waren mager. Wenn Sie, gnädige Frau, der Meinung sind, daß Ihre Tochter bei uns nicht in den besten Händen ist – bitte, wir sind durchaus bereit, die Verletzung des Vertrages als Kündigungsgrund zu nehmen. Allerdings muß ich Sie darauf aufmerksam machen, daß das Ihrer Tochter ziemlich teuer kommen würde.« Er machte eine Kunstpause, und nachdem er mit Befriedigung festgestellt hatte, daß Friedl König nichts mehr zu entgegnen wagte, holte er zu einem neuen Hieb aus. »Sie scheinen die Situation zu verkennen, gnädige Frau. Ich bin nicht hierhergekommen, um mir von Ihnen oder Ihrer

Tochter oder ihrem Manager irgendwelche Vorwürfe anzuhören, sondern um mir von meinen Herren berichten zu lassen, ob sich die Aufrechterhaltung des Vertrages unter den gegebenen Umständen überhaupt noch lohnt.« Er klappte sein Notizbuch zu und sagte: »Bitte, Herr Hoffmann!«

Der Produzent wischte sich den Schweiß von der Stirn und stand auf. »Na ja, ganz ehrlich gesagt, ich verstehe Ihre Frage nicht vollkommen, verehrter Herr Pauly«, sagte er. »Sie wissen, die Verträge, die ich als Produzent mit Ihnen beziehungsweise Ihrem Verleih habe, sind an die Bedingung der Mitwirkung von Sara König geknüpft. Ich bin nicht bereit, mich jetzt einfach ausbooten zu lassen.«

»Davon spricht niemand«, erwiderte Egon Pauly, und es klang wie das dumpfe, aber besänftigende Nachgrollen eines Gewitters, »für unsere Verträge würden wir natürlich schon einen neuen Modus finden. Die Frage, die ich Ihnen stelle, lautet einfach: Versprechen Sie sich unter den gegebenen Umständen noch einen wesentlichen Erfolg von der Mitwirkung Sara Königs?«

»Wenn wir die Filme mit jemandem vom Nachwuchs besetzen würden«, sagte Putzi Hoffmann, »käme das natürlich billiger. Andererseits haben wir in Sara ungeheuer viel Propaganda gesteckt. Ihr Ausscheiden würde bedeuten, daß wir wieder ganz am Anfang stünden. Andererseits . . .«

Egon Pauly ließ ihn nicht aussprechen, sondern wandte sich an Rolf Gessler. »Nun möchte ich mal Ihre Meinung hören, Herr Gessler. Wie stehen Sie zu dieser Sache?«

Putzi Hoffmann ließ sich, etwas gekränkt, wieder in seinen Sessel sinken, der junge Regisseur fuhr erschreckt zusammen. Er war offensichtlich mit den Gedanken woanders gewesen. »Ich hätte *Frühling in Berlin* gern mit Sara gedreht«, sagte er dann.

»Glauben Sie, daß Sie es ohne Sara nicht schaffen?«

»Doch. Das haben wir ja schon besprochen. Ich habe inzwischen festgestellt, daß Katja Römer zu haben wäre.«

Jetzt ließ Egon Pauly die Katze aus dem Sack. »Sie sehen also, meine sehr verehrte junge Dame«, donnerte er Sara an, »daß Sie durchaus nicht so unersetzlich sind, wie Sie zu glauben scheinen. Ich dulde keine Extravaganzen, verstehen Sie mich? Wenn ich diesmal noch einmal von meinem Recht Abstand nehme, so erwarte ich von Ihnen, daß Sie sich in Zukunft disziplinierter betragen. Solche Dinge können einmal, aber nie wieder vorkommen.« Ehe Sara noch antworten konnte, wandte er sich an Meyer-Franke. »Nun sind Sie dran, Meyer! Also, was haben Sie uns zu sagen?«

Meyer-Franke schien die Aufregung auf den Magen geschlagen zu sein. Sein zerknittertes Gesicht wirkte grünlich. »Ich sehe die Dinge natürlich nur als Pressechef«, begann er umständlich.

»Was anderes erwarten wir auch gar nicht!« parierte Egon Pauly.

Meyer-Franke holte tief Luft, um seinen Ärger hinunterzuschlucken. »Also, für mich geht es nur darum, daß die Verlobung aufrechterhalten bleibt. Sie jetzt zu dementieren, wäre das allerschlimmste. Das kann man einfach nicht machen. Ich habe mir die Fotos von diesem jungen Mann angesehen. Sie sehen durchaus brauchbar aus. Außerdem ist er Arzt, und so was zieht immer. Also, ich muß sagen, ich sehe in dieser Verlobung eigentlich gar keinen Schaden. Sie hätte natürlich anders aufgezogen werden müssen. Aber immerhin, ich glaube, man könnte etwas daraus machen. Durch diese Verlobung könnte die Publicity für Sara König einen ganz neuen Auftrieb bekommen.«

»Um das zu erfahren, brauche ich keinen Pressechef, Herr Meyer«, sagte Egon Pauly bösartig, »Ich habe spezielle Vorschläge von Ihnen erwartet!«

»Aber ich wußte doch gar nicht...«, versuchte Meyer-Franke sich zu wehren.

»Leider. Sie wissen nie etwas. Herr Hoffmann, was wollten Sie sagen?«

Diesmal blieb Hoffmann, durch seine üble Erfahrung von vorhin gewitzt, sitzen, als er das Wort ergriff. »Es wäre noch etwas zu überlegen«, sagte er. »Wir haben Sara bisher als Teenagerstar verkauft. Wenn wir jetzt die Verlobung propagieren, ändert das natürlich ihren Typ. Ich weiß, Herr Gessler wollte sich sowieso bemühen, sie in ein anderes Rollenfach hinüberzubringen. Aber bis jetzt haben wie noch keinerlei Gewähr dafür, ob das überhaupt klappt. Unsere bisherigen Erfahrungen mit *Frühling in Berlin* waren ja nicht gerade erfreulich.«

»Stimmt. Ist mir aus der Seele gesprochen.« Egon Pauly zündete sich eine Zigarette an. »Jetzt wollen wir einmal die andere Seite hören. Gnädige Frau, soviel ich weiß, waren Sie gegen diese Verlobung, nicht wahr?«

»Nicht gegen die Verlobung«, erklärte »Mami« überraschend, »nur gegen eine Heirat.«

»Kann ich verstehen. Aber das steht doch wohl auf einem anderen Blatt.«

»Jedenfalls bin ich überzeugt«, fuhr Friedl König fort, »daß Sara den Übergang in das neue Fach schaffen wird. Sie ist ungeheuer begabt, das wissen Sie selbst. Es kommt bloß darauf an, daß sie die richtigen Rollen bekommt und...«

»Also bitte, gnädige Frau, dieses Thema wollen wir heute nicht mehr berühren. Ihre Meinung, Herr von Vasary?«

»Ich habe Sie vorhin nicht unterbrechen wollen, Herr Pauly«, sagte der Manager ruhig, »aber ich bin überzeugt, es wäre ein schwerer Fehler, wenn Sie nur aufgrund dieser Verlobung Ihr Vertragsverhältnis mit Sara König als gelöst ansehen würden. Das Publikum steht immer auf der Seite der Liebespaare. Die Presse und die Richter übrigens auch. Ich gebe zu, juristisch wäre ein Grund zur Kündigung gegeben, aber nicht menschlich. Das sollten Sie bedenken.«

»Wovon reden Sie eigentlich?« rief Egon Pauly. »Von einer Lösung des Vertragsverhältnisses war doch nie die Rede!«

»Dann habe ich mich wohl verhört!« sagte Geza von Vasary friedlich. »Ich schlage also vor, Herr Meyer-Franke und ich setzen uns zusammen und entwerfen einen Plan für eine großangelegte Publicity. Sie werden sehen, Herr Pauly, die Sache mit der Verlobung wird einschlagen. Wir beide kennen das Geschäft, wir brauchen uns nichts vorzumachen.«

»Mein lieber von Vasary«, Egon Pauly zog heftig an seiner Zigarre, »Sie machen das wieder mal sehr einfach. So gut wie Sie möchte ich es mal für eine Stunde haben. Sie machen sich keine Kopfzerbrechen, Sie denken nur ans Kassieren. Aber wer trägt das Risiko? Ich, der Verleih. Wenn die Verlobung nicht einschlägt? Wenn die Fans von Sara König enttäuscht sind? Wenn sie das neue Rollenfach nicht schafft? Was dann? Entschuldigen Sie, bitte, aber ich lege doch Wert darauf, mich wenigstens abzusichern. Das Recht, das haben Sie ja selbst zugegeben, liegt auf meiner Seite.«

»Herr Pauly«, sagte Sara überraschend, und ihre Stimme klang klar und entschlossen, »ich freue mich, daß ich Sie beruhigen kann. Sie brauchen sich gar keine Sorgen mehr um meine Einspielergebnisse zu machen. Ich steige nämlich aus. Ich filme nicht mehr. Ich begreife nicht, warum meine Mutter und mein Manager das nicht klargestellt haben.«

Egon Pauly beugte seinen schweren Oberkörper weit über den Tisch. »Was sagen Sie da?«

»Ich will nicht mehr filmen.« Sara betonte jedes einzelne Wort, um ihren schönen Mund spielte ein heiteres Lächeln. »Das ist doch sehr einfach zu verstehen, nicht wahr?«

»Wenn das ein Bluff sein soll...«, brüllte Egon Pauly.

»Nein, Herr Pauly«, sagte Geza von Vasary, »leider nicht. Ich hatte gehofft, Sara würde sich eines Besseren besinnen. Tatsache ist, sie will nicht mehr filmen, vor allem dieser Arzt wünscht es nicht.«

»Das ist ja höchst interessant.« Pauly ließ sich in seinen Sessel zurücksinken. »Sie wollen also mir nichts, dir nichts aus dem Vertrag aussteigen? Wissen Sie auch, wieviel Sie das kosten wird?«

»Interessiert mich gar nicht«, sagte Sara, »Wolfgang heiratet mich nicht meines Geldes wegen.«

Bis jetzt war die Sitzung einigermaßen ruhig und geordnet verlaufen. Nun aber brach ein wahrer Hexenkessel los. Alles diskutierte und gestikulierte heftig durcheinander, und niemand, der die Filmbranche nicht kannte, hätte sich vorstellen können, daß jemals eine Klärung in dieses Durcheinander gekommen wäre. Tatsächlich aber wurde nach fast zweistündigem Streit und nach bitterbösen Vorwürfen eine Kompromißlösung geschaffen, die alle Seiten einigermaßen zu befriedigen schien.

Sara König verpflichtete sich, ihre Rolle in *Frühling in Berlin* zu Ende zu spielen. Nach Ablauf der Dreharbeiten würde »Mami« ihr Einverständnis zur Heirat mit Dr. Wolfgang Werner geben. Bis dahin sollte Sara Zeit haben, darüber nachzudenken, ob sie den Vertrag wirklich platzen lassen wollte. Auch Egon Pauly behielt sich seine Entscheidung darüber, ob er den Vertrag als gelöst ansehen wollte, einstweilen vor. Er bestand darauf, den Termin für die nächste, entscheidende Sitzung jetzt und sofort festzulegen, und zwar für den 15. September.

Ich wußte natürlich, was das zu bedeuten hatte, und alle anderen, außer Sara, höchstwahrscheinlich auch. Egon Pauly wollte abwarten, ob der neue Film mit Sara König ein Erfolg würde oder nicht. Wenn er ein Geschäft wurde, würde es für einen armen Sünder leichter und vor allem billiger sein, einem Pakt mit dem Teufel zu entkommen, als für Sara, aus ihrem Vertrag auszusteigen. Sara aber schien nichts davon zu ahnen, und ich sah auch keinen Anlaß, sie aufzuklären.

Frühling in Berlin ging termingemäß ins Atelier. Die Dreharbeiten verliefen, soviel ich hörte, ohne weitere Zwischenfälle. Meyer-Franke zeigte, was er konnte. In den nächsten Wochen waren sämtliche Illustrierten voll von Bildern und Reportagen, die eine strahlende Sara König und einen recht ernsten Dr. Wolfgang Werner zeigten. Dem Publikum gefiel die Zurückhaltung des jungen Arztes, er wirkte anständig und zuverlässig, ein Mann, dem man das Geschick der zauberhaften Sara König wohl anvertrauen konnte. Die Herzen aller Frauen, vom Teenager bis zur reifen Matrone, flogen ihm zu. Man interessierte sich brennend dafür, wie das junge Paar leben, wo es wohnen, wieviel Kinder es haben wollte. Gotthold Emanuel Rodenberg, der allzuspät heimgekehrte Vater, wurde mit keiner Zeile bedacht. Es gab Postkarten zu kaufen, die Sara König und ihren Bräutigam Wange an Wange zeigten, bunte Taschentücher, die ihre Namenszüge trugen, und sogar Kissenbezüge, auf denen das Brautpaar, handgemalt, sich zärtlich anlächelte. Der Sara-König-Rummel hatte seinen Höhepunkt erreicht.

Ich selbst traf die beiden verschiedentlich, in Bars, auf dem Ateliergelände und einmal auch in Saras Villa in Grünwald. Kein Wölkchen schien das Glück des jungen Paares zu trüben. Sara strahlte förmlich vor Triumph und Verliebtheit, und Dr. Werner schien sich völlig mit seiner etwas zweideutigen Situation abgefunden zu haben. Entweder hatte er eingesehen, daß es für ihn keine Rückzieher mehr gab, und er machte gute Miene zum bösen Spiel – oder er liebte Sara so sehr, daß er bereit war, alles in Kauf zu nehmen, nur um sie nicht zu verlieren.

Als ich ihn einmal sehr vorsichtig daraufhin ansprach, sagte er: »Wenn wir erst verheiratet sind, hört das ja alles auf. Sara hat mir fest versprochen, nicht mehr zu filmen. Wer wird sich dann noch für uns interessieren?«

Es hätte einige Argumente gegeben, mit denen ich seinen schönen Optimismus hätte trüben können, aber ich schwieg. Tamara Tess hatte mir Wunderdinge von einer neuen, völlig veränderten Sara erzählt, und ich wollte mich mit eigenen Augen überzeugen. Was ich erlebte, grenzte ans Wunderbare. Ich hätte es niemals für möglich gehalten, daß sich ein Mensch in so kurzer Zeit so völlig verwandeln kann.

In Halle IV war die Dekoration einer eleganten Hotelhalle aufgebaut. Als ich eintrat, war Rolf Gessler gerade dabei, mit einer langen Kamerafahrt und einem gewaltigen Schwenk die

Atmosphäre des riesigen, luxuriös eingerichteten Raumes einzufangen. Da während dieser Szene viel Volk auf das ungezwungenste durcheinanderlaufen mußte – ich zählte bei flüchtigem Hinblick mindestens fünfzig Komparsen, von den Haupt- und Nebendarstellern ganz zu schweigen —, mußte die Einstellung dreimal wiederholt werden. Rolf Gesslers Souveränität war erstaunlich. Er beherrschte seine Mannen wie ein General seine Soldaten oder, besser gesagt, wie ein Dompteur seine Raubtiere.

Dann trat Sara in Szene, eine damenhafte, sehr selbstbewußte, sehr weibliche Sara König. Sie trug das helle gerade geschnittene Cocktailkleid mit dem verwegenen Ausschnitt so sicher, als stamme es mindestens von Dior. Das hochgesteckte duftige Haar betonte ihre zarte Nackenlinie, jede ihrer Bewegungen war voll Anmut. Sie hatte nicht mehr die geringste Ähnlichkeit mit dem gehemmten, verschüchterten Kind, das ich noch vor wenigen Wochen im selben Atelier, vor derselben Kamera und mit demselben Regisseur erlebt hatte.

An einem der niedrigen Tische nahe der breiten, geschwungenen Treppe saßen Peter van Eyck, der Mann, den Sara König in diesem Film erobern sollte, und Tamara Tess, ihre Freundin im Leben und Rivalin auf der Leinwand. Es ging darum, daß Sara an diesen beiden vorbeigehen sollte, und zwar so, daß sie, ohne ein Wort zu sagen, Peter van Eyck durch ihr bloßes Erscheinen auf sich aufmerksam machte. Er sollte sich, laut Drehbuch, wenige Minuten später von Tamara Tess verabschieden und Sara König folgen.

Rolf Gessler war nicht zufrieden. »Ich verstehe dich nicht, Sara«, sagte er, »wenn du glaubst, auf diese Art einen Mann erobern zu können.«

»Nicht?« fragte Sara kühl. »Vielleicht bringst du es mir wieder einmal bei, wie?«

Rolf Gessler überhörte ihre Ironie. »Das werde ich, worauf du dich verlassen kannst! Paß auf, Sara! Wenn du an den beiden vorbeigehst, mußt du Peter einen Blick zuwerfen – einen solchen Blick! Einen, der es in sich hat! Und dann guckst du gleich wieder geradeaus, als ob du ihn gar nicht gesehen hättest, verstehst du? Dann können wir! Scheinwerfer!«

Fast gleichzeitig flammten sämtliche Scheinwerfer auf und erfüllten die Dekoration mit blendendem Licht. Der junge Mann mit der Klappe sprang vor.

»Augenblick mal!« rief Sara.

»Was denn noch?« fragte Rolf Gessler ärgerlich.

»Mir gefällt das nicht, Rolf«, sagte Sara mit klarer, fester Stimme. »Ich glaube einfach nicht, daß ein normales Mädchen so etwas tut.«

»Quatsch. Jede Frau, die auf einen Mann Eindruck machen will, macht das so.«

»Vielleicht irrst du dich, Rolf«, sagte Sara sanft, »vielleicht hast du noch nie mit einem normalen Mädchen verkehrt.«

Ich wußte, das war Sara Königs Rache für jene Szene, bei der Rolf Gessler sie damals so gedemütigt hatte. Ich wußte es, und alle anderen im Atelier wußten es natürlich auch.

»Die ist richtig«, kommentierte eine kräftige, männliche Stimme von der Beleuchterbrücke, eine Bemerkung, die von gedämpftem Gelächter quittiert wurde.

Tamara Tess lachte freimütig, und selbst Peter van Eyck hob die schmale, mit einem schweren Siegelring geschmückte Rechte zum Mund, um ein Lächeln zu verbergen.

»Scheinwerfer aus!« brüllte Rolf Gessler. Er hatte einen roten Kopf bekommen.

In diesem Augenblick mußte mir das Malheur passieren, daß ich über ein Kabel stolperte. Rolf Gessler war glücklich, daß er ein Opfer für seinen Zorn gefunden hatte. »Sie, was machen Sie denn hier?« empörte er sich. »Wer hat Ihnen erlaubt...?« Er tat so, als ob er mich jetzt erst erkannte. »Natürlich, Charly Holländer! Kommen Sie mir jetzt bloß nicht damit, daß Sie eine Sondererlaubnis haben! Es nutzt Ihnen gar nichts. Ich dulde keine Presse während der Arbeit!«

Ich verbeugte mich höflich. »Tut mir leid, Gessler«, sagte ich grinsend, »vielleicht war ich Ihnen aber doch als Blitzableiter von einigem Nutzen.« Ich verkrümelte mich, ehe er mir noch ein paar kräftige Arbeiter auf den Hals hetzen konnte.

Aus Sara Königs Garderobe hörte ich Stimmen. Ich klopfte kurz an und trat ein, ohne eine Aufforderung abzuwarten. Friedl König und Gotthold Emanuel Rodenberg standen sich gegenüber und starrten sich haßerfüllt an. »Wenn du glaubst, du kannst mich mit deinen Drohungen einschüchtern, dann hast du dich geirrt!« zischte »Mami«: »Ich werde...«

»Entschuldigen Sie, bitte, ich wußte nicht...«, sagte ich und wollte mich wieder zurückziehen.

Friedl König tat einen tiefen Atemzug. »Kommen Sie herein,

Herr Holländer, und machen Sie die Tür zu! Es ist mir sehr angenehm, bei dieser Unterredung einen Zeugen zu haben.«

»Sind Sie von der Presse?« fragte Gotthold Emanuel Rodenberg. »Dann wird es Sie sicher interessieren, was ich dieser Dame zu sagen habe.«

»Schießen Sie los!« Ich zündete mir eine Zigarette an.

»Du hast Glück, meine Liebe, daß ich so taktvoll bin!« behauptete Rodenberg. »Wenn ich reden wollte...«

»Nur keine Hemmungen! Tu, was du nicht lassen kannst! Wenn du dich nur nicht ins eigene Fleisch schneidest!«

»Du hast die Heirat meiner Tochter arrangiert, um mich auszubooten. Aber glaube nur nicht, daß das so einfach geht. Noch bin ich da – Gotthold Emanuel Rodenberg!« Er pochte sich mit der Faust auf die Brust.

»Leider«, sagte Friedl König trocken, »für dich und für uns alle wäre es besser gewesen, wenn du geblieben wärst, wo du warst.«

»Das hätte euch so passen können. Aber jetzt bin ich hier, und ihr müßt mit mir rechnen. Entweder du zahlst, oder...«

»Oder was?« Friedl König wandte sich an mich. »Hören Sie gut zu, Herr Holländer. Sie werden sehen, dies hier ist ein interessanter Fall von Erpressung.«

»Unsinn. Du weißt ebensogut wie ich, daß ich ein Recht auf das Geld meiner Tochter habe, ein menschliches und ein juristisches Recht. Das werden Sie doch zugeben, Herr Holländer?«

»Keine Ahnung!« sagte ich. »Warum haben Sie sich eigentlich früher nie um ihre Familie gekümmert, Herr Rodenberg?«

Er zog es vor, diese Frage nicht zu beantworten. »Was gedenkst du zu tun, um die Heirat meiner Tochter mit diesem Kerl zu verhindern, Friedl?« fragte er.

»Wie oft soll ich es dir noch erklären? Dagegen kann man nichts tun! Sie ist in ein paar Monaten volljährig! Glaub mir doch, ich habe die ganze Sache wiederholt mit Vasary durchgesprochen.«

»Das ist lächerlich. Wo ein Wille ist, ist auch ein Weg. Du willst diese Heirat gar nicht verhindern, sie kommt dir gerade recht.«

»Du irrst dich, Bob, ich bin überzeugt, daß sie ein Unglück ist.«

»Für wen? Für dich etwa? Daß ich nicht lache! Du weißt, daß mir dadurch meine Existenzgrundlage entzogen wird, und deshalb hast du sie betrieben.«

Friedl König zuckte die Achseln. Auf ihren runden Wangen waren hektische rote Flecke erschienen. »Denk, was du willst, ich habe es satt, mich mit dir herumzuzanken.«

»Du weißt, ich habe dich in der Hand!« sagte er drohend. »Wenn mir einfallen sollte, ein offenes Wort mit der Presse zu reden...«

»Droh doch nicht immer, Bob, das wird ja langweilig. Tu es doch endlich! Hier steht Charly Holländer persönlich. Sag ihm, was du auf dem Herzen hast.«

»Ich denke nicht daran. Noch nicht. Für mich gibt es jetzt Wichtigeres zu tun.«

»Was, wenn ich fragen darf?«

»Ich werde diese Heirat verhindern.«

»Mach dich doch nicht lächerlich, Bob! Glaubst du im Ernst, Sara und dieser Doktor werden auf dich hören? Für sie bist du ein alberner alter Schwätzer. Nein, gib dir keine Mühe. Ich bin froh, daß alles so gekommen ist. Wenn Sara erst verheiratet ist, werden wir dich endlich los sein. Es wird der schönste Tag meines Lebens sein.«

»Das glaube ich dir aufs Wort. Aber du wirst dich wundern. Sara wird diesen Burschen nicht heiraten, so wahr ich Gotthold Emanuel Rodenberg heiße!«

Ich nahm an, daß Sara Königs Vater noch einiges mehr sagen wollte, aber ich hielt den Moment für gekommen, ihn mit sanfter Gewalt aus der Tür zu schieben. Friedl König hatte sich auf einen Stuhl sinken lassen und verbarg das Gesicht unter ihren kurzen, rundlichen Fingern.

»Ziemlich unangenehmer Zeitgenosse, wie?« sagte ich.

Sie hob den Kopf und sah mich an. Ihr Gesicht wirkte verfallen. »Ich hasse ihn. Daß ich diesen Menschen einmal heiraten konnte!«

»Immerhin ist es Ihnen gemeinsam gelungen, unsere zauberhafte Sara auf die Welt zu bringen.«

»Nicht gemeinsam«, sagte Friedl mit tonloser Stimme.

»Er ist nicht Saras Vater?« fragte ich erstaunt.

»Er schon«, sagte sie, »aber ich bin nicht Saras Mutter.«

Ich war, ehrlich gestanden, so überrascht, daß mir die Worte fehlten. Diese Mitteilung war das letzte, was ich erwartet hatte.

»Geben Sie mir eine Zigarette!« bat Friedl König mühsam.

Ich beeilte mich, ihrem Wunsch nachzukommen. »Eine kleine Herzstärkung wäre vielleicht noch angebrachter«, schlug ich vor.

»Da hinten steht eine Flasche Cognac«, sagte sie mit einer andeutenden Kopfbewegung, »schenken Sie sich auch einen ein.«

Zwischen Schminke, Abschminke und Parfüm fand ich die Flasche Cognac und zwei gebrauchte Gläser. Ich spülte die Gläser unter der Wasserleitung aus und goß mir und Friedl König ein. Wir nahmen einen kräftigen Schluck.

»Natürlich hätte ich Ihnen das nicht erzählen sollen«, sagte sie, »aber ich weiß nicht, ob Sie das verstehen – manchmal kommt der Moment, wo einem alles über den Kopf wächst. Ich konnte einfach nicht mehr. Dieser entsetzliche Mensch!«

»Es war sehr richtig, die Wahrheit zu sagen«, beruhigte ich sie, »bei mir ist sie in den allerbesten Händen. Sie wissen ja, selbst wenn man etwas veröffentlicht, kommt es immer darauf an, wie man es macht.«

»Sie haben recht, aber es wäre mir doch lieber, um Saras willen, verstehen Sie, wenn Sie damit bis nach der Hochzeit warten würden.«

»Wenn Sie es bis dahin niemand anderem sagen.«

»Natürlich nicht.« Sie nahm wieder einen Schluck. »Ich weiß, Ihnen kommt die ganze Sache sehr sonderbar vor, aber eigentlich ist sie höchst einfach. Rodenberg und ich haben geheiratet, als Sara noch kein Jahr alt war. Seine erste Frau war kurz nach der Geburt gestorben. Vielleicht war Sara überhaupt der Grund, daß ich ihn geheiratet habe. Ein Mann allein mit einem so kleinen Kind! Er wirkte so hilflos, und das machte ihn anziehend. Natürlich verstanden wir uns nicht, er verließ mich zwei Jahre später. Sara nahm er nicht mit. Was sollte er auch mit ihr anfangen? Ich zog mit Sara zu meiner Mutter nach Ostdeutschland und bekam auch glücklicherweise ein Engagement. Meine Mutter kümmerte sich um Sara, wenn ich nicht da war. Aber dann starb sie, und ich mußte mir etwas anderes einfallen lassen. Außerdem waren die Verhältnisse drüben ... Was soll ich Ihnen erzählen, Sie wissen ja Bescheid. Ich wollte Sara nicht dort aufwachsen lassen. Sie war ein bezauberndes Kind und zeigte so viel Begabung. Also floh ich mit ihr in den Westen. Jetzt kommt das, weswegen Rodenberg mich heute zu erpressen versucht. Als ich mich hier neu anmeldete, habe ich Sara als meine Tochter ausgegeben. Ich habe mir gar nichts dabei gedacht. Ich tat es bloß der Einfachheit halber. Die Daten von Saras Mutter wußte ich nicht, und ich hatte Angst, daß man mir Scherereien machen könnte. Natürlich suchte ich

Rodenberg. Ich hoffte trotz allem, er würde uns unterstützen oder mir wenigstens zu einem Engagement verhelfen. Aber ich erfuhr nur, daß er sich nach Amerika abgesetzt hatte. Das ist alles. Ich habe Sara als meine Tochter aufgezogen. Sie hatte ja sonst niemanden, der für sie gesorgt hätte. Ich weiß, alle halten mich für eine Egoistin, ein berechnendes Frauenzimmer... Aber ich konnte damals wirklich nicht wissen, daß Sara König einmal ein Filmstar würde, nicht wahr?«

»Und Sara, hat sie es gewußt?«

»Nein. Wozu sollte ich sie verwirren? Jetzt habe ich es ihr gesagt. Geza bestand darauf.«

»War es ein Schock?«

»Eigentlich nicht. Es gibt nichts, was sie augenblicklich erschüttern könnte. Sie lebt und denkt und existiert nur noch für ihre Liebe.«

»Beneidenswert, so verliebt zu sein«, meinte ich.

»Nein. Einmal wird auch sie erwachen. Das bleibt keinem erspart.«

Tamara Tess schritt, kaum daß die Einstellungen mit ihr für *Frühling in Berlin* abgedreht waren, mit ihrem Kai Kramer zum Traualtar. Sie hatte Pech. Die Presse nahm nicht die Notiz von diesem Ereignis, die sie erhofft hatte. Sara König und ihr Dr. Werner standen immer noch im Mittelpunkt des Interesses. Der Sexstar Tamara Tess kam mit ihrer vierten Heirat dagegen nicht an.

Sie hatte doppeltes Pech, denn ausgerechnet beim Verlassen des Standesamtes stolperte sie und brach sich den Knöchel. Einige der anwesenden Journalisten lachten dabei, denn sie hielten diesen Sturz für einen vorausberechneten Trick. Ich sah sofort, daß Tamaras Schmerz echt war. Kai Kramer legte eine übertriebene Besorgnis an den Tag, die ich widerlich fand. In herzergreifenden Worten schilderte er, wie schmerzlich es ihm sei, jetzt ohne seine Frau nach Berlin fliegen zu müssen. Tamara Tess und Kai Kramer hatten gleich vom Standesamt aus zum Flughafen fahren wollen. In den nächsten Tagen ging der Streifen, für den Tamara Tess ihrem jungen Gatten die erste Filmrolle verschafft hatte, in Berlin-Tempelhof ins Atelier.

»Ich bin froh, daß ich meine Tamara bei Ihnen in guten Händen weiß«, sagte Kai Kramer zu mir. »Sie kümmern sich doch ein bißchen um sie, nicht wahr? Mach nicht so ein tragisches Gesicht, Tamara, es ist eine dumme Geschichte, aber sie geht bald vorüber. Ich rufe dich jeden Abend an.« Er gab ihr einen flüchtigen Kuß auf die Stirn und versicherte dann, daß er sich beeilen müßte, um sein Flugzeug nicht zu versäumen.

Tamara weinte hemmungslos, als ich sie im Wagen zum Krankenhaus fuhr, wo ihr Fuß eingegipst wurde. Nachher brachte ich sie nach Hause.

Am Abend dieses ereignisreichen Tages rief mich Friedl König an. »Herr Holländer«, sagte sie atemlos, »es ist etwas Furchtbares geschehen!«

»Mit Rodenberg?«

»Nein... Ich weiß nicht – vielleicht. Geza riet mir, Sie anzurufen, vielleicht wissen Sie...«

»Was ist denn los?«

»Sara hat ihre Verlobung gelöst!«

Ich glaubte mich verhört zu haben. »Was sagen Sie da?« brüllte ich in die Muschel.

»Bitte, nicht so laut! Sind Sie sicher, daß niemand mithört?« Friedl Königs Stimme klang gehetzt. »Die Sache muß ganz unter uns bleiben, verstehen Sie? Es darf natürlich nichts davon in die Presse kommen. Jedenfalls vorläufig nicht.«

»Aber, aber!« sagte ich. »Das ist doch nicht so furchtbar. Verliebte Leute streiten sich gern.«

»Nein, es ist nicht so, Charly, ganz bestimmt nicht. Sie ist völlig verstört. Sie will nicht sagen, was geschehen ist. Ich habe sie noch nie in einem solchen Zustand gesehen.«

»Hat Dr. Werner mit ihr Schluß gemacht?«

»Nein. Ich habe ihn noch fünf Minuten vorher getroffen! Er war ganz heiter und vergnügt, alles war in bester Ordnung. Und dann... Charly, ich begreife das einfach nicht.«

»Ich auch nicht. Hat sie Ihnen gar nichts erklärt?«

»Nichts. Nur daß sie nicht mehr an diesen Arzt erinnert werden will. Nie mehr. Sie hat uns allen verboten, jemals ein Wort über diesen Menschen zu erwähnen.«

»Wollen Sie, daß ich mit Sara darüber spreche?«

»Ich weiß nicht recht. Jedenfalls dürfen Sie nicht verraten, daß ich Ihnen etwas gesagt habe. Ich hatte eigentlich gedacht, Sie wüßten vielleicht etwas.«

»Leider nicht. Kann Rodenberg irgend etwas unternommen haben?«

»Wie denn? Wie sollte er Sara dazu gebracht haben, die Verlobung zu lösen?«

»Schwer vorstellbar«, gab ich zu, »auf jeden Fall werde ich ihn mir mal vorknöpfen.«

»Ja, bitte. Sie rufen mich dann sofort an?« Ich versprach es.

Aber ich konnte mein Wort nicht halten. Meine Redaktion beauftragte mich mit einer Sonderreportage. Ein berühmter französischer Maler heiratete ein Pariser Mannequin, und ich sollte die beiden auf ihrem Landsitz in der Normandie interviewen. Dieser Auftrag hielt mich vierzehn Tage von München fern.

Als ich nach München zurückkam, war die Nachricht von Saras Entlobung immer noch nicht in die Presse gedrungen. Meyer-Franke baute vorsichtig vor. Es erschienen kurze Berichte von kleinen Streitereien und Meinungsverschiedenheiten zwischen den Verliebten, denen man entnehmen konnte, daß alles nicht mehr so ganz stimmte. Mit der Nachricht, daß die beiden sich nach so kurzem Glück für immer getrennt hatten, wagte man das Publikum nicht vor den Kopf zu stoßen.

Ich gabelte Gotthold Emanuel Rodenberg in einem Schwabinger Kellerlokal auf. Er war in jenem Zustand von Betrunkenheit, der nicht aufgeschlossen, sondern aggressiv stimmt. Zweifellos trug auch die Anwesenheit eines hoffnungsvollen Dämchens dazu bei, daß er sich mir gegenüber in einer Art und Weise aufspielte, die mich beinahe veranlaßt hätte, ihn zu ohrfeigen. Ich tat es nicht, weil er Sara Königs Vater war und ich den Namen des Filmstars nicht in einen Skandal hineinziehen wollte.

Was ich von Rodenberg erfuhr, war weniger denn nichts. Er behauptete, daß Dr. Wolfgang Werner seine Tochter einfach nicht wert und würdig wäre, ein alberner Lackel ohne Grips im Schädel und Mumm in den Knochen. »Wenn Sie wissen wollen, warum sie die Verlobung gelöst hat, warum fragen Sie sie nicht selbst, Sie lächerliche Wühlmaus, Sie!«

Ich mußte ihm, wenn er sich in der Ausdrucksweise auch entschieden vergriffen hatte, in der Sache selbst recht geben. Ich hätte mir das Gespräch mit Rodenberg sparen können und mich an Sara wenden sollen.

Am frühen Sonntagnachmittag fuhr ich hinaus in ihrer Villa in Grünwald. Ich hatte mich vorher nicht angemeldet, weil ich befürchtete, daß sie einem Gespräch mit mir aus dem Wege gehen wollte. Daß an diesem Sonntag nicht gedreht wurde, wußte ich, folglich konnte ich annehmen, daß sie zu Hause war.

Als ich in die Akazienallee einbog, sah ich, wie ihr weißer Sportwagen aus der Garage fuhr, wendete und in Richtung Stadt brauste. Ich konnte nicht sehen, wer am Steuer saß, aber auch auf die Gefahr hin, Mami König zu verfolgen, nahm ich die Jagd auf.

Sara König hatte mit Sondergenehmigung schon mit siebzehn Jahren ihren Führerschein gemacht. Es fiel mir nicht schwer, den weißen Wagen im Auge zu behalten, obwohl ich vorsichtshalber immer genug Zwischenraum ließ, um nicht aufzufallen. Es war ein trüber Tag. Eine graue Wolkendecke hing tief und drückend über München, der sonst so turbulente Straßenverkehr wirkte heute wie gelähmt.

Nach einer guten halben Stunde hielt der weiße Wagen vor der breiten Auffahrt am Waldfriedhof. Ich hatte mich nicht geirrt. Es war Sara König, die ausstieg, und ich erkannte sie sofort an ihrer schlanken, hochbeinigen Figur und der Anmut ihrer Bewegungen. Sie trug ein dunkelgraues, enganliegendes Kostüm, einen kleinen grauen Filzhut, unter dem ihr üppiges rotblondes Haar hervorleuchtete. Ihr Gesicht war bis zur Kinnspitze verschleiert. Ich blieb im Auto und beobachtete, wie sie an einem der Blumenständer einen großen Strauß langstieliger weißer Lilien kaufte. Erst als sie im Inneren des Friedhofs verschwunden war, folgte ich ihr.

Sie schien ihr Ziel zu kennen. Ohne nach links und rechts zu sehen, schritt sie geradeaus. Keiner der sonntäglichen Friedhofsbesucher – meist Mütter mit Kindern, wenige einzelne Männer – beachtete sie. Ich folgte ihr eine lange Allee hinunter, dann bog sie zwischen den Gräbern ein, erst links, dann wieder rechts, und endlich blieb sie stehen. Sie beugte sich zu einem Grabstein nieder, der von den niederhängenden Zweigen einer Trauerweide fast verborgen war, warf die verfaulten Blumen in einen Abfallkorb, füllt die Vase mit frischem Wasser, stellte ihre Lilien hinein und setzte sie vor das Grab. Dann blieb sie lange stehen.

Behutsam trat ich näher. Auf dem verwitterten Grabstein las ich: *Therese Rodenberg, geboren 18. Januar 1923, gestorben 20. Dezember 1955.* Es war das Grab ihrer Mutter.

Als Sara König sich umdrehte, sah sie mich. Sie zuckte zusammen, ich faßte sie zart unter dem Arm. »Komm, Sara, setzen wir uns doch!« Ich zog sie auf eine grüne Holzbank, wenige Schritte von Therese Rodenbergs Grab entfernt.

Sara schlug den Schleier zurück und sah mich an. In ihren schönen dunkelblauen Augen standen Tränen. »Sie werden mich sicher für kindisch halten, Charly«, sagte sie und schluckte.

»Nicht im geringsten! Willst du eine Zigarette? Ich nehme nicht an, daß das pietätlos ist.«

»Bitte.« Sie griff zu und rauchte in hastigen Zügen. »Es ist seltsam, wenn man seine Mutter nie gesehen hat. Ich kenne nicht einmal ein Bild von ihr.«

»Sie muß sehr schön gewesen sein.«

»Warum?«

»Weil sie deine Mutter war.«

Sara lächelte ein kleines, wehmütiges Lächeln. Sie hatte sich sehr verändert. Sie war kein Kind mehr, kein Teenager und auch kein glücklich verliebtes junges Mädchen. Sie war eine Frau geworden, eine reife, schöne Frau. »So jung zu sterben«, sagte sie.

»Sara, ich versteh dich sehr gut«, versicherte ich. »Trotzdem – ich glaube, man sollte nicht zuviel auf den Friedhöfen der Vergangenheit spazierengehen. Die Lebenden brauchen deine Liebe notwendiger.«

»Wer?«

»Deine Mami macht sich große Sorgen um dich.«

»Ich weiß. Ich weiß auch, daß ich ihr oft unrecht getan habe. Ich verdanke ihr viel. Nicht meine Karriere und all das, daran denke ich gar nicht. Aber meine Kindheit. Vielleicht klingt es albern, Charly, aber heute weiß ich, daß ich ein sehr glückliches Kind war. Das verdanke ich nur Mami.«

»Stimmt. Ich selbst bin auch erst reichlich spät darauf gekommen, daß sie eine wunderbare Frau ist.«

»Nicht wahr? Es ist alles so blödsinnig. Erst war ich wahnsinnig wütend auf Mami, weil sie nicht wollte, daß ich...« Sie schluchzte heftig. »...daß ich heirate, und jetzt ist sie traurig, weil ich Schluß gemacht habe. Zu blöd, nicht wahr?«

»Warum hast du Schluß gemacht?«

»Sind Sie mir deshalb gefolgt?«

»Ja.«

Sie drückte ihre Zigarette aus. »Ich kann es Ihnen nicht sagen.«

»Dann sag es deiner Mami!«

»Nein.«

»Weiß wenigstens Dr. Werner den Grund?«

»Bitte, Charly, quälen Sie mich nicht so! Glauben Sie denn, es wäre mir leichtgefallen? Ich kann Ihnen nur eines sagen – ich schwöre Ihnen, ich konnte nicht anders handeln.«

Plötzlich kam mir eine Erleuchtung. »Hängt es mit deiner Mutter zusammen?«

»Woher wissen Sie das? Hat Rodenberg...« Sie verbesserte sich. »Hat mein Vater Ihnen irgend etwas gesagt?«

»Was hat er dir über deine Mutter erzählt?« fragte ich eindringlich. »Du mußt es mir sagen, Sara! Du weißt, ich habe immer auf deiner Seite gestanden. Ich habe versucht, dir zu helfen. Jetzt mußt du mir sagen, was los ist.«

»Ich kann es nicht.«

»Doch, du kannst es, Sara! Alles ist besser, als daß du diese Sache ganz allein mit dir herumträgst. Sag es mir doch! Vielleicht kann ich dir helfen.«

»Mir kann niemand helfen, Charly.«

»Na schön, du willst nicht. Dann werde ich eben mal deinen verehrten Herrn Papa aufs Korn nehmen. Wenn ich ihn richtig bearbeite, wird er's mir sagen. Verlaß dich drauf!« Ich stand auf.

»Charly!« Sie rief mich zurück.

»Ja.«

»Versprechen Sie mir, daß Sie mit niemandem ein Wort darüber reden?«

»Ich verspreche dir gar nichts, Sara«, sagte ich ruhig, »ich werde das tun, was ich für richtig halte. Was auch immer mit deiner Mutter gewesen sein mag, es geht nicht nur dich an, sondern einige andere Menschen auch.«

»Sie war krank, Charly, sehr krank.«

»Das habe ich mir gedacht. Sonst wäre sie ja kaum mit zweiunddreißig Jahren gestorben. Es sei denn, es wäre ein Unglücksfall gewesen, aber das hätte deine Mami wahrscheinlich gewußt.«

»Sie verstehen mich nicht. Es war etwas anderes... Nein, ich kann es nicht sagen. Ich kann es wirklich nicht.«

»Gemütskrank?« fragte ich. »Ist es das, was dein Vater dir erzählt hat?«

Eine blutrote Welle jagte über ihr zartes weißes Gesicht. »Er hat sie geheiratet, obwohl er wußte, daß sie... Auch ihre Mutter ist schon in geistiger Umnachtung gestorben, Charly. Er hat sie trotzdem geheiratet, weil er dachte, es würde sich geben. Aber kaum war ich auf der Welt, da ist es auch bei ihr ausgebrochen. Verstehen Sie? Ich – meine ganze Familie, wenn ich ein Kind haben würde...« Ihre Verkrampfung löste sich in einem heftigen Schluchzen.

Ich nahm sie sanft in die Arme. »Sara, Sara!« sagte ich. »Und das hast du dir weismachen lassen?«

Sie riß sich los. »Aber es ist wahr, Charly! Glauben Sie mir doch, es ist wahr! Warum sollte er mir denn so etwas erzählen, wenn es nicht wahr wäre?«

»Mein liebes Mädchen«, sagte ich ruhig, »dafür gibt es einige Gründe. Außerdem – erzählt ist so etwas leicht. Hat er es dir bewiesen?«

»Ja. Er hat mir einen Brief gezeigt. Den Brief eines Professors, in dem er eben schreibt, daß meine Mutter...«

»Und deshalb willst du Dr. Werner nicht heiraten?«

»Ja. Ich liebe ihn doch. Wie könnte ich ihm dann zumuten, eine kranke Frau zu heiraten?«

»Bis jetzt wäre ich noch nie auf den Gedanken gekommen, daß du krank sein könntest, Sara.«

»Es steckt doch in mir drin. Und auch wenn ich niemals krank werde, unsere Kinder...«

»Man kann auch verheiratet sein, ohne Kinder zu kriegen, Sara.«

»Sie verstehen mich nicht, Charly.« In ihrer Stimme klang abgrundtiefe Traurigkeit mit.

»Doch, Sara. Du bist ein großartiges, tapferes Mädchen. Aber du hättest es sagen sollen. Deiner Mami und auch Dr. Werner.«

»Warum soll ich andere auch noch belasten?«

»Du hättest deinem Wolfgang eine Chance geben sollen. Wenn du mich fragst, ich würde dich auf der Stelle heiraten. Jetzt und sofort. Ich würde das Risiko eingehen.«

Sie lächelte mich durch ihre Tränen hindurch an. »Sie sind sehr lieb, Charly, aber seien Sie vorsichtig. Vielleicht nehme ich eines Tages Ihr Angebot an.«

»Jederzeit. Und bis dahin – wenn ich irgend etwas für dich tun kann...«

»Ja, das können Sie«, sagte sie überraschend, »begleiten Sie mich zu Tamara! Ich hätte sie längst besuchen sollen, aber ich weiß nicht, ob Sie es verstehen. Ich habe einfach Angst, mit ihr allein zu sein. Ich möchte nicht mir ihr über Wolfgang reden. Wollen Sie mich begleiten? Ich habe das Gefühl, sie ist sehr einsam.«

Die ersten Regentropfen fielen, als wir den Friedhof verließen.

Eine Superblondine in einem giftgrünen Seidenmantel, der so auffallend war, daß er nur Tamara Tess gehören konnte, öffnete uns die Tür. Gleichzeitig schlug uns eine Wolke von Tamaras schwerem exotischem Parfüm entgegen. Die Superblondine sah uns aus kalten kleinen Augen an. Ihr Mund war grell und ungeschickt geschminkt. »Sie wünschen?«

»Wir wollen Frau Tess besuchen, Evelyn«, sagte Sara König und trat, ohne das Mädchen anzusehen, in den tiefschwarz und knallrot gehaltenen Vorraum.

Evelyn stieß die Schlafzimmertür auf. »Besuch«, sagte sie, »ich gehe jetzt.« Mit einem Knall warf sie die Wohnungstür hinter sich zu.

»Wer ist da? Einen Augenblick, bitte!« rief Tamara Tess von drinnen.

»Wir sind's, Sara und Charly Holländer. Dürfen wir rein?«

»Sofort. Ich will nur gerade noch...«

Wir blieben vor der halboffenen Schlafzimmertür stehen und hörten, wie Tamara Tess sich drinnen zu schaffen machte. Döschen klapperten auf und zu, irgend etwas fiel polternd zu Boden. Wahrscheinlich erneuerte sie ihr Make-up. Es dauerte einige Minuten, bis Tamara Tess rief: »So, ihr könnt kommen!«

Wir traten ein. Ich war noch nie in diesem Raum gewesen und blieb unwillkürlich in der Tür stehen, während Sara auf das Bett zulief und Tamara herzlich auf beide Wangen küßte.

Alles, was die beiden Frauen taten, spiegelte sich drei-, vier-, fünf-, sechs-, sieben-, acht-, neun-, zehn-, elf-, zwölfmal und mehr in dem großen Raum. Die Wände und die Decken dieses bemerkenswerten Schlafzimmers bestanden aus nichts anderem als aus Spiegeln. Das einzige Fenster im Hintergrund gab den Blick über die Terrasse auf die Stadt frei. Heute sah man draußen nichts als Regen, der in langen schrägen Strichen niederfiel. Auch er spiegelte sich im Raum. Der Boden war völlig mit einem etwa drei Zentimeter hohen, dicken, weißwollenen Teppich ausgelegt, das Bett mit zartgrüner Seide bezogen, und am Kopfende befand sich, in das Oberbett eingebaut, links und rechts eine Art Nachttisch. Rechts stand ein großer Fernsehapparat mit Steroanlage und Plattenspieler.

»Donnerwetter, Tamara!« sagte ich. »Hier läßt sich's leben!«

»Leider ist mein kleiner Kühlschrank kaputt«, erklärte Tamara und öffnete ihren Nachttisch, in dem eine winzige, aber komplette kleinen Bar sichtbar wurde, »ihr müßt euch also nebenan versorgen.«

»Weißt du, daß Evelyn in deine Kleidern spazierengeht?« fragte Sara.

»Ich habe ihr den Mantel geliehen. Was ist schon dabei?«

»Ich finde, daß man Kleider verschenken kann«, sagte Sara, »aber teilen würde ich sie nur mit einer sehr guten Freundin.«

»Evelyn ist der einzige Mensch, der sich um mich kümmert«, sagte Tamara Tess mit einer Bitterkeit, die mir an ihr fremd war.

»Du bezahlst ja dafür!« gab Sara zurück.

»Seid ihr gekommen, um mir Vorwürfe zu machen?« sagte Tamara Tess gereizt. »Ich weiß selbst, daß ich alles falsch gemacht habe. Ich brauche nicht euch, um mir das sagen zu lassen.«

»Aber, Tamara, bitte, entschuldige. Ich habe es doch nicht so gemeint.«

»Du – ihr alle habt mich satt. Sag's doch offen. Du findest, daß ich eine unmögliche Person bin. Ich nehme es dir ja gar nicht übel. Aber warum bist du dann überhaupt gekommen?« Die Stimme des Sexstars klang hysterisch, aber ihre Verzweiflung war echt. Ihre meergrünen, mit schwarzen Strichen umrandeten Augen waren klein und vom Weinen verschwollen. Die Farbe ihres Gesichtes wirkte im Kontrast zu dem papageienhaft grell grün und gelb gemusterten Pyjama leichenhaft blaß. Ihre mohnrote Mähne war seit Wochen nicht mehr nachgefärbt, ein dunkler Haaransatz begann herauszuwachsen. Sie war in diesem Augenblick alles andere als reizvoll, die arme Tamara. Das Schlimmste war, sie wußte es.

Sara König begriff, daß Tamaras Gereiztheit nichts mit ihren sanften Vorhaltungen zu tun hatte. »Wie geht es Kai Kramer?« fragte sie freundlich.

»Danke, gut.«

»Macht ihm die Filmerei überhaupt Spaß?« plauderte Sara König weiter.

»Ich glaube, ja.«
»Eigentlich sollte man annehmen, daß du es weißt, Tamara«, entschlüpfte es mir.
Tamara setzte sich im Bett auf und funkelte mich böse an. »Soll das ein Verhör sein? Sammelst du Material für einen deiner prächtigen Artikel?«
»Komm, Sara!« sagte ich. »Ich glaube, wir sind hier auf dem falschen Dampfer.«
»Ja, geht nur! Geht! schrie Tamara Tess außer sich. »Es wäre ja auch ein Wunder, wenn sich jemand um mich kümmern würde! Wer macht sich denn schon etwas aus mir! Wie ein Hund könnte ich hier verenden, wenn nicht Evelyn wäre! Ich könnte schon gestorben sein, niemand würde es merken! Wenn ich noch ein halbes Jahr hier liege, dann weiß kein Mensch mehr, daß es mich je gegeben hat!«
»Nun mach aber mal einen Punkt, Mädchen!« sagte ich.
»Tamara, ich bitte dich!« Saras Stimme klang entsetzt. »Du weißt doch ganz genau, daß ich von morgens bis abends im Atelier gestanden habe. Heute ist mein erster drehfreier Tag, und da bin ich sofort gekommen. Charly Holländer war nicht in München. Du tust uns wirklich unrecht, Tamara!«
Ich sah, wie Tamaras üppiger Körper zu beben begann, und da mein Bedarf an weinenden Frauen für diesen Tag gedeckt war, sagte ich rasch: »Ich gehe nach nebenan und mach uns was zu trinken.«
Ich nahm mir die Zeit, um den beiden Frauen Gelegenheit zu geben, sich auszusprechen. Mit Liebe und Bedacht mixte ich mir einen Manhattan, trank ihn in kleinen Schlucken, zündete mir eine Zigarette an, rauchte sie zu Ende. Dann erst richtete ich etwas für die Damen, zwei Drittel Wermut und ein Drittel Whisky für Sara, dasselbe in umgekehrtem Verhältnis für Tamara.
Ich wollte ihnen die Gläser hineintragen, als Sara König auf der Türschwelle erschien. Sie drückte die Tür hinter sich sehr sorgfältig ins Schloß, bevor sie auf mich zukam. »Es ist scheußlich!« sagte sie ehrlich.
Ich schob ihr ein Glas hin. »Trink einen Schluck, dann sieht alles gleich schöner aus.«
»Kai Kramer hat sie sitzenlassen.«
»Aber wieso denn?« fragte ich dumm. »Ich war doch selbst dabei, als sie geheiratet haben!«
»Sie gehen zu oft ins Kino, Charly.« Sara nahm einen kräfti-

gen Schluck. »Eine Heirat ist nicht immer ein Happy-End.« Sie zündete sich eine Zigarette an. »Der feine Herr hat seit damals nichts mehr von sich hören lassen.«

Ich mußte tief Luft holen. »Glaubst du nicht, daß die gute Tamara da ein bißchen übertreibt?«

»Nein. Er hat, seitdem er in Berlin ist, weder geschrieben noch angerufen. Sie hat versucht, mit ihm zu telefonieren, aber er hat sie nur angeschnauzt. Sie ist völlig mit den Nerven fertig.«

»Liebt sie ihn noch?«

»Kann man einen Mann lieben, der einen so behandelt, Charly?«

»Du kannst es sicher nicht, Sara, und das spricht für dich.«

»Mami sagt immer, daß ich kein Fünkchen Menschenkenntnis habe. Aber dieser Kai Kramer war mir von Anfang an widerlich. Ach, Charly, die arme Tamara! Wenn wir sie bloß trösten könnten!«

Ich stellte mein Glas hin. »Soll ich's mal versuchen?«

»Nein, lieber nicht. Ich fürchte, es hat keinen Sinn. Jedenfalls im Augenblick nicht. Charly, wollen Sie mir helfen?«

»Ich habe dir schon gesagt, Sara, du kannst bei jeder Tages- und Nachtzeit mit mir rechnen.«

»Tamara hat mich gebeten, Kai Kramer anzurufen. Würden Sie das tun? Sie sind ein Mann. Ihnen fällt's bestimmt leichter.«

Ich sah, daß mir nichts anderes übrigblieb, und zog den knallroten Apparat zu mir heran. »Hast du die Nummer?«

Sie schob mir einen kleinen Zettel zu. »Ja, hier, das ist die Nummer vom Atelier, und das ist die Nummer vom Hotel.«

Ich versuchte es mit der letzten Nummer und schickte dabei ein Stoßgebet zum Himmel, daß der Bursche nicht erreichbar sein würde. Das würde für uns alle entschieden die beste Lösung sein. Aber ich hatte Pech. Die Verbindung nach Berlin klappte sofort, und eine Minute später hatte die Telefonzentrale im Hotel Kai Kramer ans Telefon gelockt.

»Ach, Sie sind's, Herr Holländer!« sagte er mit überströmender Herzlichkeit. »Das ist fein! Ich habe Ihnen eine Menge für Ihre Leser zu erzählen. Natürlich waren die Filmaufnahmen anfangs etwas ungewohnt. Ich muß sagen, der Film erfordert eine weit höhere Konzentration als das Theater. Es ist mir aber sehr schnell gelungen, mich umzustellen. Die Zusammenarbeit zwischen mir und Katherine Maybach klappt großartig. Schreiben Sie auch mit, Herr Holländer?«

»Nein«, sagte ich, »was Sie mir da erzählen, interessiert mich überhaupt nicht. Ich rufe Sie im Auftrag Ihrer Frau an...«

»Meiner – was?«

»Sie leiden wohl an Gedächtnisstörungen, mein Lieber, Sie sollten mal zu einem guten Psychiater gehen.«

»Ach so, Sie sprechen von Tamara!« Kai Kramers helle, etwas gequetschte Stimme klang gedehnt.

»Ja, ich spreche von Ihrer Frau. Bleiben Sie einen Augenblick dran, ich werde Tamara ans Telefon holen.«

»Oh, danke. Nein, danke! Das ist sehr liebenswürdig von Ihnen, aber wahrhaftig, ich wüßte im Augenblick gar nicht, was ich ihr sagen sollte. Sie werden das sicher verstehen. Wenn man bis über beide Ohren in der Arbeit steckt, dann bleibt einem für private Dinge einfach keine Zeit.«

»Vielleicht möchte Tamara Ihnen etwas sagen, Herr Kramer.«

Kai Kramer schnaufte. »Hören Sie mal, Holländer. Wir können doch ganz offen miteinander reden, sozusagen von Mann zu Mann. Sie kennen Tamara. Sie ist eine Nervensäge schlimmsten Ausmaßes. Sie wissen das vielleicht nicht, aber sie macht mich mit ihren ewigen Anrufen einfach wahnsinnig. Im Atelier wird darüber schon gelacht. Können Sie ihr nicht beibringen, daß sie mich in Ruhe lassen soll?«

»Wenn Sie das wünschen, warum haben Sie Tamara dann geheiratet?«

»Weil... Ach was, rutschen Sie mir doch den Buckel herunter!«

Es knackte in der Leitung. Entweder war unser Gespräch unterbrochen oder, was ich eher annahm, Kai Kramer hatte aufgelegt.

Ich hatte den Hörer so gehalten, daß Sara König unser Gespräch hatte verfolgen können. Jetzt zog sie den Apparat zu sich herüber. »Eine Unverschämtheit!« sagte sie wütend. »Dieser gewissenlose, kaltherzige Lump! Jetzt werde ich mit ihm reden! Der wird sich wundern.« Sie wählte die Nummer des Berliner Hotels. »Hallo, Fräulein, verbinden Sie mich bitte mit...«

Ich drückte die Gabel nieder. »Laß das, Sara«, sagte ich, »es hat keinen Zweck. Du verschwendest deinen Atem.«

»Aber wollen Sie ihm das einfach so durchgehen lassen? Man muß doch was tun!«

»Ich werde etwas tun, worauf du dich verlassen kannst.«

Ich nickte. »Ich werde ihn fertigmachen.«
»Tamara darf jedenfalls nichts erfahren.«
»Was willst du ihr sagen?«
»Irgend etwas. Ob es wohl glaubhaft klingt, wenn wir erzählen, daß er heute Außenaufnahmen hat?«
Wir brachten diese Story so überzeugend wie möglich vor, und Tamara Tess gab sich damit zufrieden. »Ist schon gut«, sagte sie, »war nicht so wichtig. Sicher wird er später von selbst anrufen.«
Wir blieben eine gute halbe Stunde bei Tamara. Die Unterhaltung zog sich sehr gequält hin. Sara mochte die Freundin von ihren eigenen Sorgen nichts wissen lassen, und Tamara tat es offensichtlich leid, daß sie Sara soviel erzählt hatte. Wir hatten das Gefühl, daß sie uns loshaben wollte. Sie schien aufzuatmen, als wir uns verabschiedeten. Es regnete in Strömen.

Als ich in mein Pensionszimmer in der Reitmorstraße zurückkehrte, läutete das Telefon. Frau Dr. Brigitte Ritter war am Apparat. Sie sagte mir, daß sie mich schon öfter vergeblich angerufen hätte, und fragte mich, ob sie mich sprechen könnte. Wir verabredeten uns im Opern-Espresso in der Maximilianstraße.
Sie trat ein, als ich mich gerade gesetzt hatte, schlank und selbstsicher. Ich half ihr aus ihrem leuchtendblauen Regenmantel, sie nahm die hellblaue Baskenmütze von ihrem kurzgeschnittenen braunen Haar und setzte sich zu mir. Während wir die ersten belanglosen Worte wechselten, lächelte sie, aber ihre Augen blieben ernst. Als wir uns zwei Espresso bestellt und Zigaretten angezündet hatten, legte sie los. »Dr. Werner hat mir einen Heiratsantrag gemacht«, sagte sie.
»Gratuliere! Brauchen Sie mich als Trauzeugen?«
Sie sah mich erstaunt an. »Begreifen Sie nicht, wie verzweifelt Wolfgang sein muß, wenn er so etwas tut? Ich meine – in dieser Situation?«
»Nein«, sagte ich. »Vielleicht hat er erkannt, daß Sie die richtige Frau für ihn sind.«
»Unsinn! Wolfgang ist gar nicht in der Lage, irgend etwas zu erkennen. Er ist völlig fertig mit den Nerven.«
»Wegen S.?« fragte ich, denn ich wagte den Namen des Filmstars im Café, in dem sich jetzt beim Regen die Menschen drängten, nicht laut auszusprechen.

»Ja. Er begreift nicht, was in seine Braut gefahren ist. Er glaubt fest, daß er schuld sein muß, weiß aber nicht, was er falsch gemacht hat.«

»Kommt der junge Mann nicht auf die Idee, daß man sich trennen kann, ohne daß von Schuld die Rede ist?«

»Das versuche ich ihm dauernd klarzumachen.«

»Dann sagen Sie ihm, daß S. gewählt hat zwischen ihm und dem Film. Kapiert?«

»Herr Holländer, ich glaube, Sie sind nicht imstande, die Situation zu verstehen. Wolfgang begreift nur, daß er sie verloren hat, und darüber kommt er nicht weg.« Sie lächelte ein wenig bitter. »Ich glaube, so etwas nennt man Liebe.«

»Schon möglich. Aber ich weiß nicht, wie ich da helfen soll.«

»Herr Holländer, Sie sind der einzige Mensch, der hier etwas tun kann. Es ist ernst, sonst hätte ich mich bestimmt nicht an Sie gewandt. Wolfgang trinkt.«

»Ich trinke auch«, sagte ich.

»Wenn Sie mich nicht verstehen wollen, muß ich deutlicher werden. Wolfgang säuft. Er hat früher auch hier und da ein Gläschen getrunken. Aber jetzt geht er nicht zu Bett, bevor er sternhagelvoll ist. Nicht nur ich, auch sein Vater macht sich Sorgen. Wenn Sie Wolfgang sehen würden, würde Ihnen das Lachen vergehen.«

»Ich lache nicht, verehrte Frau Doktor, und wenn, dann nur aus Rührung. Ich weiß, daß Sie mir nichts vormachen, aber für mich klingt es geradezu unwahrscheinlich, daß ein ausgewachsener Mann fähig ist, sich aus unglücklicher Liebe zu besaufen, womöglich sein Leben zu zerstören.«

»Genau das tut er. Er tut es bewußt. Sein Vater und ich tun alles, um – na ja, seine Exzesse und Trunkenheit zu decken. Ein Arzt, der trinkt, der vor dem Frühstück anfängt zu trinken! Eine Katastrophe!«

»Durchaus«, sagte ich, »aber ich begreife immer noch nicht, was ich dabei tun kann. Warum sprechen Sie nicht mit S.?«

»Wenn Sie mir nicht helfen, bleibt mir nichts anderes übrig. Es gibt keinen anderen Weg.«

»Aufopferung, meine liebe Frau Doktor, ist gut und schön. Aber man sollte sie nicht auf die Spitze treiben. Sie lieben Dr. Werner doch, nicht wahr?«

»Ja. Aus diesem Grund will ich ihm helfen.«

»Packen Sie die Gelegenheit beim Schopf, heiraten Sie ihn! Dann wird er schon wieder zur Vernunft kommen.«

»Sie kennen Wolfgang nicht. Wenn er nicht weiß, warum seine Braut mit ihm Schluß gemacht hat, wird er sich nicht ändern. Sagen Sie es mir, bitte!«

»Wie kommen Sie darauf, daß ausgerechnet ich...?

»Ich hatte gehofft, Sie würden es wissen, und Sie würden es mir sagen.« Brigitte Ritter umklammerte mit einem fast schmerzhaften Griff meinen Arm, ihr klares, kluges Gesicht war eine einzige leidenschaftliche Bitte. »Helfen Sie ihm, Herr Holländer, bitte, helfen sie ihm!«

Ich löste behutsam ihre schmale braune Hand von meinem Arm. »Na schön, ich will es Ihnen sagen. Obwohl ich mir klar bin, daß ich damit eine Indiskretion begehe. Aber der Fall scheint ja wirklich ernst zu sein.«

»Bitterernst, Herr Holländer.«

»Sie will ihn nicht heiraten, weil sie glaubt, daß sie aus einer erblich belasteten Familie stammt. Sie glaubt, daß ihre Großmutter und ihre Mutter in geistiger Umnachtung gestorben sind.«

Brigitte Ritters Gesicht drückte geradezu Erleichterung aus. »Ach, so ist das also?«

»Ja, so ist es. Sagen Sie das Ihrem unglücklichen Romeo, ich hoffe, es wird ihn von seinen Komplexen erlösen. Sollten Sie dann noch einen Trauzeugen brauchen, bitte, greifen Sie auf mich zurück. Anderer Leute Hochzeiten sind meine große Leidenschaft.«

Ich ging in dieser Nacht nach zwei Uhr zu Bett. Das schrille Läuten des Telefons riß mich aus dem ersten Schlaf. Mechanisch griff ich nach dem Hörer und meldete mich.

»Hallo, Charly. Gut, daß Sie da sind!« sagte eine atemlose weibliche Stimme. »Bitte, kommen Sie sofort!«

»Wer ist denn da?« fragte ich böse. »Soll das ein Witz sein, mich mitten in der Nacht zu wecken?«

»Ich bin es, Sara! Charly, ich glaube, es ist etwas Furchtbares passiert! Bitte, kommen Sie sofort!«

»Von wo sprichst du?« fragte ich.

»Ich bin in dem kleinen Lokal gegenüber von Tamaras Wohnung. Sie wissen schon!« sagte Sara König gehetzt. »Bitte, kommen Sie sofort!«

Ich hatte nicht die leiseste Ahnung, worum es ging, aber aus Saras Stimme hatte wahre Angst geklungen. Ich zog mich in

Windeseile an, rannte die Treppe hinunter, mußte noch einmal umkehren, denn ich hatte meine Autoschlüssel vergessen, dann lief ich auf die Straße und stieg in meinen Wagen. Die Wolken hatten sich verzogen, die Luft war nach dem Regen klar und frisch und tat meinem vernebelten Gehirn gut. In einem Höllentempo brauste ich durch die nächtliche Stadt.

Sara erwartete mich auf der Straße vor dem großen Mietshaus des Orion-Verleihs, in dessen Penthouse Tamara Tess wohnte.

»Endlich, Charly!« rief sie, noch bevor ich ausgestiegen war.

»Endlich ist gut. Wenn ich ein Strafmandat bekommen sollte, wirst du es hoffentlich bezahlen.« Ich stieg aus und schloß die Wagentür ab. »Wo brennt's denn?«

Saras zartes Gesicht wirkte im Halbdunkel der Straße wie ein heller Fleck, in dem nur die weit aufgerissenen Augen sichtbar waren. »Tamara meldet sich nicht.«

Jetzt erst sah ich, daß sie einen Abendmantel trug, den sie am Hals fest zusammenhielt. Offensichtlich kam sie von einer Party. Bestimmt hatte sie etwas getrunken. »Was willst du von Tamara?« fragte ich mißtrauisch.

»Ach, Charly, verstehen Sie denn immer noch nicht? Ich will nichts von ihr, gar nichts! Bloß – mir ist plötzlich eingefallen ... Sie hat doch ein Telefon im Schlafzimmer, wußten Sie das nicht?«

»Keine Ahnung.«

»Warum hat sie uns nicht vom Schlafzimmer aus telefonieren lassen?«

Ich verstand immer noch nicht. »Sara«, sagte ich, »ich begreife nicht, warum dich das so aufregt. Es ist doch egal, von welchem Apparat aus man telefoniert.«

»Nein, das ist es nicht! Tamara konnte vom Schlafzimmer aus unser Gespräch mit Kai Kramer mithören, verstehen Sie doch endlich! Wir haben sie belogen, sie wußte aber alles. Haben Sie nicht gemerkt, wie sonderbar sie war? Wie sie uns so schnell wie möglich nachher loshaben wollte?«

»Du meinst, Tamara hat ...?«

»Ja. Als es mir einfiel, habe ich bei ihr angerufen, immer wieder und wieder. Niemand meldete sich. Dann bin ich herausgefahren und habe bei ihr Sturm geläutet. Sie rührt sich nicht. Glauben Sie etwa, daß Tamara mit ihrem eingegipsten Fuß das Haus verlassen hätte?«

»Möglich ist alles.«

»Wir müssen etwas tun, Charly, jetzt, sofort!«

»Wenn nachher alles ist Ordnung ist, haben wir uns blamiert!«

»Kommt es darauf an? Charly, ich weiß, sie hat sich etwas angetan. Wir hätten sie nicht allein lassen dürfen.«

Es war gar nicht so einfach, den Hausmeister wachzukriegen, und noch schwerer, ihm klarzumachen, warum wir unbedingt in die Wohnung von Tamara Tess wollten. Auch als er endlich begriffen hatte, worum es ging, wurde er nicht freundlicher. Es paßte ihm nicht, jetzt, mitten in der Nacht, in eine fremde Wohnung einzudringen. Wir stritten so lange und so laut in der kleinen Diele herum, bis die ganze Familie wach war.

Ein Teenager, barfuß, in einem knallroten Schlafanzug, die braunen Locken wirr um das stupsnäsige kleine Gesicht, kam aus einem Zimmer. Die Kleine erkannte Sara sofort. »Papa!« rief sie. »Das ist doch – ja, siehst du denn nicht? Das ist doch Sara König!«

»Und wenn die Dame die Königin von England wäre ...«, begann der Hausmeister mürrisch.

Sein Töchterchen schnitt ihm das Wort ab. »Vater! Bitte, bitte, bitte! Laß mich die Herrschaften nach oben bringen, ja? Ich kann das genausogut wie du. Leg dich wieder hin, ich mache das schon!« Sie rannte in eines der Zimmer und kam wenige Minuten später mit einem riesigen Schlüsselbund zurück. »Kommen Sie, schnell! Menschenskinder, da werden die aus meiner Klasse staunen!«

Im Lift hielt uns die junge Dame einen Vortrag über Filme, die sie mit Sara König gesehen hatte, sprach sich unumwunden darüber aus, was ihr gefallen und was ihr nicht gefallen hatte. Ich mußte Sara bewundern. Sie zwang sich, dem Teenager zuzuhören, schenkte ihm sogar hin und wieder ein zustimmendes Lächeln. Dabei wußte ich, daß all ihre Gedanken bei Tamara waren.

Als ich ins Schlafzimmer gehen wollte, hielt sie mich zurück. »Lieber nicht, Charly«, sagte sie leise, »es könnte Tamara unangenehm sein.«

Mir war der Gedanke scheußlich, daß die zarte, behütete Sara in den nächsten Sekunden vielleicht einer Toten gegenüberstehen sollte. Aber ich sah ein, daß sie recht hatte. Im letzten Augenblick erwischte ich den Teenager noch beim Genick. »Das ist nichts für kleine Mädchen«, sagte ich freundlich. Wir warteten.

Als Sara zurückkam, war ihr Gesicht kalkweiß. »Bitte, rufen Sie einen Krankenwagen, Charly«, sagte sie mit tonloser Stimme, »ich werde drinnen alles in Ordnung bringen.«

»Unsinn!« sagte ich hart. »Darauf kommt es jetzt nicht an. Schone deine Nerven, du wirst sie noch brauchen.«

Ich schob Sara in den Wohnraum hinüber und schickte den Teenager auf die Straße hinunter, damit er die Leute vom Krankenwagen gleich in die richtige Wohnung bringen konnte. Dann ging ich zum Telefon und verständigte den Rettungsdienst. »Es ist alles in Ordnung, Sara«, sagte ich, als ich den Hörer auflegte, »sie kommen sofort.«

»Soll ich nicht doch ...?« fragte Sara. »Es sieht scheußlich drinnen aus.«

»Auf keinen Fall. Trink lieber einen Schluck, sonst kippst du noch um.«

»Die arme Tamara!«

Wir warteten, bis der Krankenwagen kam, dann ging alles sehr schnell. Zwei Männer trugen Tamara Tess auf einer Bahre aus der Wohnung. Ich ließ einen Zettel mit ein paar Zeilen für Evelyn zurück, dann schloß der Teenager, aufgeregter denn je, hinter uns ab, und wir fuhren hinunter.

Ich bot Sara an, sie nach Hause zu fahren. »Nein«, widersprach sie, »fahren Sie mich, bitte, ins Krankenhaus.«

»Morgen sind Aufnahmen, Sara«, sagte ich.

»Wenn schon! Es gibt Dinge, die wichtiger sind als der Film.«

Wir warteten auf einem langen Krankenhausgang. Wir warteten und warteten. Es dauerte lange, bis der Arzt aus dem Zimmer kam, in das sie Tamara Tess gebracht hatten. Sara erhob sich von der grauen Holzbank und lief ihm entgegen. »Wie geht es ihr?«

Der Arzt hob beide Hände, lange, feingliedrige Hände, das einzig Bemerkenswerte an ihm. »Wir haben das Menschenmögliche getan.«

»Wird sie es überleben?«

Der Arzt rückte verlegen an seiner randlosen Brille. »Wir wollen es hoffen.«

»Können wir sie sprechen?« fragte ich.

»Nein, leider, das ist ganz ausgeschlossen. Morgen vielleicht, wenn alles gutgeht.«

In dieser Nacht verzichtete ich auf meinem Schlaf. Ich setzte mich, nach Hause gekommen, an meine Schreibmaschine und tippte den Artikel, der mir auf dem Herzen brannte. *Gewissen – nicht mehr fotogen?* gab ich ihm als Überschrift. Ich schrieb die Tragödie der Tamara Tess, die an der Gewissenlosigkeit eines karrieresüchtigen jungen Mannes gescheitert war. Ich nahm kein Blatt vor den Mund, sondern schilderte schonungslos die Machenschaften des Kai Kramer, der in seinem Ehrgeiz vor nichts zurückgeschreckt war.

Durch Tamara Tess war er in den Film gekommen, und dann, als er sie nicht mehr brauchte, als sie krank war und ihm zur Last zu werden drohte, hatte er sie rücksichtlos fallenlassen.

Zum erstenmal in meiner Laufbahn als Journalist handelte ich nach dem Ausspruch der weltberühmten amerikanischen Klatschkolumnistin Elsa Maxwell: »Publicity kann einen Star machen, ihn in den Himmel heben – ihn aber auch töten und in die Hölle schicken.«

Ich gestehe offen, ich wollte mit meinem Artikel Kai Kramer in die Hölle schicken. Ich setzte es durch, daß mein Manuskript sogleich mit der Nachricht vom Selbstmordversuch des Sexstars Tamara Tess in der Presse erschien. Dann erst war mir leichter. Ich haute mich aufs Ohr in dem Bewußtsein, daß ich getan hatte, was ich konnte.

Jetzt mußte das Schicksal seinen Lauf nehmen.

Ich traf Sara König wenige Tage später bei Tamara Tess wieder. Tamara lag noch im Krankenhaus, aber sie schien den Schock schon überwunden zu haben. Nur die tiefen Schatten unter ihren schrägen Augen verrieten, was sie durchgemacht hatte. Ihr Krankenzimmer glich einem kleinen Treibhaus. Keiner ihrer Freunde und Kollegen hatte es sich nehmen lassen, Blumengrüße zu senden.

Tamara Tess strahlte mich an, als ich eintrat. »Charly, kannst du mir verzeihen? Es ist mir so furchtbar, daß ich euch solche Scherereien gemacht habe! Ich glaube, ich muß verrückt gewesen sein.«

»Gut, daß du das einsiehst, Mädchen. Ich muß schon sagen, du siehst blendend aus!«

»Wirklich? Was sie hier mit mir gemacht haben, war schauderhaft. Ich schwöre dir, so etwas tue ich nie wieder.«

»Würde ich dir auch geraten haben. Wenn Sara nicht gewesen wäre...«

Tamara Tess ergriff Saras Rechte. »Ich werde dir das nie vergessen, Sara.«

Sara lachte. Ich wunderte mich, daß sie so frei und herzlich lachen konnte. Ich hätte niemals gedacht, daß sie das Scheitern ihrer großen Liebe so rasch überwinden würde. »Es war wahnsinnig aufregend. Du hättest Charly erleben sollen, er war groß in Form.«

Lobhudeleien und Dankbarkeitsbezeugungen machen mich immer verlegen. Um das Gespräch auf ein anderes Thema zu bringen, steckte ich meine Nase in einen Riesenstrauß dunkelroter Rosen und begann sie mit Bedacht zu zählen. »Fünfzig Stück. Donnerwetter! Deine Verehrer haben sich nicht lumpen lassen, Tamara!«

»Von Kai«, sagte Tamara Tess ruhig, »er ruft dauernd an. Aber ich bin für ihn nicht zu sprechen. Ich mag ihn nicht.«

»Gott sei Dank! Du weißt, für mich war der Kerl immer ein Brechmittel.«

»Ich dachte, du wärst eifersüchtig!« Tamara seufzte. »Wie habe ich auf so was bloß hereinfallen können?«

Sara König lächelte. »Weil du eine Frau bist, Tamara. Frag Charly, verliebte Frauen sind niemals zurechnungsfähig, nicht wahr?«

»Nun bildet euch nur nicht ein, daß ihr die Liebe gepachtet habt!« sagte ich. »Auch einem Mann kann es passieren, daß er auf ein Miststück hereinfällt. Nur sind die meisten von uns, hoffe ich wenigstens, härter im Nehmen.«

Eine Krankenschwester ließ Geza von Vasary eintreten. Er trug eine fliederfarbene Weste, fliederfarbene Socken und ein fliederfarbenes Taschentuch zum grauen Anzug, wie aus einem Modejournal herausgeschnitten. Er küßte den Damen die Hand, begrüßte mich mit einem Kopfnicken, sagte zu Tamara: »Meine liebe, gnädige Frau, ich hoffe, Sie finden es nicht unpassend, wenn ich Sie in diesem Augenblick mit geschäftlichen Dingen belästige.«

»Sollen wir gehen?« fragte Sara und stand auf.

»Nein, bitte nicht«, sagte Tamara rasch, »bleibt nur! Geschäfte interessieren mich im Augenblick überhaupt nicht, Herr von Vasary.«

»Schade, sehr schade!« sagte der Manager mit tiefer Melancholie in seinen braunen, mandelförmig geschnittenen Augen.

»Darf ich mich nach Ihrem Befinden erkundigen, gnädige Frau?«

»Danke. Ich fühle mich ausgezeichnet.«

»Wann werden Sie wieder gesund sein?«

»Ich denke, daß ich morgen oder übermorgen nach Hause gehen kann.«

»Und Ihr Bein?«

»Der Gips kommt in zwei Wochen herunter.«

»Ausgezeichnet.« Geza von Vasary strich sich über sein schmales Schnurrbärtchen und ließ sich auf die Bettkante sinken. »In etwa vier Wochen soll der Film *Mädchen ohne Moral* ins Atelier gehen. Ich kann also mit Ihnen rechnen, nicht wahr?«

»Was ist denn das für ein Film?«

»Eine ausgezeichnete Rolle für Sie, gnädige Frau. Hier ist das Drehbuch. Der Vertrag ist schon perfekt. Sie brauchen nur noch zu unterschreiben.« Er legte ihr das Drehbuch auf den Schoß, ein Vertragsexemplar darauf, holte seinen Füllfederhalter aus der Westentasche, schraubte ihn auf und gab ihn ihr in die Hand.

»Aber ich weiß ja von der Sache noch gar nichts!« wehrte sich Tamara Tess.

»Es ist der Ersatzvertrag, gnädige Frau. Es ist alles durchaus in Ordnung, dafür verbürge ich mich. Dieselben Bedingungen wie bei Ihrem letzten Vertrag, den Sie ja leider durch Ihre – hm – Fußverletzung nicht einhalten konnten.«

Tamara Tess nahm schon den Füllfederhalter, der von der Feder bis zur Hülse aus schwerem Gold war, um zu unterschreiben, als Sara König hastig sagte: »Ich würde mir erst die Rolle anschauen, Tamara!«

Sofort wandte Geza von Vasary sich ihr zu. »Meine liebe Sara, ich muß dich doch sehr bitten, dich nicht in meine Angelegenheiten zu mischen. Wir haben mit dir gerade Schwierigkeiten genug.«

»Mit mir? Was soll das heißen?«

»Herr Gessler ist gar nicht zufrieden mit dir. Er hat gesagt, du hättest dich sehr zu deinem Nachteil verändert.«

»Das glaube ich! Weil ich nicht nach seiner Flöte tanze! Als er mich noch rumschubsen konnte wie ein Baby, war es ihm nicht recht, und jetzt ...«

»Bitte, streiten wir uns nicht! Wollen Sie, bitte, unterschreiben, gnädige Frau?«

»Na klar«, sagte Tamara friedfertig, »die Rolle ist ja nicht so wichtig. Hauptsache, daß ich überhaupt noch beim Film gefragt bin, was?«

»Tamara, du wirst dich nie ändern«, sagte Sara lächelnd.

»Habe ich auch nicht vor. Ich gefalle mir so, wie ich bin.« Tamara hatte schon zur Unterschrift angesetzt, als sie plötzlich innehielt. »Sagen Sie, Vasary, wer spielt da sonst noch mit?«

»Weshalb wollen Sie das wissen?«

»Ich meine nur, wenn Kai Kramer dabei ist, unterschreibe ich nicht.«

»Sie können ganz unbesorgt sein«, sagte Geza von Vasaray milde, »dieser Herr wird nicht mehr filmen.«

Tamara sah überrascht auf. »Soll das heißen, überhaupt nie mehr?«

»Ja. Bedanken Sie sich bei Herrn Holländer, falls Sie meinen, daß Sie einen Grund haben, sich zu bedanken. Die T.T.T.-Film hat ihren Vertrag mit ihm gelöst.«

»Das geht doch gar nicht.«

»Man wird die Szenen mit ihm neu drehen, Peter Schwendt hat die Rolle übernommen.«

»Und Kai? Hat er sich das einfach gefallen lassen?«

»Es ist ihm nichts anderes übriggeblieben. Die Kollegen und die vom technischen Stab haben sich geweigert, das Atelier zu betreten, solange Kai Kramer drinnen war, die Kinobesitzer haben sich geweigert, einen Film mit Kai Kramer zu terminieren.«

»Aber warum das alles?«

»Deinetwegen, Tamara!« sagte Sara. »Charly Holländer hat geschrieben, wie schändlich er an dir gehandelt hat. Damit ist Kai Kramer für die deutsche Filmindustrie untragbar geworden.«

Gedankenverloren unterschrieb Tamara Tess den Vertrag. »Armer Kai! Können Sie ihm denn nicht helfen, Vasary?«

»Nein. Niemand kann ihm helfen.«

»Ich auch nicht? Ich meine, Charly Holländer braucht doch nur einen Artikel zu schreiben, daß wir uns wieder versöhnt hätten, daß alles wieder in Ordnung wäre, dann müssen sie doch ...«

»Ist alles wieder in Ordnung?« fragte ich scharf.

»Natürlich. Mir ist ja nichts weiter passiert.«

»Ja. Weil Sara auf den verrückten Einfall gekommen ist, mitten in der Nacht in deine Wohnung einzudringen. Sonst wärst du jetzt tot, vergiß das nicht.«

»Aber das war doch nicht Kais Schuld! Man kann ihn nicht

dafür verantwortlich machen, daß ich mit den Nerven herunter war.«

»Doch, das kann man. Er hat an dir schändlicher als schändlich gehandelt. Er ist eine widerwärtige Null. Aber wenn du auch jetzt noch nicht bereit bist, das einzusehen, dann versöhne dich doch mit ihm! Zeig dich mit ihm in der Öffentlichkeit, setz dich für ihn ein. Vielleicht gelingt es dir noch einmal, ihn in den Sattel zu heben. Aber mich laß bitte aus dem Spiel bei diesen Machenschaften. Ich habe genug von diesem Herrn, übergenug, und ich denke nicht daran, mich deinetwegen lächerlich zu machen.«

»Und Sie, Vasary, was werden Sie tun?«

»Ich habe meiner Sekretärin Anweisung gegeben, daß ich für Herrn Kramer nicht mehr zu sprechen bin.« Geza von Vasary nahm seinen schweren goldenen Füllfederhalter entgegen, faltete den Vertrag zusammen und steckte ihn ein. »Das Drehbuch lasse ich Ihnen hier!« Dann küßte er den Damen wieder die Hand, nickte mir kurz zu und verschwand.

Tamara Tess seufzte tief auf. »Ich verstehe das alles gar nicht. Wie könnt ihr nur so hart sein?«

»Es ist sehr einfach, Tamara«, erwiderte Sara König, »wir haben immer zu dir gehalten, trotz deiner Verrücktheiten. Aber jetzt mußt du wählen zwischen Kai Kramer und mir. Zwischen Kai Kramer und uns, nicht wahr, Charly?«

»Ich hätte dir wenigstens ein bißchen mehr Haltung zugetraut, Tamara«, sagte ich bitter. »Anscheinend habe ich dich überschätzt. Du hast es so weit gebracht, daß ich mir wie ein Idiot vorkomme.«

»Aber Charly, ich ...«, setzte Tamara an.

Da wurde die Tür geöffnet, und die Krankenschwester steckte den Kopf herein. »Ihr Gatte möchte Sie sprechen, gnädige Frau!«

»Mein ... Was? Ach so, natürlich!«

»Wirst du ihn empfangen?« fragte Sara.

»Sollen wir gehen?« fragte ich.

Tamara Tess überlegte keine Sekunde. »Bitte, bleibt! Führen Sie ihn herein, Schwester!«

Ein Mann von Charakter wäre jetzt wahrscheinlich gegangen. Aber es gibt Situationen, in denen sich ein Journalist keinen Charakter erlauben darf. Die Gelegenheit, das Wiedersehen des seltsamen Ehepaares zu beobachten, war mir unbezahlbar. Ich blieb. Sara König stand auf und trat zu mir.

Kai Kramer kam herein, geschniegelt und gebügelt, schön wie ein junger Gott, und stürzte, ohne mich und Sara auch nur eines Blickes zu würdigen, auf Tamaras Bett zu.

»Tamara, du hast mich da in eine scheußliche Situation gebracht!« sagte er, und seine hohe, etwas gequetschte Stimme klang wie die eines ungezogenen Kindes. »Wie konntest du so etwas machen? Hast du keinen Augenblick an mich geacht? Es war für mich weiß Gott schwer genug, im Film Fuß zu fassen. Du wußtest genau, daß ich keinen Skandal brauchen kann. Ich begreife nicht, wie du so etwas tun konntest. Du mußt jetzt gleich mit der T.T.T.-Film telefonieren. Sag den Leuten, daß es dir leid tut. Erzähl ihnen irgend etwas. Von mir aus, daß du in einem Anfall von Geistesverwirrung gehandelt hast oder so etwas. Sag ihnen doch, daß ich mit der ganzen Sache nichts zu tun habe. Es ist unglaublich, wie sie mich behandelt haben – als ob ich ein Verbrecher wäre. Du darfst das nicht zulassen, sonst bin ich dir ernstlich böse.«

Tamara Tess lachte auf, sie lachte herzlich und vergnügt. »O Kai«, japste sie atemlos, »wenn du wüßtest, wie komisch du bist!«

»Komisch? Komisch nennst du das? Ich bin verzweifelt! Telefoniere, Tamara, sofort! Morgen wollen sie mit Peter Schwendt zu drehen anfangen. Das darf nicht sein, Tamara! Das darfst du nicht zulassen!«

»Warum nicht!«

»Weil du mich liebst! Du hast doch gesagt, daß du mich liebst. Bitte, Tamara, tu's doch! Sobald ich mit dem Film fertig bin, können wir zusammen verreisen. Irgendwohin, wohin du willst. Das hast du dir doch immer gewünscht!«

»Ja, Kai«, sagte Tamara ernsthaft, »das habe ich mir immer gewünscht. Aber jetzt nicht mehr. Jetzt wünsche ich nur noch das eine, dich nie wiederzusehen. Du bist der traurigste und lächerlichste Reinfall meines Lebens. Geh! Aber sofort!«

»Was soll ich denn tun? Verstehst du denn nicht, sie haben mir die Rolle weggenommen!«

»Das interessiert mich nicht mehr, Kai. Es ist mir völlig gleichgültig, was du jetzt tust. Geh dorthin, wo du hergekommen bist. Ich will dich nicht mehr sehen, verstanden.«

»Ich werde mit Vasary telefonieren«, sagte Kai Kramer, »er muß das alles in Ordnung bringen. Ich werde ...« Er ging zum Telefon.

»Tun Sie, was Sie wollen«, sagte ich, »aber nicht hier.

Verschwinden Sie, sonst würden Sie mir die Gelegenheit geben, handgreiflich zu werden. Auf diesen Augenblick habe ich nämlich schon lange gewartet.« Ich trat auf Kai Kramer zu und drängte ihn rückwärts aus dem Zimmer. »So«, sagte ich, als ich die Tür wieder geschlossen hatte, »das wäre erledigt.«

Tamara Tess sah uns mit einem flehenden Lächeln an. »Könnt ihr mir noch einmal verzeihen? Ich bewundere euch, daß ihr soviel Geduld mit mir gehabt habt.« –

Als Sara und ich zu unseren Autos gingen, blieb sie plötzlich stehen. »Charly, ich muß Ihnen etwas sagen!«

»Ja?«

»Eigentlich sollte es ja noch ein Geheimnis sein. Aber ich kann es einfach nicht länger für mich behalten. Sie werden mich doch nicht verraten?« Sara errötete ein wenig und biß sich auf die Lippen. »Bitte, lachen Sie mich nicht aus! Mit Wolfgang und mir ist wieder alles in Ordnung.«

»Wirklich?« fragte ich überrascht.

»Wundert Sie das? Sie sind es doch gewesen, der ihm gesteckt hat, weshalb ich mit ihm Schluß gemacht habe.«

Mir fiel mein Gespräch mit Brigitte Ritter ein. »Nicht direkt«, sagte ich, etwas verlegen.

»Das habe ich mir gedacht. Woher sollte er es sonst auch wissen? Er sagt, daß ihm das alles nichts ausmacht. Er versteht etwas von Psychiatrie, müssen Sie wissen. Er sagt, ich werde bestimmt nicht geisteskrank, da wäre ich gar nicht der Typ dazu. Und was die Kinder betrifft, er sagt, man kann auch ohne Kinder verheiratet sein. Wenn wir wirklich später Sehnsucht nach Kindern hätten, könnten wir ja welche adoptieren, es gäbe so viele hilfsbedürftige, elternlose Kinder und es wäre eigentlich viel richtiger, erst mal für die zu sorgen.«

»Bravo! Ich gratuliere!«

»Freuen Sie sich, Charly?«

»Willst du immer noch mit dem Film Schluß machen?«

»Ja! Ich habe es Wolfgang versprochen. Es ist kein Opfer. Es fällt mir gar nicht schwer, das dürfen Sie mir glauben.«

»Ich wünsche es dir, aber ich muß dich warnen ...« Ich wollte ihr sagen, daß ich überzeugt war, der Orion-Verleih würde sie nicht aus ihren Verträgen entlassen, wenn *Frühling in Berlin* ein Erfolg würde.

Sara ließ mich nicht ausreden. »Unken Sie nicht«, sagte sie, »das paßt nicht zu Ihnen, Charly. Ich weiß genau, was ich tue. Bitte, reden Sie mit keinem Menschen darüber, es soll eine

Überraschung werden. Auch Mami hat mir versprochen, daß sie nichts verraten wird. Ich will warten, bis *Frühling in Berlin* abgedreht ist. Dann aber werde ich die Bombe platzen lassen.«

Am 17. August war letzter Drehtag von *Frühling in Berlin.* Tamara Tess wollte gern an der kleinen Abschlußfeier, die nachher in der Kantine stattfinden sollte, teilnehmen. Sie bat mich, sie nach Geistelgasteig hinauszubringen. Der Gips war inzwischen abgenommen, aber sie humpelte noch ein bißchen und hatte sich einen sehr eleganten Stock mit Silberknauf zugelegt. Auf ihn gestützt überquerte sie mit mir das Filmgelände. Vom Pförtner angefangen, bemühte sich jeder, der uns begegnete, ihr seine Sympathie kundzutun. Es war Tamaras erster Ausgang seit jenem Unglückstag, an dem sie Kai Kramer geheiratet hatte, und ich fühlte förmlich, wie sie strahlte, weil sie wieder im Mittelpunkt stand.

Um sieben Uhr abends hätte Drehschluß sein sollen, und als wir ankamen, waren Peter van Eyck, der von vor einer Stunde fertig geworden war, Putzi Hoffmann und Meyer-Franke in der Kantine versammelt. Wenig später gesellte sich Herr Obat, der Standfotograf, zu uns. Wir tranken Bier und sprachen über *Frühling in Berlin* und das Filmgeschäft im allgemeinen. Von festlicher Stimmung war nichts zu spüren. In Halle IV wurde immer noch gedreht.

Putzi Hoffmann behauptete, daß Sara König an der Verzögerung des Drehschlusses schuld wäre. Sie hätte an diesem Tag mindestens fünf Atelierrunden spendiert, und der Stab sei nicht mehr in der Lage, exakt zu arbeiten.

Herr Oblat lachte. »Ich denke eher, es liegt an Gessler«, sagte er, »er nimmt heute alle so genau, daß es direkt schon weh tut.«

»Von dieser Seite kenne ich ihn gar nicht«, erklärte Tamara Tess, »ich habe immer sein Tempo bewundert.«

»Seit Sara sich mit diesem Doktor verlobt hat, hat es sich geändert.« Der Standfotograf machte eine Pause. »Die Sache ist Gessler gegen den Strich gegangen.« Obat grinste. »Der Stab ist sich darüber einig, daß er nicht Schluß machen kann, weil er sich nicht von Sara trennen will.«

»Vielleicht sagen Sie ihm das mal«, schlug ich vor, »ich wette, er ist dann in fünf Minuten hier.«

»Ich bin ja nicht verrückt!« rief Herr Obat. »Ich mische mich aus Prinzip nicht in anderer Leute Liebesgeschichten.«

Meyer-Franke zog ein Manuskript aus der Tasche. »Wir werden die Verlobung übrigens genau drei Tage nach der Premiere platzen lassen. Ich habe schon alles vorbereitet. Vielleicht werfen Sie mal einen Blick hinein, Herr Holländer. Es wäre mir recht, wenn Sie den Artikel bringen könnten, aber nicht vor dem 3. September. Wenn Sie was ändern wollen, bleibt Ihnen das überlassen, obwohl... Ehrlich gestanden finde ich die Sache stilistisch sehr geglückt.«

»Von was für einer Verlobung sprecht ihr denn?« fragte Tamara erstaunt.

»Na, Sie wissen doch«, erklärte Meyer-Franke, »ich spreche von Sara König und diesem jungen Doktor.«

»Sie bilden sich ein, Sie können die Verlobung einfach platzen lassen, wenn es Ihnen paßt? Da kennen Sie Sara schlecht.«

»Mein liebes Kind...« Meyer-Franke versuchte seiner Stimme Würde zu verleihen. »... anscheinend sind Sie falsch orientiert. Die beiden haben sich getrennt. Meine Aufgabe besteht wie üblich darin, die Scherben möglichst diskret wegzuräumen, das heißt, das Publikum auf eine zuträgliche Weise mit den Tatsachen bekanntzumachen.«

Ich hatte den Artikel überflogen. »Sehr gut, ausgezeichnet«, sagte ich, »Meyer-Franke, ich gratuliere! Wie Sie das hingebracht haben! Jeder, der das liest, muß Dr. Werner für einen eifersüchtigen Othello halten. Ein wahres Glück, daß Sara König noch rechtzeitig den wahren Charakter ihres Verlobten erkannt hat. Sie sind ein wahrer Meister in Ihrem Fach!«

Meyer-Franke lächelte geschmeichelt und rückte seine Krawatte zurecht. »Gefällt es Ihnen wirklich?«

»Ich verstehe kein Wort!« sagte Tamara. »Ist er wirklich so eifersüchtig?«

»Das ist doch völlig egal!« Putzi Hoffmann zündete sich selbstgefällig eine Zigarre an. »Hauptsache, Sara hat eine gute Publicity.«

»Und ich dachte, sie wäre glücklich!« Tamara machte große Augen.

Peter van Eyck klopfte ihr, nicht ganz väterlich, auf die Schulter. »Das ist Film, mein liebes Kind. Daran mußt du dich langsam gewöhnen.«

In diesem Augenblick erschien Mami König, aufgeregt wie eine Gluckhenne. Ihre blonden Löckchen zitterten um ihr rundes Gesicht. »Sie kommen gleich«, sagte sie in einem Ton, als ob sie uns eine enorme Sensation mitteilte, »Gessler hat eben Schluß gemacht.«

»Höchste Zeit«, brummte Putzi Hoffmann, »ich hab' was gegen Überstunden.«

Ich erhob mich und wollte die Kantine verlassen. Mami König verstellte mir den Weg. »Wo wollen Sie hin, Herr Holländer?«

»Keine Sorge, ich will Ihr Täubchen nicht fressen.«

Mami König kicherte, daß ihre Wangen und ihr kleines Doppelkinn schwankten. »Immer der alte Witzbold!«

»Im Ernst, ich habe eine Neuigkeit für Sara, die sie bestimmt interessiert.«

Friedl König hängte sich bei mir ein. »Später, mein Lieber, später!«

Als sich endlich – es war inzwischen neun Uhr geworden – die Tür wieder öffnete, begriff ich, warum Mami König mich nicht hatte gehen lassen wollen. Ich sollte Sara die Überraschung nicht verderben. Sie kam nicht allein, sondern Arm in Arm mit Dr. Wolfgang Werner, in einem einfachen, gerade geschnittenen blauen Leinenkleid. Ihr Gesicht war abgeschminkt, sie hatte sich nicht einmal Zeit genommen, ihr üppiges rotblondes Haar sorgfältig zu frisieren, aber sie wirkte strahlend wie ein junger Frühlingsmorgen. »Fertig!« rief sie. »Schluß für immer mit dem Film! Ach, Kinder, ihr wißt ja gar nicht, was das für ein schönes Gefühl ist!«

Putzi Hoffmann war in der Verwirrung die Zigarre aus dem Mund gefallen, jetzt bückte er sich und suchte sie unter dem Tisch. Peter van Eyck hob nur leicht belustigt die linke Augenbraue, Obat grinste, und Tamara Tess freute sich.

Meyer-Frankes Gesicht sprach Bände. »Soll das etwa heißen, daß Sie – nein – aber das kann doch nicht wahr sein!«

Sara König kam zum Tisch und tätschelte ihm leicht die Wange. »Wir werden heiraten, Herr Meyer-Franke! Ist das nicht wunderbar? Und ich werde nie, nie mehr einen Film drehen!«

Meyer-Franke krümmte sich, als ob ihm ein Stein im Magen läge. »Das dürfen Sie nicht, Sara! Das können Sie mir doch nicht antun! Ich habe doch schon alles vorbereitet! Die Verlobung sollte am 3. September platzen!«

Mami König kam ihrer Tochter zu Hilfe. »Beruhigen Sie sich, mein Lieber«, sagte sie nicht ohne Bosheit, »Sie werden ja schließlich dafür bezahlt. Wozu würde man Sie brauchen, wenn es beim Film keine Überraschungen gäbe?«

Sara König bestellte Champagner. Man stieß mit gemischten

Gefühlen auf das Wohl des jungen Paares an. Es gesellten sich noch ein paar Leute vom Stab zu uns. Ella, die Regieassistentin, und Ralf Rimsky, der Kameramann.

Dann geschah etwas, womit niemand gerechnet hatte – Gotthold Emanuel Rodenberg trat ein. Ich sah, wie Saras Hand hilfesuchend zu Dr. Werner hinüberzuckte.

»Hallo! Guten Abend zusammen!« brüllte Gotthold Emanuel Rodenberg, kniff die Augen zu und blieb breitbeinig vor unserem Tisch stehen.

Sara Königs Vater hatte sich offensichtlich von Kopf bis Fuß neu eingekleidet. Sein dunkelgrauer Anzug saß tadellos, aber seine Vorliebe für knallbunte Krawatten schien er noch nicht aufgegeben zu haben. Auf seinem blutroten Schlips schlängelte sich ein mit einem Bikini nur spärlich bekleidetes Pin-up-Girl. Ich fragte mich, wo er diese bemerkenswerte Krawatte wohl aufgetrieben haben mochte. Wir alle starrten Rodenberg an wie ein Wundertier.

»Mir scheint, ich bin gerade im rechten Moment gekommen!« Seine Stimme schwankte, es war nicht zu überhören, daß er schon einiges getrunken haben mußte.

Sara König stand auf. Alle Freude war aus ihrem Gesicht gewichen. »Was willst du?«

Jetzt wurde auch Meyer-Franke lebendig. »Wie kommen Sie überhaupt hier herein, Herr? Der Zutritt zum Filmgelände ist für Unbefugte...«

Rodenberg brachte ihn mit einer Handbewegung zum Schweigen. »Shut-up! Halten Sie die Klappe!« Er wandte sich an Sara. »Ich dachte, es würde dich freuen, deinen alten Vater zu sehen.«

»Nein!« sagte sie.

Rodenberg schüttelte den Kopf. »Du bist schlecht erzogen, verdammt schlecht erzogen.« Plötzlich wechselte er den Ton. »Na, jedenfalls freue ich mich, dich in so guter Laune zu finden. Darf man fragen, was hier gefeiert wird?«

»Verschwinden Sie!« sagte Meyer-Franke mit grimmigem Gesicht. »Ich rate Ihnen das im Ernst, sonst...«

»Na, was?«

»Wenn du es genau wissen willst«, erklärte Sara herausfordernd, »ich feier' die Tatsache, daß Wolfgang und ich heiraten werden.«

»He, interessant! Hast du ihn also doch reingelegt, Kleines?«

»Wolfgang weiß alles!« sagte Sara wütend. »Er liebt mich, und alles andere ist ihm egal.«

Emanuel Rodenberg brachte mühsam eine ironische Verbeugung vor Wolfgang Werner zustande. »Alle Achtung, Herr Doktor! Sie schrecken also nichts davor zurück, die Tochter einer Geisteskranken zu heiraten?«

Wolfgang Werner stand auf. »Bitte, gehen Sie! Gehen Sie sofort! Ich werde nicht dulden...« Er trat drohend auf Emanuel Rodenberg zu.

Rodenberg wich keinen Schritt zurück. »Bravo, junger Mann!« rief er höhnisch. »Wollen sie mich k. o. schlagen? Das wäre ein Fressen für die Presse. Sara Königs Bräutigam schlägt seinen Schwiegervater nieder!«

»Ich möchte endlich wissen, was hier gespielt wird!« sagte Meyer-Franke hilflos. »Sara König ist doch nicht... Stimmt es, daß sie...« Er schluckte. »... aber Friedl König ist doch nicht geisteskrank!«

Ich erkannte, daß ich eingreifen mußte. »Nicht die Bohne! Beruhigen Sie sich, Meyer-Franke! Was Herr Rodenberg vorbringt, sind nichts weiter als Phantasien aus der Neuen Welt!«

Rodenberg grinste spöttisch. »Jetzt sagen Sie nur noch, daß Sara auch nicht meine Tochter ist, und Friedl König...«

Er kam nicht dazu, den Satz zu Ende zu sprechen, denn in diesem Augenblick trat Rolf Gessler auf unsere Gruppe zu. »'n Abend, Rodenberg!« sagte er gelassen. »Fein, daß ich Sie treffe!« Offensichtlich hatte der junge Regisseur schon vor einigen Minuten die Kantine betreten, ohne daß ihn jemand in der allgemeinen Aufregung bemerkt hatte. »Ich habe schon versucht, Ihre Adresse ausfindig zu machen, aber...«

Emanuel Rodenberg war herumgefahren. »Was wollen Sie von mir?« brüllte er wie ein gereizter Stier.

»Ihren Rat!« sagte Rolf Gessler ruhig. »Ich bereite im Augenblick einen Film vor, der zu einem großen Teil in Amerika spielt, und da dachte ich mir, Sie könnten das Drehbuch...« Er unterbrach sich selbst. »Es war nur so eine Idee von mir. Wenn Sie natürlich keine Lust haben...« Er zuckte die Achseln.

Rodenberg starrte ihn mißtrauisch an. »Möchten Sie sich nicht ein bißchen deutlicher ausdrücken?«

»Nicht hier. Falls Sie Interesse haben – ich gehe in den Schneideraum. Ich würde gern die Einzelheiten mit Ihnen besprechen.«

Rodenberg zögerte einen Augenblick. »Na schön«, sagte er

dann, »ich komme mit.« Er wandte sich zu Sara um und wollte sie auf die Schulter tätscheln, aber sie zuckte zurück. »Mit dir unterhalte ich mich später, Kleines. So long!« Er stapfte, breitbeinig wie ein Seemann, hinter Rolf Gessler aus der Kantine.

Mit Sara Königs Beherrschung war es vorbei. Sie warf sich in die Arme Wolfgang Werners und weinte hemmungslos. Er versuchte sie zu trösten. Die neugierigen Blicke der Anwesenden irritierten ihn offensichtlich. Die Szene war ihm denkbar peinlich.

»Reg dich doch nicht auf, Sara«, sagte er lahm, »was ist denn schon passiert? Wir haben doch gewußt... Ich habe dir gleich gesagt, wir hätten nicht hierherkommen sollen!«

»Es ist aus, Wolfgang«, schluchzte sie, »ich kann dich nicht heiraten. Ich würde dich unglücklich machen. Hast du nicht gehört, was er gesagt hat? Es geht einfach nicht!«

»Natürlich geht es, Liebes, ich habe dir doch erklärt...«

»Nein! Nein!«

Geza von Vasary hatte einen Blick mit Mami König getauscht. Die beiden erhoben sich und gingen aus der Kantine. Mir war klar, was sie vorhatten.

»Heul nicht, Sara«, sagte ich, »es ist kein Grund zum Verzweifeln. Alles, was er dir erzählt hat, ist erstunken und erlogen.«

»Nein! Ich weiß es ganz genau, ich... Meine Mutter...«

»Du hast dich ins Bockshorn jagen lassen, Sara. Ich wollte es dir schon früher erzählen, aber ich hatte keine Gelegenheit. Komm mit raus, ich erkläre dir die Sache!«

Ich packte Sara beim Arm und zerrte sie energisch zur Tür. Es war nicht nötig, daß das neugierige Filmvolk noch mehr Einzelheiten von der verworrenen Geschichte zu hören bekam. Wolfgang Werner folgte uns ohne Aufforderung, froh, dem Mittelpunkt des Interesses entweichen zu können. Draußen erzählte ich Sara König alles, was meine Späher herausgebracht hatten. Ihre Mutter, Therese Rodenberg, war niemals geisteskrank gewesen. Sie war an einer simplen Lungenentzündung gestorben, und zwar in der Universitätsklinik München. An der Diagnose bestand nicht der geringste Zweifel.

Sara wollte mir nicht glauben. Sie hatte sich so in ihre Angst verrannt, daß sie nicht mehr in der Lage war, umzuschalten. Als sie endlich begriff, war die Erlösung fast so groß wie der Schrecken. Sie war bleich wie ein Leinentuch, ihre tiefblauen

Augen waren unnatürlich geweitet. Sie zitterte am ganzen Körper. »Warum nur hat er das gesagt?« fragte sie. »Wie konnte er mir das antun?«

»Er wollte unsere Heirat verhindern, Sara!« sagte Dr. Werner. »Nun beruhige dich endlich, Liebling. Jetzt ist ja alles gut!«

Ich überließ die beiden ihrem Glück und schlenderte zum Schneideraum hinüber. Aber ich war noch nicht bei der Tür, als Sara mir schon atemlos nachgelaufen kam. Dr. Wolfgang Werner folgte ihr mit langen Schritten.

»Warten Sie doch, Charly!« rief Sara. »Ich muß es ihm sagen. Jetzt werde ich es sagen!«

Emanuel Rodenberg, Rolf Gessler, Mami König und Geza von Vasary waren nicht im Schneideraum, sondern in einem Nebenzimmer, einem spärlich möblierten Büroraum. Rodenberg stand breitbeinig da, die Hände in den Hosentaschen.

Mami König hatte die molligen Hände zu Fäusten geballt und starrt ihn an, zu allem entschlossen. »Was willst du von uns?« schrie sie, und in ihrer Stimme schwang Hysterie mit. »Ja, ja und nochmals ja, Sara ist deine Tochter! Warum willst du sie unglücklich machen? Du gehörst nicht mehr in unser Leben, du bist freiwillig fortgegangen. Warum bist du nicht geblieben, wo du warst?«

Rodenberg verzog keine Miene. Das höhnische Lächeln um seinen Mund war wie eingefroren.

Geza von Vasary hob beschwörend die langen, gut manikürten Hände. »Ich bitte dich, Friedl, so geht das doch nicht!« sagte er mit sanfter, nasaler Stimme. »Ich dachte, wir wollten die Sache in Ruhe besprechen.«

»Eben«, sagte Emanuel Rodenberg und wippte auf den Hacken auf und nieder, »das hatte ich auch gehofft!«

Die drei waren so mit sich selbst beschäftigt, daß sie unseren Eintritt kaum bemerkten. Nur Rolf Gessler, der mit unbeteiligtem Gesicht in der hintersten Ecke des Raumes hockte, sah kurz auf. Dann begann er mit übertriebenem Eifer seine Brille zu putzen.

»Du behandelst ihn ganz falsch!« schrie Mami König den Manager an. »Er ist ein Lump! Mit Lumpen kann man nicht verhandeln. Er hat nichts gegen uns in der Hand, gar nichts! Saras Papiere habe ich in Ordnung gebracht.«

»Na, wenn schon!« sagte Rodenberg. »Ich hatte niemals vor, euch ins Gefängnis zu bringen. Alles, was ich will, ist ein gerechter Anteil an Saras Verdienst.«

»Gerecht? Was hast du denn je für das Kind getan?« Ihre Stimme versagte.

»Ich habe viel Zeit gehabt in den letzten Jahren, über alles nachzudenken, meine liebe Friedl«, sagte Rodenberg mit aufreizender Ruhe, »und ich habe meine Memoiren geschrieben. Ein sehr interessantes Dokument, das darfst du mir glauben. Ich hielt es für richtig und anständig, es dir und Sara als ersten anzubieten. Solltet ihr allerdings kein Interesse haben – ich bin sicher, daß es in Deutschland Zeitschriften gibt...«

Es sah aus, als ob Mami König ihm an die Gurgel springen wollte, ich riß sie mit Gewalt zurück. »Sie befinden sich in einem schwerwiegenden Irrtum, Herr Rodenberg«, sagte ich ruhig, »traurig für Sie. Es gibt nämlich keine Zeitschrift, die sich Ihretwegen einen Prozeß wegen Verleumdung auf den Hals ziehen wird.«

»Wieso Verleumdung? Wollen Sie etwa behaupten, daß ich nicht Saras rechtmäßiger Vater bin?«

»Doch, du bist mein Vater!« rief Sara König. »Leider Gottes, das bist du. Ich schäme mich, einen solchen Vater zu haben. Jeder andere Vater wäre mir lieber als du. Du niederträchtiger Lügner, du Erpresser! Kein Wort von dem, was du mir erzählt hast, ist wahr! Meine Mutter war nicht geisteskrank, ich weiß es ganz genau. Warum hast du mir diese furchtbare Lüge erzählt? Wenn du schon kein Fünkchen Liebe für mich übrig hast, hättest du doch ein bißchen Mitleid mit mir haben können. Aber dir liegt nichts an mir, gar nichts. Von dir aus könnte ich mich aufhängen, wenn du nur nachher das Geld kassieren könntest.«

Eine dunkelrote Welle stieg in Rodenbergs Gesicht. Sein Mund öffnete sich, er schnappte nach Luft. Eine Sekunde lang befürchtete ich, daß ihn der Schlag treffen könnte.

Dann hatte er sich wieder gefaßt. Mit veränderter, sehr leiser Stimme sagte er: »Du hast recht, Sara, ich tauge nichts, ich bin ein Lump, ein kläglicher Lump. Du warst meine letzte Chance, ich habe sie verspielt. Ich habe jede Chance in meinem Leben verspielt. Weiß der Teufel, woran es gelegen hat. Du brauchst keine Angst zu haben, daß ich noch einmal deinen Weg kreuze. Ich bin fertig.«

»Dann halte uns keine Reden mehr, sondern geh endlich!« sagte Mami König unbeherrscht.

»Du kannst es wohl nicht erwarten, wie? Bildest du dir etwa ein, du wärst mehr wert als ich? Ich sage dir, du hast Glück gehabt, nichts weiter. Was wärst du ohne Sara? Eine alte, abgetakelte Soubrette! Kein Hund würde mehr ein Stück Brot von dir annehmen, daß du's nur weißt. Vielleicht könntest du noch als Souffleuse oder Garderobiere irgendwo unterkommen, das wäre schon viel. Du hast im richtigen Augenblick auf das richtige Pferd gesetzt, das ist alles. Ja, ihr alle kommt euch jetzt sehr groß vor, sehr edel, sehr überlegen. Aber was seid ihr denn schon? Nichts als ein Haufen Dreck. Wenn ihr soviel mitgemacht hättet wie ich, ich wette, ihr wärt auch nicht mehr solche Ehrenmänner, als die ihr euch heute fühlt. Lauft ihr mal Jahr für Jahr mit durchlöcherten Sohlen straßauf, straßab. Klopft wieder und wieder an Türen, die euch immer verschlossen bleiben. Ihr habt Glück gehabt, aber bildet euch ja nichts ein. Wenn man satt ist, dann kann man leicht anständig sein. Heute bin ich ausgebrannt und tauge zu nichts mehr. Ich weiß es. Aber es hat Zeiten gegeben, in denen ich etwas hätte schaffen können, vielleicht sogar was Großes. Aber niemand hat mir auch nur eine Chance gegeben! Ich mag euch nicht, keinen von euch, trotzdem wünsche ich euch nicht, daß das Leben euch eines Tages so mitspielt wie mir.«

Geza von Vasary hatte einladend die Tür geöffnet. Breitbeinig und steifnackig stapfte Emanuel Rodenberg ohne Gruß hinaus. Einen Augenblick lang blieben wir alle stumm. Dann ließ sich Mami König aufatmend in einen Stuhl sinken. »Gott sei Dank!«

Geza von Vasary reichte mir seine schmale Hand. »Ich glaube, wir sind Ihnen zu großem Dank verpflichtet, Herr Holländer.«

»Möchtest du dich nicht auch bei Rolf Gessler bedanken, Sara?« schlug Mami König vor. »Wenn er nicht rechtzeitig eingegriffen hätte, wer weiß . . .«

Sara stand ganz starr da. »Ihr könnt ihn nicht so gehen lassen!« sagte sie plötzlich. »Mami, Herr von Vasary, bitte, ihr könnt ihn doch nicht so gehen lassen!«

»Warum nicht, mein liebes Kind?« fragte Geza von Vasary verständnislos.

»Weil er mein Vater ist!«

»Aber, Kind, du hast doch selbst gesagt . . .«, begann Mami König.

Sara ließ sie nicht ausreden. »Ja, ja, ja. Ich liebe ihn nicht, ich wünschte, ich hätte ihn nie gesehen. Aber ihr könnt ihn jetzt nicht so gehen lassen, versteht ihr das denn nicht? Wir haben doch Geld genug, um ihm zu helfen, nicht wahr, Herr von Vasary? Bitte, bitte, gehen Sie ihm nach! Kümmern Sie sich um ihn! Sie haben doch so viele Beziehungen auch drüben in Amerika. Sie müssen ihn doch irgendwo unterbringen können!«

»Ist das dein Ernst?«

»Gehen Sie schon, Vasary«, sagte Sara, »worauf warten Sie denn noch?« Ich hatte Sara noch nie so sehr bewundert wie in diesem Augenblick.

In den nächsten Tagen konnte ich endlich darangehen, die Sara-König-Story ins reine zu bringen. Ich arbeitete Tag und Nacht daran, denn ich wußte, daß mein Chef einen Knüller von mir erwartete. Ich brauchte nichts dazuzudichten, die Geschichte an sich war stark genug, und ich schrieb die Wahrheit und nichts als die Wahrheit, allerdings mit einigen Auslassungen. Ich mußte auf jeden Fall vermeiden, daß Sara bloßgestellt wurde oder – was noch schlimmer war – daß ich mit allzu ungeschminkter Wahrheit das Publikum vor den Kopf stieß. Es gibt für einen Jornalisten kein schlimmeres Vergehen, als seine Leser zu beleidigen.

Eigentlich hätte ich meinen Bericht so, wie er war, bei der Redaktion der *Allerneuesten* abliefern können, aber ich zog es vor, mir die Approbation von Geza von Vasary einzuholen. Es konnte nichts schaden, und ich wußte, daß es ihm schmeicheln würde. Ich rief den Manager an und wurde noch für denselben Nachmittag in die Nibelungenstraße bestellt.

Die Sekretärin sah von ihrer Schreibmaschine auf, als ich eintrat. »Herr Holländer? Sie werden erwartet. Einen Augenblick bitte!« Sie bediente einen Knopf ihrer Sprechanlage und meldete mich an.

Kaum eine halbe Minute später trat Geza von Vasary in das Vorzimmer. »Mein lieber Charly Holländer«, sagte er mit einer Herzlichkeit, dir mir verdächtig erschien, »wie schön, Sie wiederzusehen!«

»Wo brennt's?« fragte ich.

Er hob die schmalen schwarzen Augenbrauen in gut gespieltem Erstaunen. »Wieso? Ich verstehe gar nicht...«

»Um so besser.« Ich öffnete meinen Aktenkoffer und holte das Manuskript heraus. »Die Sara-König-Story, falls Sie irgendwelche Änderungswünsche haben...«

Er wehrte ab. »Nein, nein, das ist schon in Ordnung. Wir haben vollstes Vertrauen zu Ihnen, lieber Charly.«

»Schönen Dank für die Blumen. Was kann ich für Sie tun?«

Geza von Vasary streichelte sein schmales Schnurrbärtchen. »Nun ja, wenn es Ihnen nichts ausmacht...«

»Was?«

»Rodenberg ist gerade bei mir.«

»Na und?«

»Er fliegt heute nachmittag mit einem Jet der Lufthansa nach New York. Ich habe ihm soeben das Ticket und das nötige Kleingeld gegeben.«

»Aha«, sagte ich und verstand nichts.

»Es wäre mir sehr lieb – natürlich nur, wenn es Ihnen nichts ausmacht –, wenn Sie Herrn Rodenberg zum Flughafen begleiten würden.«

»Warum?« fragte ich dumm.

Geza von Vasary rieb sich nervös die Hände. »Sie würden Sara König und uns allen einen großen Gefallen tun. Herr Rodenberg ist ein ziemlich exzentrischer Mann, verstehen Sie? Wir möchten verhüten – na, Sie wissen schon.«

»Daß er sein Ticket verkauft und das Geld in Schwabing durchbringt?«

Geza von Vasary wand sich. »Nun, nicht gerade, aber immerhin. Sara hat sich ihrem Vater gegenüber sehr großzügig gezeigt, und es wäre doch für uns alle wünschenswert, wenn er versuchte, nun einen neuen Anfang in Amerika zu finden, nicht wahr? Sie würden ihm selbst den größten Dienst damit tun, Herr Holländer.«

»Und wenn er nicht will? Soll ich ihn chloroformieren und mit Gewalt ins Flugzeug stecken?«

»Sie Spaßvogel. Aber Sie verstehen...«

»Vollkommen. Wo ist der Unglücksrabe?«

»Sofort. Nur noch eins. Bitte, machen Sie es ganz unauffällig. Es wäre völlig verkehrt, ihn jetzt, sozusagen im letzten Moment, noch unnötig zu reizen.«

»Nur keine Sorge«, sagte ich lächelnd, »ich habe einige Erfahrung als Irrenwärter.«

Emanuel Rodenberg ließ sich nicht anmerken, ob er meine Mission durchschaute. Es bereitete mir nicht die geringste Schwierigkeit, ihn in mein Auto zu lotsen und nach München-Riem hinauszufahren. Bis zum Abflug seiner Maschine war noch eine Stunde Zeit. Wir genehmigten uns ein paar Manhattan, und ich muß zugeben, daß Saras Vater das Peinliche der Situation sehr überlegen überspielte. Keiner von uns berührte mit einem Wort das, was geschehen war, Emanuel Rodenberg erzählte einige recht amüsante Anekdoten aus Hollywood, die, wenn auch nicht wahr, immerhin sehr gut erfunden waren.

»Sie sind eine großartige Geschichtenamme, Rodenberg«, meinte ich anerkennend.

»Ich weiß«, sagte er trocken, »wenn ich nur halb so gut schreiben könnte, wäre ich längst ein gemachter Mann.«

Die Boeing der Lufthansa nach New York wurde aufgerufen, und wir begaben uns zu den Auslandsflugsteigen und zur Paßkontrolle. Ich hasse Abschiedsszenen, und obwohl Emanuel Rodenberg mir in keiner Weise nahestand, fand ich die ganze Situation scheußlich. Wider Willen tat er mir leid, wie er da in einem funkelnagelneuen Regenmantel vor mir stand, ein alter, verbrauchter Mann, der in eine ungewisse Zukunft abgeschoben wurde.

»Es war nett, daß Sie mich begleitet haben, Charly«, sagte er, »ich danke Ihnen und – never mind.«

Ich schämte mich und setzte ein Grinsen auf, von dem ich selbst wußte, daß es albern wirken mußte. »Guten Flug, alter Junge, und viel Spaß!« Wir schüttelten uns die Hände, und er wandte sich ab. Obwohl ich mir lächerlich vorkam, blieb ich stehen um, eingedenk meines Auftrags, festzustellen, ob er tatsächlich die Kontrolle passieren würde.

Er tat es, drehte sich dann noch einmal um und winkte. Erleichtert kehrte ich ihm den Rücken. Da sah ich sie – Sara König. Sie trug einen einfachen hellen Regenmantel, ein buntes Kopftuch um das Haar geschlungen und rannte, wie nur ein sehr junges Mädchen rennen kann. Sie erkannte mich, ich wies mit dem Daumen zur Paßkontrolle, und sie rannte an mir vorbei.

Irgendwie gelang es ihr, den Zollbeamten zu überzeugen, daß sie auch ohne Ticket durch die Kontrolle mußte. Ich sah, wie sie Emanuel Rodenberg gerade noch erwischte, stand aber zu weit entfernt, um zu verstehen, was sie in diesen letzten Minuten sagte. Jedenfalls legte sie ihm die Arme um den Hals und küßte ihn auf die Wange. Dann drehte sie sich um, drängte sich an neuen Passagieren vorbei, schenkte dem Zollbeamten ein dankbares Lächeln und kam auf mich zu. Sie hängte sich bei mir ein und hatte Tränen in den Augen. »Sie werden mich sicher für albern halten, Charly.«

»Überhaupt nicht.«

»Er ist mein einziger Verwandter, wissen Sie, und...«

»Du brauchst dich nicht bei mir zu entschuldigen, Sara, ich verstehe dich sehr gut.«

»Ich habe mir etwas überlegt, Charly. Ich hoffe, es wird Sie nicht schockieren.«

»So leicht nicht.«

»Sind Sie sicher, daß er wirklich schlechter ist als wir alle? Ich jedenfalls... manchmal hat man ganz abscheuliche Gedanken. Ich habe mir zum Beispiel oft gewünscht, daß Mami sterben würde. Ist das nicht genauso schlimm wie das, was er getan hat?«

»Du hast Mami nicht umgebracht.«

»Natürlich nicht. Aber gemein war es trotzdem.«

»Ich weiß schon, was du meinst. Die menschliche Seele ist ein Abgrund und so weiter. Trotzdem darfst du nicht übertreiben, es gibt da doch einen kleinen Unterschied. Aber im Grunde genommen hast du recht. Wir sollten uns nicht allzuviel auf unsere Anständigkeit einbilden. Dein Vater ist gar kein so übler Bursche. Er hat nur eine sehr schlechte Rolle in einem zweitrangigen Stück abbekommen. Sei dankbar, daß du Glück hast und die jugendliche Liebhaberin spielen darfst.«

Sara König war in einem Taxi gekommen, ich fuhr sie in meinem Wagen in die Stadt zurück. Wir redeten nicht viel miteinander. Wir hatten schon die Innenstadt erreicht, als sie plötzlich sagte: »Ich habe eine große Bitte an Sie, Charly.«

»Ich werde niemandem etwas von deiner Exkursion verraten, wenn du das meinst.«

»Nein. Daß ich mich von meinem Vater verabschiedet habe, kann von mir aus jeder wissen. Ich möchte Sie bitten, Charly – wollen Sie mein Trauzeuge sein?«

»Aber ja«, sagte ich, »mit Vergnügen. Wer macht den anderen?«

»Brigitte Ritter.« Ich schwieg, und das schien sie zu irritieren. »Brigitte ist eine sehr reizende Frau«, sagte sie hitzig.

»Selbstverständlich. Ich habe ja gar nichts gesagt.«

»Wenn Sie meinen, daß zwischen ihr und Wolfgang...«

»Liebe Sara, weshalb regst du dich eigentlich auf? Dein Wolfgang hat sich ja entschieden. Wenn ihm Brigitte Ritter lieber wäre, hätte er nicht dich genommen, sondern sie, nicht wahr?«

»Sie ist ein selten sympathischer Mensch.«

»Unbedingt.«

Mir war klar, daß es ihr nicht ganz angenehm war, die junge Ärztin bei der Hochzeit zu haben, sonst hätte sie nicht so heftig reagiert. Aber mir konnte es gleich sein. Wolfgang Werner mußte selbst wissen, was er tat.

»Darf ich einen Fotoreporter mitbringen?« fragte ich.

»Natürlich, Charly. Aber eines müssen Sie mir versprechen, auf Ehre und Gewissen. Kein Mensch darf den Termin unserer Hochzeit erfahren!« Ich versprach es ihr.

Die standesamtliche Trauung fand an einem grauen, unfreundlichen Novembertag statt. Unter den Teilnehmern herrschte die für einen solchen Anlaß übliche Nervosität.

Ich wußte, daß es zwischen Sara und ihrem Bräutigam vorher zu einigen Auseinandersetzungen gekommen war. Wolfgang Werner konnte sich nicht mit der Idee befreunden, nach der Hochzeit in die luxuriöse Villa des Filmstars zu ziehen, aber Sara hatte sich durchgesetzt. Vernünftig betrachtet, hatte sie recht. Die Villa lag ganz in der Nähe der Klinik Professor Werners, wo der junge Arzt arbeitete. Sie bot reichlich Raum und alle Bequemlichkeiten für das Paar, und Friedl König, die in naher Zukunft Geza von Vasary heiraten wollte, würde ohnehin bald ausziehen. Aber Wolfgang Werner widerstrebte es, in ein Haus zu ziehen, das vom Geld seiner Frau erworben und eingerichtet worden war. Sara lachte ihn nur aus.

In einem anderen Punkt war sie es, die nachgeben mußte. Sie hatte sich eine weiße Hochzeit gewünscht und sich schon ein wunderschönes Brautkleid aus weißer Brüsseler Spitze in einem der ersten Modellhäuser Münchens ausgesucht. Aber Wolfgang wehrte sich gegen diese Idee wie ein störrischer Esel. So war er selber im dunkelgrauen Anzug erschienen, Sara König in einem hellblauen französischen Kostüm mit Hermelinbesatz am Kragen und an den Ärmeln, einer kleinen Hermelintoque in dem rotblonden Haar. Bezaubernder hätte sie auch in dem schönsten Brautkleid nicht aussehen können.

Ich sagte es ihr. Sie strahlte mich an. »Ach, das habe ich längst verschmerzt«, sagte sie, »Hauptsache, daß wir überhaupt heiraten können, nicht wahr?«

Wir fuhren in drei Autos. Den ersten Wagen chauffierte ich, neben mir saß Geza von Vasary, im Fond hatten Sara König und die Brautmutter Platz genommen. Im zweiten Auto – der schweren Limousine Professor Werners – saßen der Professor selbst, Wolfgang Werner, Brigitte Ritter und Tamara Tess. Wir acht waren die eigentlichen Hochzeitsgäste. Axmann, unser Fotoreporter, folge in seinem kleinen Sportwagen.

Wir fuhren aus München hinaus und auf die Landstraße nach Kochel, wo, um jedes Aufsehen zu vermeiden, die Hochzeit Therese Rodenbergs – denn so hieß Sara laut ihren Papieren – mit dem Arzt Dr. Wolfgang Werner stattfinden sollte. Als unsere kleine Wagenkolonne vor dem Bürgermeisteramt in Kochel hielt, war tatsächlich weit und breit kein Reporter zu sehen. Die Zeremonie dauerte eine knappe halbe Stunde, dann wurden Gratulationen und viele Küsse ausgetauscht, und wir fuhren zum Gasthof *Schmied von Kochel* hinüber, wo ein kleines Champagnerfrühstück vorbereitet worden war.

Professor Werner brachte als erster einen Toast auf das junge Paar aus. Er sagte, daß er durch diese Hochzeit nicht nur eine zauberhafte Tochter geschenkt bekommen, sondern auch seinen Sohn zurückerhalten hätte, der nun, wie er hoffte, mit goldenen Fesseln an die Heimat gebunden wäre und eines Tages das Lebenswerk seines Vaters übernehmen würde.

Ich fand diese Anspielung darauf, daß Wolfgang Werner seine Lieblingspläne, nach Ostafrika zu gehen, für seine junge Frau aufgegeben hatte, nicht gerade geschmackvoll, aber die anderen schienen es nicht zu bemerken. Nur der Bräutigam selbst machte ein Gesicht, als hätte er Zahnschmerzen.

Geza von Vasarys Toast fiel noch lahmer aus. Er wirkte wenig überzeugend, als er sagte, daß er dem jungen Paar von Herzen alles Glück wünsche. Wir alle wußten, daß Sara Königs Entschluß, nicht mehr zu filmen, einen schweren finanziellen Verlust für ihn bedeutete.

Es hatte gerade noch gefehlt, daß Tamara Tess von ihren verschiedenen Hochzeiten zu erzählen begann, und ohne es zu wollen, damit die Bedeutung des großen Tages für Sara herabsetzte.

»Hör doch damit auf, Tamara«, bat Sara, leicht gereizt, »wen interessiert das denn schon? Du hast es ja niemals ernst gemeint.«

»Sag das nicht, Kindchen, am Anfang meint man's immer ernst. Bloß am Ende, da sieht die Sache plötzlich ganz anders aus. Aber ich möchte nichts gesagt haben. Es kann ja auch mal glattgehen. Jedenfalls wünsche ich dir alles Glück!«

»Niemand von euch braucht mir Glück zu wünschen«, entgegnete Sara, »ich bin glücklich. Nicht wahr, Wolfgang, wir sind glücklich?«

Er küßte ihre Hand. »Sehr, Sara.«

Nachdem wir einige Gläser Champagner geleert hatten, wurde die Stimmung etwas lockerer. Tamaras Tess flirtete in der ihr eigenen unverhohlenen Weise mit Professor Werner, der es sich nicht ungern gefallen ließ. Ich unterhielt mich angeregt mit Brigitte Ritter, deren Haltung bewundernswert war. Ich hätte, ehrlich gesagt, soviel Selbstbeherrschung und Großzügigkeit bei einer Frau nie für möglich gehalten. Zweifellos litt sie, weil sie Wolfgang Werner jetzt für alle Zeiten verloren hatte, aber sie ließ es sich in keiner Weise anmerken. Sie gab sich gelassen, herzlich und interessiert. Sie hatte sich die schönen schmalen Lippen ein wenig nachgezogen und wirkte mit ihrer klaren Haut, den großen grauen Augen und der blendenden Figur mehr als anziehend. Daß Mami König es zur Feier des Tages an Rüschen, Spitzen, Armbändern und Ringen nicht hatte fehlen lassen, brauchte wohl nicht gesagt zu werden. Was mich aber verblüffte, war die Entdeckung, daß sie unter dem Tisch die Hand von Geza von Vasary hielt.

Das junge Ehepaar war vollkommen mit sich selbst beschäftigt.

Als wir aufbrachen, änderte sich die Platzordnung in den Wagen, ohne daß ein Wort darüber verloren wurde. Ich fuhr voran, neben mir Brigitte Ritter, und auf den hinteren Sitzen saß die frischgebackene Ehefrau Therese Werner mit ihrem Mann. Die anderen folgten im zweiten Wagen, Axmann fuhr, wie auf der Hinfahrt, hinterher.

Die kirchliche Trauung sollte um zwölf Uhr in der berühmten Rokoko-Wallfahrtskirche in der Wies stattfinden.

Als wir bei Steingaden abbogen, erlebten wir eine Überraschung. Es war ein ganz gewöhnlicher Donnerstag, trotzdem überholten wir drei Omnibusse von Reisegesellschaften, deren Insassen sich offensichtlich in bester Stimmung befanden. Es waren meist sehr junge Menschen, und sie lachten, jubelten und sangen durcheinander.

»Herrje – was ist denn das?« fragte Brigitte Richter verblüfft.

»Wahrscheinlich ein Schulausflug«, antwortete ich und glaubte es selbst. Erst als wir uns dem weiten Parkplatz am Fuße der mächtigen Kirche näherten, sahen wir, was los war. Über die Straße war ein riesiges Transparent gespannt mit der Aufschrift: *Glück und Segen für Sara König!* Gleich dahinter ein anderes: *Unserer Sara Glück für die Zukunft!* Der Parkplatz stand gerammelt voll großer Wagen, und der Strom junger Menschen, die zur Kirche unterwegs waren, versperrte uns die Durchfahrt. Ich sah die vielen Kameras, die vor dem Kirchenportal aufgestellt waren, sah die Fotoreporter, die hin und her wieselten, bemüht, den besten Platz zu erwischen, und wußte Bescheid. Ich wechselte einen raschen Blick mit Brigitte Ritter. Auch sie hatte begriffen, was los war. Aber wir verloren kein Wort darüber.

Im Rückspiegel sah ich, wie Dr. Werner, der bisher keinen Blick für seine Umwelt gehabt hatte, sich plötzlich von Sara löste. »Verdammt!« sagte er unbeherrscht. »Was ist das?«

Saras Stimme zitterte. »Bitte, Wolfgang, bitte!«

»Hast du davon gewußt?«

»Nein! Ich schwöre es dir! Du mußt mir glauben! Ich hatte keine Ahnung!«

Wolfgang Werner beugte sich vor. »Dann sind Sie's also gewesen!« sagte er wütend zu mir.

»Irrtum!« Ich schaltete in den ersten Gang. »Wenn Sie einen Schuldigen suchen, schauen Sie mal nach links! Da hinten steht Meyer-Franke, unser sehr verehrter Pressechef!«

Wolfgang Werner legte mir die Hand auf die Schulter. »Drehen Sie um! Sofort!«

»Aber, Wolfgang! Das können wir doch nicht machen!« rief Sara entsetzt.

»Und warum nicht? Bin ich verpflichtet, meine Hochzeit zu einem Rummel ausarten zu lassen?«

»Sei nicht albern, Wolfgang!« sagte Brigitte Ritter. »Du wußtest, daß du einen Filmstar heiratest.«

»Das ist noch kein Grund, mich zum Popanz machen zu lassen!«

»Niemand macht dich zum Popanz, Wolfgang, glaub mir doch!« rief Sara verzweifelt. »Diese jungen Leute haben mich gern, sie bewundern mich, sie wollen mir bestimmt nur eine Freude machen!«

»Unsinn! Sie wollen eine Sensation erleben. Dazu ist mir unsere Hochzeit zu schade.«

»Mein Gott, Wolfgang«, sagte Brigitte Ritter, »in einer knappen Stunde ist alles vorüber. Ich begreife nicht, warum du dich so anstellst.«

»Ich habe dich geheiratet, Sara, weil du mir fest versprochen hast, mit dem Film Schluß zu machen!«

»Das habe ich auch getan! Glaub' mir doch, ich kann nichts dafür!«

»Drehen Sie um, Holländer!«

»Wolfgang, ich bitte dich, wir können doch diese Leute nicht so enttäuschen und – und außerdem – es wäre doch mein letztes Auftreten in der Öffentlichkeit, mein Abgang sozusagen! Warum ...«

»Umkehren!« donnerte Wolfgang Werner.

»Soll ich, Sara?« fragte ich.

»Bitte«, sagte sie fast unhörbar.

Es war gar nicht so einfach, einen Platz zum Wenden zu finden. Die Fans hatten Sara erkannt und drängten sich um das Auto. Die Polizei hatte alle Hände voll zu tun, um sie zurückzuhalten. Sie halfen uns wenig, weil sie nicht begriffen, daß wir wenden wollten. Ich schrie es ihnen durch das Wagenfenster zu. Die Fans tobten vor Enttäuschung. Um ein Haar hätte ich ein junges Mädchen angefahren. Im letzten Augenblick konnte es von einem Polizisten zurückgerissen werden. Wir atmeten auf, als wir endlich dem Tumult entflohen waren.

Ich angelte eine Zigarettenpackung aus meiner rechten Jakkentasche und drückte sie Brigitte Ritter in die Hand. Sie verstand, zündete mir eine Zigarette an und schob sie mir zwischen die Lippen. Hinter mir hörte ich es leise schluchzen.

»Tränen am Hochzeitstag bringen Glück«, behauptete ich, nur um etwas zu sagen.

»Du hast dich wie ein Narr benommen, Wolfgang!« sagte Brigitte Ritter böse.

»Halt du dich gefälligst raus!« fuhr er sie an.

Sie ließ sich nicht einschüchtern. »Entschuldige dich wenigstens bei deiner Frau!«

»Ich denke nicht daran. Wenn einer sich entschuldigen muß, dann ist sie es!«

»Aber, Wolfgang, ich habe dir doch gesagt, ich hatte keine Ahnung!« protestierte Sara. »Wenn ich das gewußt hätte ... Ich hatte mich so auf meine Hochzeit gefreut!«

»Mach dir nichts daraus, Sara«, tröstete ich sie, »vor dem Gesetz seid ihr Mann und Frau.«

Sara putzte sich die Nase. »Jedenfalls – ich hatte mir meine Hochzeit anders vorgestellt.«

»Ich auch«, sagte Wolfgang Werner verbittert.

Brigitte Ritter lachte. »Kinder, ihr habt noch so viele Jahre vor euch, in denen ihr euch streiten könnt. Fangt nicht gleich heute an! Was ist denn schon passiert? Gar nichts. Die kirchliche Trauung könnt ihr an jedem anderen Tag und in jeder Kirche nachholen. Schluckt euren Ärger runter, gebt euch einen Kuß. Denkt daran, ihr habt sechs Wochen Hochzeitsreise vor euch! Seid glücklich, der Ernst des Lebens fängt noch früh genug an!«

In Kochel hielten wir an und warteten auf die anderen Ich wußte, daß Geza von Vasary hier dem jungen Paar sein Hochzeitsgeschenk präsentieren wollte, und dieses Geschenk war wirklich aller Achtung wert – ein Porsche, fliederfarben, mit perlgrauen Ledersitzen. Allerdings machte der Manager bei der Übergabe ein Gesicht, als ob ihn die Ausgabe reute.

Mami König schloß Sara herzlich in die Arme. »Mein armes, armes Kind!« sagte sie und schien nicht zu begreifen, warum Sara sie so böse zurückstieß.

Professor Werner konnte sich eine ironische Bemerkung nicht verkneifen, bei der seinem Sohn das Blut in den Kopf stieg. Tamara Tess schien alles für einen großen Witz zu halten.

Axmann, der Fotoreporter, hatte gar nicht mehr in Kochel gehalten, sondern war gleich nach München durchgefahren. Ich wußte, er war nicht traurig über den Ausfall der kirchlichen Trauung. Auf diese Weise war er der einzige, der überhaupt Bilder von Sara Königs Hochzeit bringen konnte.

Wir standen und winkten, bis der fliederfarbene Wagen unseren Augen entschwand. Dann war alles vorüber.

Wenn ich ein Romanautor wäre, würde ich meine Geschichte hier enden lassen – mit einem Happy-End in einem fliederfarbenen Traumwagen. Aber meine Aufgabe ist es, Tatsachen zu bringen – und tatsächlich fingen die Schwierigkeiten für die Liebenden nach der Hochzeit erst wirklich an.

Anfangs schien alles gutzugehen. Das junge Paar verbrachte seine Flitterwochen ungestört von der Öffentlichkeit in einer Villa am Luganer See. Sara schrieb mir einen Brief, aus dem ich spürte, daß ihr Glück ohne Schatten war.

Die Zeitungen brachten Saras Flucht vor der Öffentlichkeit an ihrem Hochzeitstag als Sensation. Die Fans machten ihrer Enttäuschung in wütenden Briefen und Protesten Luft. Tatsächlich aber hatte, als der erste Sturm verrauscht war, Sara nur noch Sympathien gewonnen, weil es dem größten Teil des Publikums gefiel, daß sie ihr Privatleben nicht zu einer Show machen wollte. Trotzdem mußte Meyer-Franke einen gewaltigen Rüffel wegen des mißglückten Arrangements einstecken.

Ich selbst flog nach London, um die Hintergründe eines Skandals in Kreisen der englischen Hocharistokratie aufzudekken – eine sehr diffizile Aufgabe, die meine ganze Aufmerksamkeit beanspruchte.

Als ich nach München zurückkehrte, traf ich Mami König eines Nachts in einer Bar, wo sie an der Seite Geza von Vasarys in einem Kreis hoffnungsvoller Starlets saß und gute Ratschläge verteilte.

»Wie geht es Sara?« fragte ich.

Mami Königs Gesicht verschloß sich. »Sicher gut«, sagte sie kurz.

»Wieso? Wissen Sie's denn nicht?«

»Ich wohne nicht mehr in Grünwald.« Sie lächelte plötzlich, und in ihren runden Wangen erschienen Grübchen. »Die Rolle der störenden Schwiegermutter war mir zu undankbar.«

»Ich verstehe.«

»Friedl und ich haben geheiratet«, erklärte Geza von Vasary.

Ich brachte meine Glückwünsche an und zog mich zurück.

Erst zwei Monate nach jener merkwürdigen Hochzeit traf ich Sara wieder. Sie hatte mich angerufen und zu einer kleine Party in ihre Villa eingeladen. »Wir werden ganz unter uns sein«, versprach sie, »nur die alten Freunde.«

Natürlich ging ich hin. Es waren wirklich nur die bekanntesten Figuren erschienen. Das erste, was mir auffiel, war, daß Mami König und Geza von Vasary fehlten. Dafür war der Regisseur Rolf Gessler gekommen, in einem tadellosen dunkelblauen Anzug, aber mit offenem Hemd und ohne Krawatte. Professor Werner und Tamara Tess waren da und verheimlichten in keiner Weise, daß sie inzwischen ein, wenn auch nicht legitimes Paar geworden waren. Ich sah auch Brigitte Ritter in einem hautengen schulterfreien Cocktailkleid, das ihre blendende Figur zur Geltung brachte, und den Kameramann Ralf Rimsky. Alles in allem war es eine sehr bescheidene Party für einen Filmstar, der auf der Höhe seines Erfolges stand, denn das war Sara. Sie zeigte sich ungeschminkt, trug ein sehr einfaches Kleid und gab sich Mühe, die glückliche kleine Hausfrau zu spielen. Sie stob herum, um alle Gäste mit Cocktails und Aschenbechern zu versorgen, und ließ ihren Mann keinen

Augenblick aus den Augen, um nur ja jedem seiner Wünsche zuvorzukommen.

»Ich muß schon sagen, Frau Werner«, neckte ich sie, »Sie spielen Ihre Rolle prächtig.«

Sie sah mich aus großen Augen an. »Ich spiele nicht, Charly, ich bin glücklich, daß ich endlich sein kann, wie ich bin!«

»Ein guter Witz«, sagte ich und lachte.

Ihre Wangen röteten sich. »Ich bin sogar sehr glücklich«, behauptete sie.

»Wer sagt denn, daß du's nicht bist?«

»Ob Sie's glauben oder nicht, Wolfgang ist ein wahrer Engel!«

»Hoffentlich mit kleinen Fehlern.«

»Er hat überhaupt keine Fehler. Nein, wirklich, keinen einzigen. Er ist der wunderbarste Mann, den ich kenne. Er ist viel klüger als ich. Warum wollen Sie mir nicht glauben?«

»Wie kommst du darauf?«

»Machen Sie mir nichts vor, Charly! Das sehe ich Ihnen an der Nasenspitze an. Dabei stimmt es wirklich. Wolfgang hat mit allem recht gehabt. Auch mit dem Haus. Es ist viel zu groß für uns. Eine kleine Wohnung würde uns vollkommen genügen. Ich begreife gar nicht mehr, warum ich mich auf dieses Haus versteift habe.«

»Na ja, das läßt sich ja ändern«, sagte ich.

»Ich habe einem Makler die Villa zum Verkauf übergeben.«

»Bravo, Sara! Das Weib soll dem Manne untertan sein.«

»Lachen Sie mich nicht aus! Ich habe jetzt viel Zeit. Wenn ich eine kleine Wohnung hätte, könnte ich den ganzen Haushalt selbst versorgen.« Dazu gab es nichts mehr zu sagen, und ich zog es vor, meine Gefühle mit einem Manhattan hinunterzuspülen.

»Haben Sie *Frühling in Berlin* schon gesehen?« fragte Ralf Rimsky den Hausherrn.

»Nein«, sagte Wolfgang Werner.

»Ich verstehe schon, daß Sie wenig Zeit haben, Herr Doktor. Aber den Streifen sollten Sie sich wirklich ansehen! Sara war noch nie so gut.«

»Ich interessiere mich nicht für die Filmarbeit meiner Frau.«

Ralf Rimsky starrte den jungen Arzt verblüfft an. »Aber das sollten Sie tun! Das ist doch wichtig für Sie! *Frühling in Berlin* ist ein Bombenerfolg.«

Ich war froh, daß Wolfgang Werner jetzt wenigstens nicht

»Na wenn schon!« sagte, denn dann hätte ich ausfallend werden müssen. Aber er schwieg.

»Seien Sie mir nicht böse, Rimsky«, sagte ich, »ich habe den Film auch noch nicht gesehen. Ich war längere Zeit im Ausland. Hat er wirklich so eingeschlagen?«

»Und wie! Eine Bombe erster Klasse!«

»Interessant.« Ich zündete mir eine Zigarette an.

»Du hast ihn dir aber doch angeschaut, Sara?« fragte Tamara Tess.

Sara setzte ihr Glas so plötzlich aus der Hand, daß der Inhalt überschwappte. »Was wollt ihr eigentlich von uns?«

»O pardon!« Tamara verzog den großen, sehr rot geschminkten Mund zu einem strahlenden Lächeln. »Ich wußte nicht, daß du so empfindlich geworden bist, Liebling!«

»Ich bin nicht empfindlich. Ich möchte nur, daß ihr uns in Ruhe laßt.«

»Wir schon«, sagte ich, »aber ich denke, der Orion-Verleih wird sich bald melden, oder hat er etwa schon? Jedenfalls stehen die Dinge doch so, Sara, daß du, da *Frühling in Berlin* ein Erfolg geworden ist, wenigstens noch einen Film drehen mußt, nicht wahr?«

»Müssen wir das gerade jetzt besprechen?«

»Aber, Sara, Liebling!« Tamara Tess tätschelte Saras Hand. »Es hat doch keinen Zweck, den Kopf in den Sand zu stecken. Wir wollen dir ja nur helfen.«

»Sara wird nicht mehr filmen«, erklärte Wolfgang Werner mit Nachdruck.

»Na, dann viel Vergnügen!« sagte Tamara. »Das wird dich einiges kosten!«

»Geld! Ist das wirklich das Wichtigste für euch?« rief Sara wütend.

»Ich möchte mich da nicht einmischen, mein liebes Kind«, sagte Professor Werner, »aber es ist nicht zu leugnen, daß Geld einige Bedeutung auf dieser Welt hat. Bist du nicht ein bißchen engherzig, Wolfgang? Was würde es denn schon ausmachen, wenn Sara noch einen Film dreht? Wenn du eine Ärztin geheiratet hättest, würdest du dich doch auch nicht dagegen sträuben, daß sie weiter arbeitet.«

Brigitte Ritter öffnete den Mund, als ob sie etwas sagen wollte, dann überlegte sie sich's aber anders und schwieg.

»Das ist doch gar kein Vergleich«, entgegnete Wolfgang

Werner. »Wenn Sara Ärztin wäre, könnten wir zusammenarbeiten.«

»Du müßtest deine Frau mit den Patienten teilen, Wolfgang«, sagte Professor Werner. »Wo liegt da der Unterschied? In Saras Fall teilst du sie mit dem Filmpublikum.«

»Ich habe nicht das Zeug dazu, den Prinzgemahl zu spielen.«

»Bitte.« Professor Werner zündete sich umständlich eine Zigarre an. »Ich will dich natürlich in keiner Weise beeinflussen.«

In diesem Augenblick erschien eine Hausangestellte. »Herr Professor Werner wird am Telefon verlangt.«

Der Professor stand auf, und wir anderen blieben in etwas unbehaglichem Schweigen zurück. Er kam bald wieder ins Zimmer. »Du mußt in die Klinik hinausfahren, Wolfgang«, sagte er, »tut mir leid, Junge. Irene Simmer hat einen Herzanfall bekommen.«

Brigitte Ritter sprang auf. »Oh, Herr Professor, das könnte ich doch auch erledigen! Die Patientin kennt mich und...«

»Nein«, sagte Wolfgang Werner ruhig, »ich sehe keinen Grund, warum ich mich vertreten lassen sollte.«

»Keinen Grund?« rief Sara. »Heute, wo wir zum erstenmal seit unserer Hochzeit Gäste haben?«

Er beugte sich über sie und küßte sie auf die Stirn. »Ich bin gleich wieder zurück, Liebling.«

Sara lächelte tapfer. »Ich glaube, an solche Zwischenfälle muß man sich als Arztfrau gewöhnen.«

»Ich fürchte, du wirst dich noch an viel mehr gewöhnen müssen!« Rolf Gessler hievte die Beine über die Lehne seines Sessels.

»Was meinst du damit?« fragte Sara scharf.

»Was ich gesagt habe. Bildest du dir etwa ein, es ist leicht, von heute auf morgen seinen Beruf aufzugeben? Was rede ich denn da – seiner Berufung untreu zu werden! Du bist zur Schauspielerin berufen, und du tust dir selbst ein großes Unrecht an, wenn du darauf verzichtest.«

»Ich weiß selbst sehr gut, was ich zu tun habe, ich brauche keine Ratschläge, deine am wenigsten, Rolf!«

»Schade.« Er saugte an seinem Strohhalm. »Ich hätte Pauly gern einen anderen Bescheid gebracht.«

»Hat er dich geschickt?«

»Unfug! Du hast mich doch eingeladen. Oder hast du das schon vergessen?«

»Aber nicht als Spion!«

»Entschuldige, daß ich auf der Welt bin. Soll ich also bestellen, daß du auf keinen Fall mehr filmst und bereit bist zu zahlen?«

Sara zögerte einen Augenblick. Dann faltete sie die Hände im Schoß und lächelte. »Ich kann gar nicht mehr filmen, denn ich – ich bekomme nämlich ein Baby.«

Wir alle fuhren herum und starrten sie an. Brigitte Ritter war die erste, die die Sprache wiederfand. »Seit wann?«

»Das spielt doch keine Rolle.«

»O doch«, sagte Rolf Gessler, der sich wieder gefaßt hatte, »bis zum fünften Monat mußt du nämlich...«

»Ich werde ein Attest beibringen.«

»Das ist ja wunderbar, Sara!« schrie Tamara Tess und schloß sie herzlich in die Arme. Sie zwinkerte Professor Werner zu. »Ich hätte nie geglaubt, daß ich mich einmal in einen Großvater verlieben würde!«

Als die Welle der Glückwünsche verrauscht war, sagte Rolf Gessler gedankenverloren: »Das hast du wirklich prächtig hingekriegt, Mädchen, alle Achtung! Damit bist du aus all deinen Verpflichtungen heraus. Natürlich mußt du von nun an jedes Jahr ein Kind bekommen. Ich denke, fünf bis sechs werden genügen. Dann bist du eine dicke, abgearbeitete Hausfrau geworden, und der Film wird freiwillig auf dich verzichten. Immerhin, ich gratuliere.«

»Man braucht keineswegs dick und unscheinbar zu werden, wenn man Kinder bekommt, Herr Gessler«, warf Brigitte Ritter ein. »Kinder sind etwas ganz Wunderbares. Nur, glaube ich, sollte man sie nicht aus Spekulationsgründen bekommen.«

»Davon kann gar keine Rede sein!« sagte Sara heftig. »Wolfgang und ich lieben uns. Wir wünschen uns Kinder, das ist alles.«

»Großartig!« Rolf Gessler schwenkte seine langen Beine zu Boden, stellte sein Cocktailglas auf den Tisch. »Bitte, merk mich als Taufpaten für das fünfte vor. Wenn's ein Junge wird, müßt ihr ihn Rolf taufen, ein Mädchen, na, vielleicht Rolfine, ganz apart, wie? Darf ich mich verabschieden?« Er küßte Sara die Hand, nickte uns allen zu und schlenderte zur Tür. Mir entging nicht, daß Saras Gesicht Betroffenheit zeigte.

Von heute auf morgen mußte ich nach Amerika fliegen. Ich war beim Kofferpacken, als Sara mich anrief. Sie behauptete, daß sie mich ganz dringend sprechen müßte, und ich hatte nicht das Herz, sie abzuweisen. Außerdem war ich neugierig. Der Einfachheit halber verabredeten wir uns in meiner Pension.

Ich war gerade dabei, meinen kleinen Koffer zu schließen, als Sara hereinkam. Auf den ersten Blick sah ich, daß sie sehr erregt war. Das Seidentuch, das sie sich in aller Eile um das rotblonde Haar geschlungen hatte, war halb in den Nacken gerutscht.

Ich warf ein paar gebrauchte Hemden vom Sessel, bot ihr Platz an und mixte uns beiden einen Manhattan. »Mach es hurtig, junge Frau«, bat ich, »die Zeit ist knapp.«

Sie sah mich über ihr Glas hinweg an. »Ich liebe Wolfgang.«

»Nur um mir das zu sagen ...«, begann ich.

Sie schnitt mir das Wort ab. »Ich liebe ihn mehr als mein Leben, das müssen Sie mir glauben, Charly.«

»Gut. Unterstellen wir das«, sagte ich friedfertig, »mach weiter. Aber?« Ich sah sie aufmunternd an.

»Wieso aber?«

»Na, ich denke, ein ›Aber‹ wird doch dabei sein.«

»Rolf Gessler hat mir ein Drehbuch geschickt.«

»Aha.«

»Vielleicht hätte ich's gar nicht lesen sollen ...« Sie stockte.

»Warum denn nicht? Oder hat Wolfgang dir auch das Lesen verboten?«

»Nein, das nicht. Was glauben Sie eigentlich von Wolfgang? Halten Sie ihn für einen Tyrannen?«

»Ja.«

»Dann kennen Sie ihn nicht.«

»Müssen wir uns jetzt über deinen Wolfgang unterhalten?«

»Nein, natürlich nicht. Bitte, entschuldigen Sie, ich bin ein bißchen durcheinander.«

»Du wolltest mir von dem Drehbuch erzählen.«

»Es ist eine großartige Rolle für mich drin, Charly. Eine Rolle, wie ich sie mir immer gewünscht habe! Stellen Sie sich vor, ein Mädchen, es heißt Claudia, heiratet. Es ist eine reine Liebesheirat, sie sind sehr glücklich, und dann stellt sie auf einmal fest, daß sie geisteskrank wird. Es ist unheimlich, Charly, sage ich Ihnen, faszinierend. Wissen Sie, ihr Geist verwirrt sich, aber zwischendurch spürt sie immer selbst, daß sie krank ist und etwas nicht in Ordnung ist, und sie kämpft gegen diese Krankheit an, und ihr Mann...«

Ich unterbrach sie. »Kurz und gut, die Claudia ist eine Rolle, für die du dich brennend interessierst.«

»Es wäre die Rolle meines Lebens, Charly!«

»Jetzt tut es dir leid, daß du ein Baby erwartest?«

»Aber es geht doch nicht um das Baby, Charly. Sie verstehen die Sache ganz falsch. Das Baby – mein Gott, bis dahin ist noch so lange Zeit, dem würde es ganz bestimmt nicht schaden, wenn ich spielen würde, ganz bestimmt nicht. Nur – kann ich das Wolfgang antun?«

»Wenn er kein Tyrann ist, wie du sagst...«

»Ich habe ihm fest versprochen, nie mehr zu filmen. Es wäre doch unfair von mir, wenn ich jetzt... Es ist nicht, weil ich ihn nicht liebe, Charly, oder weil ich mich langweilen würde, es ist nur – also, erstens ist das eine Rolle, wie ich sie noch nie angeboten bekommen habe, und zweitens, wenn ich diesen Film noch machen würde, wäre ich ja richtig aus dem Vertrag heraus. Nicht nur durch einen Schwindel mit einem Baby nach dem anderen, verstehn Sie? Brigitte Ritter hat ja ganz recht, wir wollten aus dem Baby eine Spekulation machen, aber das wäre doch ganz schlecht, nicht wahr?«

»Willst du einen Rat von mir, Sara?«

»Ja, bitte! Ich habe keinen Menschen mehr, mit dem ich mich aussprechen kann. Mami läßt sich nicht mehr sehen, und Vasary... Na, Sie wissen schon.«

»Es tut mir leid.« Ich zündete mir eine Zigarette an. »Ich kann dir da nicht raten, Sara. Diese Entscheidung mußt du ganz allein treffen.«

Sie schwieg und biß sich auf die Unterlippe. »Würden Sie mich für schlecht halten, wenn ich es täte?«

»Nein.«

»Ich käme mir aber schlecht dabei vor.«

»Liebe Sara, es hat doch keinen Sinn, daß du dich mit Selbstvorwürfen zermarterst. Du wirst diese Rolle spielen, weil du nicht anders kannst. Du wirst sie vielleicht mit schlechtem Gewissen spielen, aber du wirst es tun. Jeder von uns tut immer das, was er muß, nie das, was er sollte. Sonst sähe die Welt anders aus.«

»Aber wenn ich nun nicht will?«

»Du willst, Sara. Mach dir doch nichts vor. Soll ich Gessler anrufen und ihm Bescheid sagen?«

»Nein, bitte nicht, Charly. Seien Sie mir nicht böse, aber ich habe eine große Bitte an Sie...«

»Ja?«

»Könnten Sie nicht mit Wolfgang darüber reden?«

»Ich? Was versprichst du dir davon?«

»Sie sind ein so vernünftiger Mensch. Sie könnten ihm doch klarmachen... Sie haben doch eben selbst gesagt, daß ich nicht anders kann!«

»Hör mal, Sara«, sagte ich, »schlag dir das aus dem Kopf. Ich habe nicht den geringsten Einfluß auf deinen Mann. Mit dieser Sache mußt du schon allein fertig werden. Ich kann dir da nicht im geringsten helfen. Ganz davon abgesehen, daß ich heute abend abfliege.«

»Ob ich, meinen Sie, daß Brigitte Ritter...? Er hat doch große Stücke auf sie gehalten. Sie würde bestimmt...«

»Sag es ihm selbst. Das ist immer das einfachste und das beste. Er hat ja gewußt, daß er eine Schauspielerin geheiratet hat und nicht irgendein junges Mädchen. Wenn er dich wirklich liebt, wird er dich verstehen.«

Sie sah mich aus verzweifelten Augen an. »Ich kann es ihm nicht sagen, Charly!«

Ich weiß nicht, wie Sara König es ihrem Mann beigebracht hat – möglicherweise hat sie Vasary vorgeschoben oder ihn überhaupt vor die vollendete Tatsache gestellt, vielleicht hat sie es aber auf sich genommen, ihm die Erlaubnis abzuringen –. Jedenfalls, der Film *Faszination* ging vierzehn Tage später mit Sara ins Atelier. Ich erfuhr es aus einer Nummer der *Allerneuesten,* die mir nach New York nachgeschickt wurde, aber ich war dessen schon sicher gewesen, als ich München verlassen hatte.

Von New York aus flog ich zu einer Reportage über ein buddhistisches Tempelfest nach Sri Lanka und kehrte erst nach München zurück, als die Außenaufnahmen zu *Faszination* schon beendet waren und der Film für die letzten Drehtage ins Atelier gegangen war.

Ich besuchte Sara in ihrer Garderobe. Sie war schon abgeschminkt und im Straßenkostüm. Ich erschrak über ihre geisterhafte Blässe und die tiefen Schatten unter ihren Augen.

Friedl König-Vasary, die kurz nach mir in die Garderobe trat, sagte es ganz offen: »Du siehst entsetzlich elend aus, Kind, ich fürchte, Ehe und Beruf, das ist einfach zuviel für dich!«

Sara fuhr auf. »Mußt du immer auf Wolfgang herumhakken?«

»Aber, Kind, sei doch nicht so gereizt! Ich habe deinem Mann nicht den geringsten Vorwurf gemacht!«

Sara sackte zusammen. »Bitte, Mami, verzeih. Ich weiß, ich bin überempfindlich. Ich kann nichts dafür.«

»Du solltest mal zum Arzt gehen, Sara!« sagte ich.

»Zum Arzt? Wozu?«

»Weil du dich miserabel fühlst. In solchen Fällen pflegt man zum Arzt zu gehen. Besonders, wenn man ihn im Haus hat.«

»Mein Gott, ich bin doch nicht krank! Vielleicht bin ich ein bißchen überarbeitet. Die Rolle ist sehr schwierig, und Gessler erspart mir wahrhaftig nichts.«

»Soll ich mal mit ihm reden?« schlug »Mami« vor. »Er sollte dich mehr schonen. Er kennt doch schließlich deinen Zustand.«

»Unsinn! Ich habe die Rolle freiwillig übernommen, und ich muß sie jetzt auch zu Ende spielen. Schließlich sind es ja nur noch ein paar Tage, die werde ich schon durchhalten.«

»Und wenn nicht?« fragte ich.

»Ich muß!« sagte sie entschieden.

Wir begleiteten Sara zu ihrem Wagen, dem fliederfarbenen Porsche. Sie versuchte zu lächeln, als sie uns noch einmal zuwinkte, aber sie sah erbärmlich aus.

»Ich mache mir solche Sorgen«, sagte Friedl König-Vasary, »ich hätte sie nie allein lassen dürfen.« In ihren Augen standen Tränen.

»Sie brauchen sich wirklich keine Vorwürfe zu machen, gnädige Frau. Sara hat es selbst so gewollt, wie es gekommen ist.«

»Sie ist noch ein Kind, Charly. Sie hat sich übernommen.«

»Vielleicht. Aber Sie haben ja gehört, was sie gesagt hat. In ein paar Tagen ist alles vorbei.«

»Hoffentlich.«

Ich sah sie erstaunt an. »Wie meinen Sie das?«

»Ich – versprechen Sie mir, daß Sie mit niemandem darüber reden?«

»Ganz bestimmt nicht.«

»Ich glaube, mit ihrem Baby ist was nicht in Ordnung. Nein, sie hat mir nichts davon gesagt. Aber ich habe so ein ungutes Gefühl. Bitte, lachen Sie mich nicht aus, ich habe nie ein Kind bekommen, aber schließlich bin ich eine Frau. Ich spüre einfach, daß irgend etwas nicht stimmt.«

»Haben Sie mit Dr. Werner darüber gesprochen?«

»Nein. Das würde Sara mir nie verzeihen. Wenn ich ihr doch bloß helfen könnte!«

Niemand konnte Sara helfen. Zwei Tage nach Beendigung der Dreharbeiten brach sie zusammen. Sie mußte ins Krankenhaus gebracht werden. Professor Werner ließ nichts unversucht, trotzdem verlor sie ihr Baby.

Als ich von dem Unglück erfuhr, besuchte ich sie sofort. Mit weißem, spitzem Gesicht und übergroßen Augen lag sie in ihren Kissen. Brigitte Ritter saß an ihrem Bett.

»Es tut mir so leid, Sara«, sagte ich hilflos.

Sie schluchzte trocken. »Es wäre ein Junge gewesen, Charly.«

»Du darfst dich nicht so unnütz quälen, Sara!« tröstete Brigitte Ritter sie herzlich. »Was geschehen ist, ist geschehen. Du mußt dir jetzt Mühe geben, recht bald wieder gesund zu werden. Das ist das einzig Wichtige.«

»Wolfgang wird es mir nie verzeihen.«

»Unsinn. Das redest du dir ein. Wolfgang liebt dich.«

»Es war meine Schuld.«

»Nein. Vielleicht hättest du das Kind auch verloren, wenn du nicht gefilmt hättest. Ich habe viele Fälle erlebt, in denen sich die Mütter fast übertrieben geschont haben, und trotzdem ist es schiefgegangen. Glaub' mir doch, Sara, es hat alles so kommen sollen. Niemand ist schuld.«

»Doch. Ich hätte nicht filmen dürfen.«

»Du bist vollkommen gesund, Sara. Professor Werner hat es dir bestätigt. Du wirst noch viele Kinder haben können. Nur darfst du dich jetzt nicht gehen lassen. Denk immer daran, das Leben liegt ja noch vor dir.«

»Ich werde es mir nie verzeihen.«

Brigitte Ritter streichelte ihre Hände. »Ach, Sara«, sagte sie nur.

»Gestern habe ich Vasary getroffen«, erzählte ich, um sie abzulenken, »er hat *Faszination* im Rohschnitt gesehen. Er sagt, die Aufnahmen wären unerhört geworden.«

»Ich hasse diesen Film!« sagte sie heftig. »Ich hasse diese verdammte Rolle!«

»Nicht so schnell, Sara!« sagte ich. »Wenn du den Film siehst, wirst du vielleicht anders denken.«

»Ich werde ihn mir nicht ansehen, nie, nie, nie! Er hat mir nur Unglück gebracht!«

Ich begriff, daß mit Sara in diesem Zustand nicht zu reden war und atmete erleichtert auf, als sich die Tür öffnete und Wolfgang Werner eintrat. Saras Augen leuchteten auf, dann brach sie in Schluchzen aus. Brigitte Ritter und ich ließen das Ehepaar allein. »Arme Sara«, sagte ich draußen.

Brigitte Ritter lächelte. »Sie wird darüber hinwegkommen. Seien Sie ohne Sorge. Wenn Sie wüßten, wie viele Frauen über so etwas hinwegkommen müssen!«

»Und er?« fragte ich.

»Würden Sie zusammenbrechen, wenn Ihre Frau ein Kind verliert?«

»Ich habe keine.«

»Männer nehmen das nicht so tragisch«, erklärte mir Brigitte Ritter, »Wolfgang muß jetzt in erster Linie an seine Frau denken. Ob er nun ein Jahr früher oder ein Jahr später das erste Kind bekommt, ist schließlich nicht so wichtig. Meinen Sie nicht auch?«

»Ich fürchte«, sagte ich, »auf meine Meinung kommt es in dieser ganzen Geschichte nicht an.«

Tatsächlich erholte sich Sara, wenigstens äußerlich – sehr viel schneller, als ich gedacht hatte. Als ich sie das nächstemal wiedersah – ich hatte in Grünwald zu tun gehabt und kam unangemeldet auf einen Sprung zu ihr herein –, wirkte sie so blühend und jungmädchenhaft zart, daß ich sie, wäre mir die Wahrheit nicht bekannt gewesen, niemals für verheiratet gehalten haben würde.

Es war ein kalter Wintertag. Draußen fiel flockiger Schnee vom Himmel, der sich auf den Straßen der Stadt sofort in Matsch verwandelte. Der Garten hinter Saras Haus wirkte wie eine Weihnachtslandschaft. Sara trug lange graue Hosen, einen grauen Pullover mit Rollkragen und hatte es sich in einem Sessel vor dem brennenden Kaminfeuer gemütlich gemacht.

»Was für eine nette Idee, mich zu besuchen, Charly!« sagte sie ehrlich erfreut. »Ihr habt euch alle in letzter Zeit sehr rar gemacht.«

»Wenn ich eine Ahnung gehabt hätte, daß du dich allein fühlst...«, sagte ich und zog einen bequemen Lehnsessel ans Feuer.

»Ich fühle mich nicht allein«, sagte Sara, »ich habe ja schließlich Wolfgang.

»Genügt dir das?«

»Natürlich. Nur – er hat leider sehr viel zu tun. Sie wissen, die Grippe...«

»Geht auch vorüber, Sara. Wie vertreibst du dir so die Zeit?«

Sie lächelte. »Ich kümmere mich um den Haushalt. Wissen Sie übrigens, daß ich sehr gern koche?«

»Na, wundervoll! Ich möchte auch mal etwas sehr gern tun.«

»Und außerdem lese ich viel. Diesen Pullover habe ich mir selbst gestrickt.«

»Donnerwetter!«

»Ich könnte sehr glücklich sein«, sagte Sara nachdenklich und starrte in die Flammen.

»Du bist es also nicht?«

»Doch! Oder nein. Ich weiß es selbst nicht.«

»Das ist meistens so. Man merkt immer erst zu spät, wenn man glücklich gewesen ist.«

»Meinen Sie?«

»Ganz sicher.«

Sie hatte ihre Beine auf den Sitz gezogen, ihre Hände um die Knie geschlungen und sah mich mit schiefgelegtem Kopf an. »Vielleicht habe ich kein Talent zum Glücklichsein. Ganz im Ernst, Charly, früher, als ich so mitten in der Arbeit steckte und in dem ganzen Rummel – Sie wissen ja selbst, wie unglücklich ich damals war. Ich wollte nichts als aufhören mit dem allen. Jetzt, wo ich den ganzen Tag tun und lassen kann, was ich will, bin ich auch nicht zufrieden. Woran liegt das bloß?«

Ich zog es vor, ihr nicht zu antworten. »Wie geht's Tamara?« fragte ich. »Ich habe sie lange nicht gesehen.«

»Ich auch nicht. Wissen Sie, daß es zwischen ihr und meinem Schwiegervater aus ist?«

»Nein.«

»Eine Zeitlang sah es fast so aus, als ob sie heiraten würden. Das wäre lustig gewesen, nicht wahr? Stellen Sie sich vor, Tamara meine Schwiegermutter! Aber dann muß irgend etwas passiert sein. Ich glaube, sie hat ihn ein bißchen betrogen, und er hat von einem Tag zum anderen Schluß mit ihr gemacht.«

»Hat es sie sehr getroffen?«

»Ich glaube schon. Aber das Leben nehmen wird sie sich deshalb bestimmt nicht wieder. Ich glaube, so was tut man nur einmal im Leben.«

»Ich fürchte, da irrst du dich. Die meisten Menschen wiederholen dieselben Fehler immer wieder.«

»Ich nicht«, sagte sie, »ich glaube, ich habe viel dazugelernt.« Ich konnte es ihr nicht so richtig glauben.

Die Uraufführung von *Faszination* fand Ende Januar statt. Ich wußte, daß Sara sich geweigert hatte, bei dieser Gelegenheit vor ihr Publikum hinzutreten und Autogramme zu geben. Der Orion-Verleih seinerseits verzichtete auf den üblichen Rummel, es gab weder eine Starparade noch einen Presseempfang. Offensichtlich hielt Egon Pauly es für unnütz, sein gutes Geld hinter einem Star herzuwerfen, der mit diesem Film endgültig aus dem Verleihvertrag ausstieg. Es war in der Branche nur zu bekannt, daß Rolf Gessler die Kalkulation des Filmes um zweihunderttausend Mark überschritten hatte.

Faszination wurde gleichzeitig in den Uraufführungstheatern Münchens, Berlins, Hamburgs, Hannovers und Düsseldorfs gestartet. Obwohl Meyer-Franke sich wirklich keine Mühe gegeben hatte, die Reklametrommel zu rühren, hatte der Film von Anfang an eine gute Mundpropaganda. Gerade ihr Entschluß, nicht mehr zu filmen, hatte Sara König in den Mittelpunkt des Interesses gerückt. Ihre Heirat mit dem jungen Arzt, ihr Verzicht auf eine kirchliche Trauung vor den Augen ihrer Fans, die Tatsache, daß sie kurz nach den Dreharbeiten zu *Faszination* ihr Baby verloren hatte – all das hatte lange Zeit einen höchst interessanten Gesprächsstoff gegeben. Der Kassenandrang war groß und – was für mich das Überraschendste war – die Kritik, deren Meinung über Sara bisher stets zwischen Wohlwollen, Spott und Ablehnung geschwankt hatte, war diesmal einmütig von Sara Königs Leistung begeistert. Der gefürchtete Berliner Kritiker Erhard Wasser schrieb wörtlich: »Ich muß ehrlich zugeben, daß ich Sara König bisher niemals für eine Schauspielerin gehalten habe. Selten habe ich mich in meinem Urteil so geirrt. Sara König ist nicht nur eine Schauspielerin – sie ist, das hat sie in der Rolle der Claudia klar bewiesen – eine unserer größten.«

Ich selbst war noch nicht dazu gekommen, mir den Film anzusehen, denn ich steckte mitten in einer Serie, die, wie immer in unserem Geschäft, eigentlich schon vorgestern hätte fertig werden sollen. Trotzdem nahm ich mir die Zeit, Sara anzurufen und ihr zu der glänzenden Kritik zu gratulieren.

Saras Stimme am Telefon klang ein wenig atemlos. »Ja, lächerlich, nicht wahr? Damals, als ich noch alles für eine gute

Kritik gegeben hätte, da hat man mir bestenfalls wohlwollend auf die Schulter geklopft – geistig, meine ich. Und heute, wo es nicht mehr darauf ankommt, soll ich plötzlich eine ganz große Schauspielerin sein.«

»Na, immerhin ein wunderbarer Abgang, Sara. Was sagt denn dein Mann dazu?«

Sie zögerte. »Wolfgang – er ist ziemlich schwierig. Ich darf ihm nicht mal zeigen, daß ich mich freue. Ich glaube, ihm wäre es lieber gewesen, wenn dieser Film ein Reinfall geworden wäre.« Die Bitterkeit in ihrer Stimme war nicht zu überhören.

»Eifersucht«, tröstete ich, »mach dir nichts draus.«

Sie lachte, aber ihr Lachen klang nicht ganz echt. »Jedenfalls – heute abend sehe ich mir den Film an, ob er nun mitkommt oder nicht. Sagen Sie, Charly, haben Sie ihn eigentlich schon gesehen? Natürlich nicht, ich weiß schon. Sie brauchen sich nicht zu entschuldigen. Wenn Sie heute abend Zeit hätten – Vasary hat nämlich für uns eine Loge reserviert –, sind Sie herzlich eingeladen.«

Natürlich ging ich hin, und zwar mit einiger Spannung. Ich hatte Sara König nur in einer ihrer ersten Rollen gesehen, als sie noch den liebenswerten, zuckersüßen Teenager spielte. Inzwischen hatte sie einiges durchgemacht – Glück, Leid und Schuld –, es interessierte mich ehrlich, ihre Wandlung zur Schauspielerin, von der die Kritiker sprachen, mit eigenen Augen zu erleben.

Als ich kam, waren in der großen Mittelloge des Orion-Filmpalastes schon Friedl König, jetzt Friedl von Vasary, ihr Mann, der Manager, und ein unscheinbarer kleiner Herr mit einer randlosen Brille versammelt, der mir von Geza von Vasary als Mr. Bernstein aus den USA vorgestellt wurde. Ich kannte Mr. Bernstein nicht, aber ich wußte, daß er einer der bedeutendsten Filmagenten Amerikas war.

Sara König und ihr Mann erschienen erst, als das Vorprogramm schon gelaufen war. Es war gerade wieder dunkel im Kino geworden, und es blieb keine Zeit zu einer Begrüßung. »Mami« stand auf und schob Sara rasch auf ihren Platz in der ersten Reihe, so daß sie zwischen Geza von Vasary und Mr. Bernstein zu sitzen kam. Friedl Vasary setzte sich zwischen mich und Dr. Werner in die hintere Reihe, was mir nicht gerade recht war, denn ich hätte gern den Eindruck beobachtet, den der Film auf Saras Mann machte. Soviel ich wußte, war es das erstemal, daß Wolfgang Werner seine Frau auf der Leinwand sah. Wahrscheinlich aber wäre ich sowieso nicht dazu gekommen, ihn zu beobachten, denn der Film nahm meine ganze Aufmerksamkeit in Anspruch.

Er war eindrucksvoll. Rolf Gessler hatte die Geschichte der jungen Frau, die plötzlich spürt, daß eine Geisteskrankheit von ihr Besitz ergreift, im Kammerspielton inszeniert. Nicht eine einzige Reaktion der Mitspieler wirkte übertrieben, die Tragik war oft nur angedeutet. Es gab keinen Ausbruch, keinen platten Dialog, aber viele ergreifende Zwischentöne. Sara war unwahrscheinlich gut.

Ich mußte wieder einmal feststellen, daß das deutsche Publikum weit besser ist als sein Ruf. Die Zuschauer gingen von der ersten bis zur letzten Szene mit. Im Parkett herrschte atemlose Stille, und als es endlich wieder hell im Kino wurde, sah man viele verweinte Augen, harte Männer, die verschämt ihr Taschentuch zogen.

Dr. Wolfgang Werner erhob sich als erster, dann standen wir anderen auf. Niemand sagte ein Wort über den Eindruck, den der Film auf uns gemacht hatte. Wir wechselten ein paar belanglose Worte und warteten, bis das Publikum das Kino verlassen hatte.

»Wie wär's«, schlug Geza von Vasary dann vor, »wollen wir alle zusammen noch einen Drink bei mir nehmen?«

»Kommt doch lieber zu uns raus«, sagte Sara.

»Das ist ein bißchen weit, Kind«, wehrte »Mami« ab, »Geza muß morgen früh nach Zürich fliegen.«

»Ach so, na dann – was meinst du, Wolfgang?«

»Ganz wie du willst, Sara.« Seine Stimme klang nicht begeistert, aber Sara schien es nicht zu merken.

Sara König und ihr Mann waren in einem Taxi zum Kino gefahren. Friedl König-Vasary bugsierte ihre Tochter auf den Rücksitz von Geza von Vasarys Auto neben Mr. Bernstein. Ich schloß mein Auto auf und wollte Dr. Wolfgang Werner einsteigen lassen.

Er zögerte. »Würden Sie es mir sehr übelnehmen, wenn ich nicht mitkäme?« fragte er.

»Ich? Nicht im geringsten. Höchstens Ihre Frau.«

»Ich habe Kopfschmerzen.«

»Dagegen ist ein kleiner Whisky gerade das Richtige.«

»Hören Sie mal, Holländer, Ihnen brauche ich ja nichts

vorzumachen. Ich möchte lieber nicht dabeisein, verstehen Sie?«

»Nein«, sagte ich.

»Wer ist dieser Mr. Bernstein.«

»Ein Filmagent aus Amerika.«

»So etwas Ähnliches habe ich mir gedacht.«

»Sie dürfen Sara jetzt nicht im Stich lassen«, sagte ich, »sie liebt Sie und...«

Er unterbrach mich. »Möglich, daß sie mich liebt. Aber sie braucht mich bestimmt nicht.«

»Na, wie Sie meinen, Dr. Werner. Mich geht das Ganze schließlich nichts an. Aber ich fürchte, Sie machen da einen schweren Fehler.«

»Ich hätte sie niemals heiraten dürfen.«

»Das kann ich nicht beurteilen. Jetzt, da Sie es getan haben, müssen sie um sie kämpfen.« Ich setzte mich ans Steuer. »Kommen Sie nun mit oder nicht?«

Dr. Wolfgang Werner machte keine Anstalten einzusteigen, er tippte an seinen Hut. »Viel Spaß noch!« sagte er und war schon verschwunden, noch ehe ich den Motor angelassen hatte.

In der Nibelungenstraße hatte sich einiges verändert. Als Friedl König-Vasary mich einließ, stellte ich sofort fest, daß die Garderobe eine moderne abwaschbare Tapete bekommen hatte. Die Sessel im großen Arbeitszimmer Geza von Vasarys waren neu gepolstert und überzogen. Offensichtlich hatte die frischgebackene Frau von Vasary sich als Hausfrau betätigt. Immerhin war sie pietätvoll genug gewesen, die silbergerahmten Starfotos an ihren Plätzen zu lassen.

Als ich eintrat, hatten die anderen schon in der bequemen Rauchecke Platz genommen. Die Unterhaltung war noch nicht recht im Gange. Geza von Vasary mixte Getränke, Mr. Bernstein blätterte in dem neuen Prospekt des Orion-Verleihs, und Sara wollte sich gerade eine Zigarette anzünden. Ich stapfte über die dick aufeinandergelegten Perserteppiche auf sie zu, nahm ihr das Feuerzeug aus der Hand und gab ihr Feuer.

»Danke, Charly!« sagte sie mit einem kleinen Lächeln, doch plötzlich wurden ihre schönen blauen Augen dunkel. »Wo ist Wolfgang?«

»Er wollte sich ein bißchen die Beine vertreten.«

»Ist er nicht mit Ihnen gekommen?«

»Nein. Aber mach dir nichts draus, Sara. Du weißt ja, er ist nicht für Gespräche mit Filmleuten.«

»Aber wieso denn? Hier ist doch kein Gespräch unter Filmleuten. Wir wollten doch nur ein bißchen gemütlich zusammen sein.«

»Eben. Dein Wolfgang scheint offensichtlich von gemütlichen Zusammenkünften nichts zu halten.«

Sara stand auf. »Entschuldige bitte, Mami. Seien Sie mir nicht böse, Mr. Bernstein, aber ich muß sofort nach Hause.«

»Das ist doch nicht dein Ernst, Liebling!« rief »Mami« nervös.

»Kein Grund zur Panik, Sara«, beruhigte ich sie, »wer weiß, ob dein Mann gleich nach Hause gefahren ist.«

»Nicht?«

»Er hat nicht einmal angedeutet, was er vorhat. Er murmelte etwas von Kopfschmerzen, aber er erwartet sicher nicht von dir, daß du spornstreichs nach Hause eilst.«

»Es ist sehr schön, verliebt zu sein, Kind«, meinte Mami, »aber man darf es auch nicht zu weit treiben.«

»Ich möchte aber doch lieber...«

»Bleib, Sara«, sagte ich, »rauch ruhig deine Zigarette fertig, trink ein Glas. Ich verspreche dir, ich bringe dich dann sofort heim.«

Sara ließ sich langsam wieder in ihren Sessel sinken. »Vielleicht habt ihr recht, nur...« Sie lächelte ein bißchen verlegen. »Ich bin einfach so unruhig, wenn Wolfgang nicht da ist.«

»Einen Manhattan, Holländer?« fragte Geza von Vasary.

»Nein, bitte Whisky pur.« Ich ärgerte mich über mich selbst. Warum hatte ich mich wieder in Saras Leben eingemischt? Ich hatte mir doch geschworen, sie mit keinem Wort mehr zu beeinflussen.

Mr. Bernstein faltete den Prospekt zusammen und sah Sara durch seine funkelnden Brillengläser an. »Sagen Sie mir, meine Liebe, haben Sie schon einmal Theater gespielt?«

»Nein, noch nie!« antwortete Sara rasch. »Davon habe ich keine Ahnung!«

»Aber, Kind! Wie kannst du denn so etwas sagen?« rief »Mami«. »Schließlich hast du monatelang Schauspielunterricht gehabt!«

Sara König wollte etwas entgegnen, aber Mr. Bernstein ließ sie nicht zu Wort kommen. »Sehr schön«, sagte er zufrieden, »und wie steht es mit Ihren Englischkenntnissen?«

»Englisch spricht Sara perfekt!« antwortete »Mami« König-Vasary für ihre Tochter.

»Warum wollen Sie das alles wissen?« fragte Sara.

»Ich bin Theateragent, mein liebes Kind!«

»Ach so.« Sara sah mit blitzenden Augen von ihrer Mutter zu Geza von Vasary. »Ihr habt das also eingefädelt!«

»Sie irren sich«, sagte Mr. Bernstein ungerührt, »Ihr Vater, Gotthold Emanuel Rodenberg, gab mir den Tip!«

»Vater?«

»Ja. Er meinte, es würde sich lohnen, Sie einmal etwas näher anzuschauen.« Er nahm einen Schluck aus seinem Glas, dann fügte er hinzu: »Er hat sich nicht geirrt.«

Sara beugte sich vor. »Hat er Ihnen auch erzählt, daß ich nie mehr filmen will?«

»Natürlich. Deshalb bin ich ja gekommen.«

Sara ließ sich wieder zurücksinken. »Jetzt verstehe ich gar nichts mehr.«

»Ich möchte Ihnen eine Theaterrolle anbieten«, sagte Mr. Bernstein ruhig, »es ist eine ausgezeichnete Rolle in einem ausgezeichneten Stück. Ihr Manager hat es schon gelesen, er wird es Ihnen gern geben, denke ich.«

»Aber ich habe Ihnen doch schon gesagt, ich habe noch nie Theater gespielt!«

»Dann wird es höchste Zeit für Sie.«

Ich sah, wie Sara mit sich kämpfte. Sie war blaß geworden, strich sich mit einer nervösen Geste durch ihr schimmerndes rotblondes Haar. »Wann und wo sollte denn das sein?« fragte sie zögernd.

»Es ist eine Uraufführung. Sie wird im September dieses Jahres am Broadway stattfinden. Sie müßten also im Frühjahr rüberkommen. Sie verstehen, die Proben und dann ... wir pflegen in Amerika mit einem neuen Stück erst mal in die Provinz zu gehen, um es zu testen.«

»Nach Amerika? Das ist ganz ausgeschlossen.«

»Ich verstehe Ihre Einstellung sehr gut, mein liebes Kind«, sagte Mr. Bernstein, »aber Ihre Gage wird hoch genug sein, das versichere ich Ihnen, daß Sie Ihren Ehemann mitnehmen können.«

»Mitnehmen? Wolfgang? Wie stellen Sie sich denn das vor? Glauben Sie, er wird meinetwegen seine Arbeit, seinen Beruf im Stich lassen?«

»Warum nicht? Ärzte gibt es wie Sand am Meer, aber

wirklich gute Schauspielerinnen nur selten. Sie sind für die Bühne geboren, mein liebes Kind. Glauben Sie mir, Ihr Ehemann hat nicht das Recht, Sie in Ihrer künstlerischen Entwicklung zu hindern.«

Sara hatte sich schon wieder gefaßt. »Es tut mir sehr leid, Mr. Bernstein«, entgegnete sie ruhig, »ich bin sicher, daß Sie es gut mit mir meinen. Aber ich kann Ihr Angebot nicht annehmen. Ich habe Wolfgang versprochen...«

»Ja, nie mehr zu filmen, Sara!« rief »Mami« dazwischen. »Aber vom Theaterspielen war doch nie die Rede!«

»Du weißt sehr gut, Mami, daß das für Wolfgang auf dasselbe herauskommt. Ich kann ihn nicht verlassen, und ich will ihn nicht verlassen. Nein, ihr könnt euch eure Worte sparen. Ich will nicht.«

»Bis Samstag bin ich noch in München. Sie können sich's bis dahin überlegen, mein liebes Kind«, sagte Mr. Bernstein gelassen. »Hier, nehmen Sie auf alle Fälle meine Karte mit!«

Sara stand auf, ohne die Karte zu beachten. Ich nahm sie Mr. Bernstein aus der Hand und steckte sie ein.

»Gute Nacht!« sagte Sara kühl. »Ich hoffe, das war das letztemal, daß ihr mich reinzulegen versucht habt. Ihr müßt euch damit abfinden, daß ich verheiratet bin.«

Hocherhobenen Hauptes verließ sie den Raum. Ich küßte »Mami« König-Vasary die Hand, nickte Geza von Vasary und Mr. Bernstein zu und folgte ihr.

»Du warst großartig, Sara«, sagte ich, als sie neben mir im Wagen saß, »nur sei mir nicht böse, ich bin der festen Überzeugung, daß kein Mann der Welt so viel Aufopferung verdient.«

»Ich liebe Wolfgang«, flüsterte sie, und dann brach sie in Tränen aus.

Als ich meinen Wagen vor Sara Königs Villa in Grünwald geparkt hatte, stieg ich aus und wollte mich verabschieden. Sara hielt meine Hand fest. »Bitte, Charly, kommen Sie doch noch einen Sprung mit rein! Ich – ich möchte jetzt nicht gern allein sein.«

»Mit Vergnügen!« sagte ich.

Sie schloß die Gartenpforte auf; und wir gingen nebeneinander auf das Haus zu. Plötzlich blieb Sara stehen. »Eine Bitte, Charly... Wenn Wolfgang schon zu Hause sein sollte, Sie sagen ihm nichts?«

»Was hältst du denn von mir?«

»Seien Sie mir nicht böse, Charly. Natürlich war das überflüssig. Aber ich bin ganz durcheinander.«

Dr. Wolfgang Werner saß am Kamin, eine Pfeife im Mund, eine Flasche Calvados und ein Glas vor sich. Er sprang auf, als wir eintraten. »Schon zurück?«

»Fühlst du dich besser, Wolfgang?« fragte Sara besorgt.

»Danke, es war nur – es ist schon vorbei.«

»Ich habe mir Sorgen um dich gemacht.«

»Unnötig. Du hättest ruhig länger bleiben können.« Wolfgang Werner trat an die Hausbar. »Trinken Sie auch einen Schluck Calvados, Holländer?«

»Danke. Lieber einen Manhattan.«

»Ich auch«, sagte Sara.

Wir setzten uns. Der große Raum war nur von den Flammen des lodernden Feuers erleuchtet, niemand konnte bemerken, daß Saras Augen von Tränen gerötet waren.

Wolfgang Werner zog an seiner Pfeife. Wieder einmal mußte ich feststellen, daß er ausgezeichnet aussah. Die Ehe mit Sara schien ihm gut zu bekommen. Er wirkte männlicher als am Anfang unserer Bekanntschaft. Wir sahen schweigend in die Flammen, jeder hing seinen eigenen Gedanken nach.

»Na, was wollte Mr. Bernstein denn von dir?« fragte Wolfgang Werner endlich.

»Nichts Besonderes. Warum?«

»Nur so.«

Ich hätte Saras Mann gern von Bernsteins Angebot erzählt, denn ich mag keine unklaren Geschichten. Gerade noch rechtzeitig fiel mir ein, was ich Sara versprochen hatte.

»Vielleicht ist es ganz gut, daß du früher nach Hause gekommen bist«, sagte Wolfgang Werner, »ich habe nämlich etwas mit dir zu besprechen, Sara.«

Ich erhob mich. »Wenn ich störe ...«

»Nein, keineswegs!« protestierte Wolfgang Werner. »Ganz im Gegenteil. Ihre Anwesenheit könnte die Situation erleichtern.«

»Von was für einer Situation sprichst du denn, Wolfgang?« fragte Sara.

»Von unserer. Du weißt so gut wie ich, daß es so nicht weitergehen kann. Du bist unglücklich mit mir.«

Sara sprang auf. »Nein! Das ist nicht wahr!«

»Doch. Hältst du mich eigentlich für einen Büffel, daß ich das nicht merke?«

Sie lief zu ihm hin. »Wolfgang! Ich schwöre dir, das bildest du dir nur ein.«

»Glaube ich nicht. Daß ich selbst nicht glücklich bin, merke ich jedenfalls sehr deutlich.«

»Liebst du mich denn nicht mehr?«

»Doch, Sara, ich liebe dich. Ich liebe dich sehr. Aber wir passen nicht zusammen.«

»Hat meine Mutter dir das eingeredet?«

»Unsinn! Ich habe seit Monaten nicht mit deiner Mutter gesprochen. Nein, Sara, es hat keinen Zweck, wenn wir uns etwas vormachen. Wir passen einfach nicht zusammen.«

»Du bist für mich der einzige Mann, den ich...«

Er unterbrach sie. »Das hat doch damit gar nichts zu tun. Versteh' mich richtig. Erinnerst du dich noch, was ich erzählte, als wir uns gerade kennengelernt hatten? Daß mir der Betrieb meines Vaters nicht paßt und daß ich vorhatte, ins Ausland zu gehen? Das kannst du doch noch nicht vergessen haben, nicht wahr?«

»Aber dafür kann ich doch nichts!«

»Ich mache dir auch keinen Vorwurf, Sara. Ich möchte nur die Tatsachen feststellen. Wenn wir nicht geheiratet hätten, wäre ich schon längst nicht mehr in München.«

»Das weiß ich. Warum erzählst du mir das gerade jetzt?«

»Brigitte Ritter hat ihren Vertrag unterschrieben. Sie fängt am ersten März in Ostafrika an, in einem Seuchenhospital.«

»Ach so. Und ohne die liebe Brigitte kannst du es in München natürlich nicht mehr aushalten, wie?«

»Sara, sei nicht albern! Wenn ich Brigitte geliebt hätte, würde ich dich doch nicht geheiratet haben!«

»Na, vielleicht war das Ganze ein Irrtum. Vielleicht bist du inzwischen draufgekommen, daß sie dir mehr bedeutet als ich! Vielleicht...«

Sie kniete neben ihm nieder und schmiegte ihren Kopf an seinen Arm. »Bitte, verzeih mir, Wolfgang. Ich bin – ich bin entsetzlich unglücklich.«

»Ich weiß. Deshalb rede ich ja mit dir. Was würdest du davon halten, wenn wir beide nach Afrika gingen?«

»Nach Afrika?«

»Ja. Wir müßten nicht mehr in dieser Villa wohnen.«

»Aber Wolfgang, wir können uns doch auch hier in München eine andere Wohnung suchen!«

»Du verstehst mich nicht.«

»Kann sein. Aber ich sehe nun einmal nicht ein, daß es darauf ankommt, wo man wohnt. Jedenfalls nicht, wenn man sich liebt.«

»Ich weiß, du hältst mich für einen Tyrannen, gib's doch zu, Sara! Aber ich kann nun einmal deine Freunde nicht ertragen! Das geht nicht auf Sie, Holländer, Sie sind ein hochanständiger Bursche. Überhaupt, wahrscheinlich sind sie alle hochanständige, nette und liebenswerte Leute, Tamara Tess, deine Mutter, Geza von Vasary und die anderen, aber ich kann sie einfach nicht ertragen.«

»Weil du mich nicht liebst, Wolfgang! Wenn deine Kollegen hier bei uns zu Besuch sind, langweile ich mich tödlich. Aber habe ich dir jemals einen Vorwurf daraus gemacht? Und wann kommen denn meine Bekannten überhaupt noch? Höchstens einmal im Monat! Du hast mich mit allen auseinandergebracht. So dumm, wie du glaubst, sind sie nicht. Sie merken genau, daß du sie nicht magst, deshalb kommen sie nicht mehr.«

»Willst du mit mir nach Afrika gehen, Sara?«

»Nein. Ich wüßte nicht, warum.«

»Vielleicht könnten wir doch noch einmal ganz von vorn anfangen.«

»Wozu? Wir sind doch kein Jahr verheiratet. Wir haben ja gerade erst angefangen. Wenn es hier nicht geklappt hat, warum soll es in Afrika klappen?«

»Du gibst zu, daß unsere Ehe nicht in Ordnung ist?«

»Nein. Ich sehe nur nicht ein, daß ich mit dir in die Wildnis gehen soll, bloß weil du dir eine fixe Idee in den Kopf gesetzt hast. Genausogut könnte ich von dir verlangen, mich nach New York zu begleiten.«

»Wohin?«

»Nach New York. Mr. Bernstein hat mir einen wunderbaren Vorschlag gemacht. Ich könnte eine große Rolle am Broadway spielen. Ich habe es mir keinen Augenblick überlegt, ich habe verzichtet, Wolfgang. Deinetwegen. Aber du verlangst von mir, daß ich mit dir nach Afrika gehen soll. Das ist doch ungerecht, nicht wahr, Charly, das müssen Sie doch auch sagen? Das ist einfach ungerecht.«

»Meinetwegen hättest du nicht zu verzichten brauchen, Sara«, sagte Wolfgang Werner.

»Du würdest mir das erlauben, Wolfgang?«

»Ja.«

»Du? Was würdest du inzwischen machen? Würdest du mich etwa begleiten?«

»Nein. Ich würde nach Afrika gehen.«

»Mit Brigitte Ritter.«

»Ja.«

»Dann könnten wir uns genausogut scheiden lassen.«

»Davon habe ich kein Wort gesagt, Sara.«

»Aber du hast daran gedacht. Was ist denn das für eine Ehe, wenn der eine in Afrika ist und der andere in New York!«

»Glaubst du, daß es besser ist, hier in München nebeneinander herzuleben?«

»Wolfgang, bitte, bitte, sei doch nicht so!« Aus Saras Stimme klang echte Verzweiflung. »Du komplizierst die Dinge, wirklich. Ich bin ja nicht unglücklich, und du bist es auch nicht mit mir. Nein, das redest du dir nur ein. Es ist immer schwer, verheiratet zu sein, besonders, wenn eine Ehe erst angefangen hat. Man muß sich aneinander gewöhnen und all das. Wenn wir erst Kinder haben ...«

»Ja, wenn wir erst Kinder haben, werden wir es vielleicht nicht so fühlen. Vielleicht wird es sogar gehen. Ein Jahr lang, zwei Jahre, drei Jahre. Aber, Sara, sei jetzt doch mal ehrlich, glaubst du wirklich, daß du ein ganzes Leben mit mir zusammen glücklich sein könntest? Daß du es überhaupt aushalten könntest ohne deinen Beruf, ohne den Film, ohne das Theater? Du würdest es nicht. Das weiß ich ganz genau.«

»Wolfgang ...«

»Bitte, mach mir nichts vor. Mach dir selbst nichts vor. Ich hätte niemals mir dir über all das geredet, wenn ich dich nicht heute im Film gesehen hätte. Ich wäre genauso überzeugt gewesen wie du, daß noch alles zwischen uns gut werden würde. Aber seit heute abend ...«

»Willst du etwa sagen, ich war schlecht?«

»Sara! Nein, du warst nicht schlecht. Du warst ... Ich verstehe nichts davon, aber für meine Gefühle warst du unwahrscheinlich gut, unheimlich gut. Du bist eine Schauspielerin, Sara, und sonst nichts. Ich hätte dich nicht geheiratet, wenn ich das gewußt hätte. Ich habe immer gedacht – entschuldige bitte –, daß du nur zum Geldverdienen gefilmt hättest, aus Eitelkeit, was weiß ich! Aber seit heute abend weiß ich, daß du eine Schauspielerin bist. Du könntest dich nicht ändern, könntest das nicht einfach von dir abschütteln, selbst wenn du es wolltest. Du bist eine Schauspielerin und wirst es immer bleiben.

Du kannst und du darfst nicht auf deinen Beruf verzichten, und ich will dir nie dabei im Wege stehen.«

»Aber – Wolfgang – ohne dich kann ich doch gar nicht leben«, erwiderte Sara tonlos.

»Du wirst es müssen, Liebling. Du wirst es können. Ich weiß es ganz genau. Ich war damals sehr traurig, als du das Baby verloren hast, sehr, sehr traurig. Aber heute weiß ich, daß es gut so war, wie es gekommen ist. Wir dürfen keine Kinder haben, Kinder brauchen Eltern. Ich weiß, daß du eine gute Mutter sein könntest, Sara, versteh' mich richtig. Aber wir beide, wir wären für das Kind keine guten Eltern gewesen. Ehe es noch hätte denken können, wäre es in unsere Auseinandersetzungen hineingerissen worden.«

»Aber wir zanken uns doch nicht! Heute abend, das ist doch eigentlich das erstemal!«

»Wir würden uns zanken, Sara. Wir würden uns sogar hassen. Glaube mir das. Jetzt können wir noch auseinandergehen. Bitte, sieh es doch ein, Sara! Jetzt geht es noch. Wir sind frei, wir sind ungebunden, wir haben keine Verpflichtungen. Jeder von uns kann seiner Berufung nachgehen.« Dr. Werner sah mich an. »Bitte, Herr Holländer, deshalb habe ich gewünscht, daß Sie bleiben. Sagen Sie ihr, daß ich recht habe!«

»Es ist nicht wahr, Charly, nein!« rief Sara verzweifelt.

Ich stand auf und griff in meine Jackentasche. »Hier, Sara, die Karte von Mr. Bernstein. Verhandle nicht allein mit ihm, er ist ein harter Bursche. Wenn du willst, rufe ich Geza von Vasary für dich an.«

Sie nahm die Karte entgegen, zerknitterte sie mit nervösen Fingern. Ich sah, daß sie etwas sagen wollte, aber sie brachte kein Wort über die Lippen. Plötzlich drehte sie sich um und lief die Treppe hinauf. »Arme Sara«, flüsterte ich.

»Sie besitzt etwas, um das Millionen Menschen sie beneiden müssen«, sagte Wolfgang Werner, »eine großartige Begabung. Ich werde immer stolz darauf sein, daß sie einmal meine Frau war.«

Am Tag von Saras Abflug nach Amerika fuhr ich nach München-Riem hinaus, um mich von ihr zu verabschieden. Ich kam nicht dazu, ein einziges Wort mit ihr zu wechseln. Eine Herde von Kameramännern, Reportern und Pressefotografen umringe sie.

Sara sah bezaubernder aus denn je. Sie trug einen sportlichen Ozelotmantel, dazu eine kleine Pelzkappe, die ihr golden schimmerndes Haar nur halb verdeckte. Die Arme voll Blumen stand sie da und gab den Presseleuten lächelnd Antwort auf all ihre Fragen. »Ja, ich freue mich sehr auf Amerika!« – »Natürlich bin ich sehr gespannt!« – »Mr. Bernstein wird mich betreuen, ich bin sicher, daß er alles für mich arrangieren wird.« – »Natürlich komme ich wieder nach Deutschland. Ich liebe doch meine Heimat.« – »Sicher werde ich auch wieder filmen. Ich warte nur auf eine interessante Rolle.« – »Wie lange ich wegbleiben werde, weiß ich noch nicht. Das kommt ganz darauf an.« – »Nein, ich werde nicht geschieden. Ich liebe meinen Mann.« – »Ja, es ist mir sehr schwergefallen, mich von ihm zu trennen, ich hoffe, daß er mich bald in New York besuchen wird.«

Die Auslöser der Kameras klickten, die Blitzlichter flammten auf, die Kameras surrten. Winkend, lächelnd, ernst und kokett stellte sich Sara den Reportern, wie sie es haben wollten.

Sie warf den Fans, die ihr hinter der Absperrung zujubelten, Kußhändchen zu, rief laut: »Vergeßt mich nicht! Ich komme wieder!«

Sie küßte ihre Mutter noch einmal und noch einmal, damit die Kameraleute genügend Gelegenheiten hatten, sie bei dieser rührenden Szene von allen Seiten zu knipsen, verabschiedete sich auch von Geza von Vasary, stieg wieder zum Flugzeug hinauf.

Plötzlich sah sie mich. Unsere Augen begegneten sich. Ich nickte ihr zu. Was jetzt geschah, damit hatte ich nicht gerechnet. Sie lief noch einmal zurück, drängte die Presseleute, die uns voneinander trennten, zur Seite, legte ihre Arme um meinen Hals und bot mir ihren schönen Mund. Ich küßte sie. Kaum eine halbe Sekunde hielt ich sie in den Armen, dann war alles vorbei. Rührend, schmal, zerbrechlich und sehr allein verschwand sie im Flugzeug.

Das Bild, das Sara in meinen Armen zeigte, steht heute auf meinem Schreibtisch. Ich bin nicht sentimental, aber auf diese Erinnerung bin ich stolz. Ich bilde mir etwas darauf ein, diese wunderbare Frau einmal in meinen Armen gehalten zu haben, diese Frau, die nicht für einen einzigen Mann geschaffen ist, sondern die den Millionen dienen muß, die ihr zujubeln.